U0368007

浙江省民族团结进步事业专项发展资金资助出版项目

E. L. 多克托罗小说中的存在主义书写

杨茜 ◎ 著

上海交通大学出版社
SHANGHAI JIAO TONG UNIVERSITY PRESS

内容提要

E．L．多克托罗是美国当代最有影响力的作家之一，贯穿其所有小说的主导哲学思想是(无神论)存在主义。本书阐释多克托罗创作中的存在主义色彩及其意义，并着眼于美国文学的存在主义传统，剖析另一位在作品中浓墨重彩地演绎与表现了存在主义的著名美国犹太作家诺曼·梅勒的代表性作品，将之与多克托罗的存在主义思想和小说进行比较研究，可以窥见美国当代文坛中存在主义文学更完整的风貌，同时加深对存在主义视域下多克托罗小说研究的理解。

本书的读者对象为外国文学(特别是美国文学)研究者及爱好者。

图书在版编目(CIP)数据

E．L．多克托罗小说中的存在主义书写/杨茜著.

上海：上海交通大学出版社，2024.11 —ISBN 978 - 7 - 313 - 31636 - 3

Ⅰ．Ⅰ712.074

中国国家版本馆 CIP 数据核字第 2024D9N951 号

E．L．多克托罗小说中的存在主义书写

E. L.　DUOKETUOLUO XIAOSHUO ZHONG DE CUNZAI ZHUYI SHUXIE

著　　者：杨　茜

出版发行：上海交通大学出版社　　　　　地　　址：上海市番禺路 951 号

邮政编码：200030　　　　　　　　　　电　　话：021 - 64071208

印　　制：苏州市古得堡数码印刷有限公司　经　　销：全国新华书店

开　　本：710mm×1000mm　1/16　　　印　　张：11

字　　数：207 千字

版　　次：2024 年 11 月第 1 版　　　　　印　　次：2024 年 11 月第 1 次印刷

书　　号：ISBN 978 - 7 - 313 - 31636 - 3

定　　价：78.00 元

版权所有　侵权必究

告读者：如发现本书有印装质量问题请与印刷厂质量科联系

联系电话：0512 - 65896959

前　言

　　埃德加·劳伦斯·多克托罗（Edgar Lawrence Doctorow）是美国当代最具才华、最有影响力的作家之一，他的作品屡获大奖，他对小说与非小说之间的相互作用、滑稽与严肃之间的互动有独特的见解，他的写作超越了高雅文化和通俗文化的界限。他是"举世皆知的一位极其有天赋、有独创性，而且价值无法估量的小说家"。[①]　在他去世当天，时任美国总统奥巴马在推特网上发文纪念多克托罗说："E. L.多克托罗是美国最伟大的小说家之一，他的书教会了我许多，他将被永远怀念。"

　　多克托罗最主要的作品是 12 部长篇小说，这些长篇小说不仅留存了美国的历史和社会风貌，也深入探索了人物的精神境界，关注人的生存状态。国外（英语国家）早在 20 世纪 70 年代就已经开展对多克托罗的研究，中国对多克托罗的译介研究则始于 1986 年。总的来说，以美国学者为主体的国外学界对多克托罗其人其作的研究起步更早，角度亦更为全面和深入，譬如"经济小说""家庭的作用""异化""性"和"生殖"角度均为国内学界所未涉及，可为国内学者提供宝贵借鉴。

　　本书从存在主义角度切入，对多克托罗具有代表性的小说展开研究，主要是基于两个原因：其一，多克托罗上大学时主修哲学专业，当时存在主义也在美国非常流行，他在那时就开始研究萨特、海德格尔、加缪和胡塞尔，并声称存在主义对他本人及他几乎所有作品都很重要；其二，迄今为止，国内外学界均未曾以存在主义视角系统地观照和阐释过多克托罗的著作。因此，本书可以推进多克托罗研究多元视角的形成。

　　本书从海德格尔、萨特、加缪等存在主义者的观点中获取理论依据，基于存在主义哲学及相关文学理论，择取多克托罗小说中浓墨重彩地体现了存在主义的一些小说进行分析，探讨存在主义视域下多克托罗小说的主题，阐释多克托罗存在主义书写的特征及意义；并着眼于美国文学中的存在主义传统，剖析另一位在作品中大力演绎和表现了存在主义的著名美国犹太作家诺曼·梅勒（Norman Mailer）的代表性作品，将其与多克托罗的存在主义思想和小说进行比较研究，以期窥见美国

---

① 　Voctor Navasky，"E. L. Doctorow, 1931 - 2015," *The Nation* 7 (2015):4.

当代文坛中存在主义更完整的风貌,加深读者对于存在主义的认识。

　　本书在笔者的博士论文基础上修改而成。记得当时为了选取一个比较新颖的研究视角,笔者购买、下载了许多英文文献,那几个月中刻苦研读、殚精竭虑、夜不能寐,甚至还得了胃病,只能宽慰自己这是在经历王国维所云之治学第一种境界——"独上高楼,望尽天涯路";而当功夫不负苦心人,终于发现"存在主义"这个视角时,便觉云开见月、柳暗花明,也不惮于接下来要经历第二境界——"衣带渐宽终不悔,为伊消得人憔悴"了。

　　本书在写作过程中曾经得到笔者的博士生导师四川大学曹顺庆教授和浙江工商大学蒋承勇教授的精心指导,上海交通大学王宁教授也给本书提出了宝贵建议,给予笔者很多帮助。三位知名学者治学严谨、著作等身、诲人不倦,笔者得其指点,何其有幸!而自萌生考博之念到最终完成博士学业的那些艰辛岁月里,家人始终是我的坚强后盾,在此深表谢意。

目　录

多克托罗研究简介

E. L. 多克托罗是美国当代著名犹太作家,他生于纽约市,在充满文学和艺术的家庭氛围中长大。多克托罗在大学时学习的哲学和戏剧专业对于其一生的创作颇有影响,他是一位成就卓著的小说家,他的长篇小说不仅留存、回顾了美国的历史和社会风貌,也对人物的精神境界及人的生存状态进行了深入探索。从 20 世纪七八十年代开始,国内外学术界开展了对多克托罗的译介研究,一直到今天,对多克托罗其人其作的研究依然在持续。

第一节　多克托罗的生平与创作

美国当代著名犹太作家 E. L. 多克托罗曾和菲利普·罗斯、托妮·莫里森、约翰·厄普代克等文坛巨匠一起赢得了"20 世纪下半叶美国最富才华、最具创新精神和最受仰慕的作家之一"的美誉。

他的作品屡获大奖,如获美国国家图书奖,两度获得美国笔会/福克纳小说奖,三次获得美国书评人协会小说奖。除此之外,他还获得过伊迪丝·沃顿小说奖、美国艺术与人文学院威廉·迪恩·豪威尔斯奖。1998 年,多克托罗获得了由美国总统颁发的国家人文奖章,2013 年获美国文学杰出贡献奖。在当今的国内外批评界,多克托罗正日益成为学者们关注的一个焦点。

多克托罗于 1931 年 1 月 6 日出生于纽约市。他的祖父在 1885 年从俄国来到美国,当时还是个年轻的印刷工人,拥有很多藏书,爱好阅读。多克托罗的父亲爱好文学,因为热爱埃德加·爱伦·坡(Edgar Allan Poe)的作品,他给多克托罗取名埃德加(Edgar)。他曾经开过一家音乐商店,但在大萧条时期的 1940 年倒闭。多克托罗的母亲是音乐家的女儿,擅长弹奏钢琴。多克托罗和哥哥也都能弹钢琴。多克托罗的祖父和父亲都是宗教怀疑论者,祖母和母亲则信仰犹太教,遵守犹太人的饮食教规等习俗,因此家里一直存在无法解决的宗教冲突。

尽管家境清贫,但多克托罗的家庭不乏文化和艺术氛围,他也因此在童年时就阅读了许多名著,如拉尔夫·埃里森的《看不见的人》、杰克·伦敦的《野性的呼唤》

《白牙》等。并且多克托罗志向远大,在 9 岁时就决定要当作家。① 1948 年,多克托罗毕业于布朗克斯科学高中(Bronx High School of Science),随即进入俄亥俄州的凯尼恩学院(Kenyon College)学习哲学专业,也辅修戏剧,并参加了许多学校的戏剧活动。凯尼恩学院在当时是著名诗人、批评家约翰·克罗·兰塞姆(John Crowe Ransom)引领的新批评派(New Criticism)的中心,兰塞姆在 1939 年创办了著名的文学评论刊物《凯尼恩评论》(Kenyon Review)。多克托罗常去听兰塞姆的文学课,跟随兰塞姆学习诗歌,能够写出一篇 35 页的论文来分析华兹华斯的一首八行的抒情诗。

凯尼恩学院的生活对多克托罗的思想及之后的文学活动产生了较大影响。比如多克托罗说:"我曾经在凯尼恩学院听到一位教授说,在古代,现实与虚构之间、宗教观念与科学话语之间、实用的交流与诗意之间并无区别。因为当时语言的这些功能是不可分离的,不像今天,我们根据所处的情景来分离并区分这些功能。从此我便一直坚持这个信念。"②多克托罗在他之后的文学创作中便经常将真实的历史人物融入他的小说,将历史与虚构完美融合在一起,《但以理书》(The Book of Daniel)、《拉格泰姆时代》(Ragtime)等皆是如此。

凯尼恩学院也有非常杰出的哲学教授,如菲利普·布莱尔·赖斯(Phillip Blair Rice),他当时是《凯尼恩评论》的副主编。多克托罗曾说:"我认为学习哲学,包括伦理学、认识论、形而上学、逻辑学等等,对我后来的小说创作是非常有帮助的。那些哲学范畴、带有根本性的问题,从某种程度上帮助我认识了整个世界。"③

1948 年的秋天,多克托罗在凯尼恩学院初见后来成为美国著名诗人的詹姆斯·赖特(James Wright),赖特与多克托罗均于 1952 年毕业,之后也有一些联系。多克托罗在 1990 年撰写的《在凯尼恩的詹姆斯·赖特》("James Wright at Kenyon")回顾了他们之间的交往,可谓一部赖特在凯尼恩学院读书时的小传。

从凯尼恩学院毕业后,多克托罗进入哥伦比亚大学读了一年研究生,学的是戏剧。其于 1953 年至 1955 年在驻德国的美国军队中服役,1954 年与海伦·塞尔策(Helen Seltser)结婚,婚后育有 3 个孩子。1955 年至 1959 年,多克托罗在拉瓜迪亚机场(LaGuardia Airport)做文员,为一些影视公司看剧本做审读员,后成为高级编辑。1959 年至 1964 年到纽约市的新美洲图书馆任编辑,其间出版了他的第一部小说《欢迎来到哈德泰姆》(Welcome to Hard Times)。1964 年至 1969

---

① E. L. Doctorow, *Reporting the Universe* (Massachusetts: Harvard University Press, 2003), p.18.

② 同上,第 24 页。笔者自译。注:本文未标明译者的、由英文文献翻译出的中文译文均由笔者自译,此后不再重复说明。

③ 陈俊松:《栖居于历史的含混处:E. L. 多克特罗访谈录》,《外国文学》2009 年第 4 期,第 87 页。

年,多克托罗在戴尔公司任总编辑,而后升任副总裁,1969 年他辞去职务,以便有完整的时间写作。1969 年至 1970 年,多克托罗担任加利福尼亚大学欧文分校的驻校作家,后来他还在萨拉·劳伦斯学院任教,在犹他大学、纽约大学等大学担任客座教授,在普林斯顿大学做高级访问研究员,等等。多克托罗后来一直执教于纽约大学。

多克托罗的主要作品包括 12 部长篇小说。《欢迎来到哈德泰姆》是对庸俗的美国西部小说的一种戏仿。《大如生活》(*Big as Life*)是一部不成功的科幻小说。《但以理书》采用了历史小说的形式,以 20 世纪 50 年代著名的罗森堡夫妇因所谓"间谍罪"被电刑处死的案件为蓝本,却又独立于历史之外,关注的是主人公但以理的心理。在但以理和妹妹幼年时,父母因涉嫌偷盗原子弹机密被处以极刑,但以理长大后终日搜寻父母案件的资料,以期能获知当年的真相。书中也描写了美国 20 世纪 60 年代的政治运动,一些批评家认为它是本政治小说。《但以理书》获得了 1972 年的古根海姆奖,奠定了多克托罗的作家地位。《拉格泰姆时代》描写的是具有拉格泰姆音乐特征的第一次世界大战(以下简称"一战")前夕 10 多年的美国社会,主要讲述 3 个虚构美国家庭(犹太移民家庭、中产阶级白人家庭和一个黑人家庭)的故事,这部小说让许多历史上的真实人物(如 J. P. 摩根、哈里·胡迪尼、埃玛·戈德曼、亨利·福特等)与书中的虚构人物同台演出,打破了历史与虚构的界限。

《潜鸟湖》(*Loon Lake*)、《世界博览会》(*World's Fair*)、《比利·巴思盖特》(*Billy Bathgate*)这 3 部小说的背景均为 20 世纪 30 年代大萧条时期的美国。《潜鸟湖》的故事情节围绕一个工业大亨、他的著名的女飞行员妻子、黑帮、作为黑帮侍从的一个诗人,以及一个叫乔的年轻流浪者展开。《世界博览会》被认为是一部半自传体小说,因为主人公也像多克托罗一样叫埃德加,主人公父母的名字是戴维(David)和罗斯(Rose),和多克托罗的父母一样。戴维开着一家音乐商店,多克托罗的父亲当年也一度开过音乐商店。多克托罗承认该小说确有自传的成分。《世界博览会》描述大萧条时期埃德加在纽约的成长经历,也是一部成长小说。埃德加参加了纽约世博会组织的作文比赛,获得了荣誉奖,也因此成功地带着家人免费参观了 1939 年的纽约世界博览会。《比利·巴思盖特》的同名主人公是个出身贫寒的纽约少年,因为偶然的机会被卷入黑帮,最后他侥幸获得死去的黑帮头目苏尔兹的巨款,重新回到学校,从一所常春藤名校光荣毕业,通过训练后被委任为美国陆军的少尉。《供水系统》(*The Waterworks*)的背景是 19 世纪 70 年代的纽约,主要场景地是自来水厂。故事的主人公是个记者,他调查死人在城市里重新现身的事情,发现死人的复活者是一个邪恶的科学家,他用被拘囚的流浪儿童身上的"体液"复活死去不久的人。《供水系统》可谓一部侦探小说。

　　《上帝之城》(*City of God*)是一部令读者眼花缭乱的万花筒式作品,同时也被当年的《休斯敦纪事报》(*Houston Chronicle*)誉为"美国过去 50 年最伟大的小说"。在这部同样以纽约为背景的小说中,比较清晰且首尾俱全的故事只有两个。一个故事是徘徊在放弃基督教边缘的佩姆伯顿所在教堂的一个 8 英尺高的铜十字架不翼而飞,随后出现在一个进化派犹太教堂的屋顶上。佩姆伯顿由此认识了这座犹太教堂的主人拉比夫妇——约书亚和莎拉,最后和丧夫的莎拉结婚,也彻底完成了自己的改宗。另一个故事是莎拉父亲的回忆,以此控诉第二次世界大战(以下简称"二战")期间纳粹德国对犹太人犯下的罪行。《大进军》(*The March*)是一部反映美国南北战争的小说,但其间对战争的批判、对黑人境遇的关注等都彰显了人道主义精神,其对北方军中的司令谢尔曼将军、基尔帕特里克将军、军医雷德,以及南方军中的将士,还有一些普通人在战争中所展示出的人性进行了刻画。《霍默与兰利》(*Homer & Langley*)以美国 20 世纪上半叶著名的纽约隐士科利尔兄弟的故事为创作蓝本,由目盲的霍默用第一人称叙事,主要讲述兄弟俩成年以后的生活。该书在描述他们的思想和生活方式的同时,也表现了从镀金时代至 20 世纪 80 年代的美国历史。2014 年,多克托罗最后一部长篇小说《安德鲁的大脑》(*Andrew's Brain*)问世。迄今为止,多克托罗有 4 部小说被改编成电影,分别是《欢迎来到哈德泰姆》《拉格泰姆时代》《但以理书》和《比利·巴思盖特》。

　　概而言之,多克托罗的长篇小说回顾了美国的历史和社会风貌,诸如南北战争,"一战"前移民蜂拥而入美国,美国参加"一战""二战"及越南战争,20 世纪 30 年代美国的经济大萧条,20 世纪 60 年代美国汹涌的反战浪潮、黑人民权运动,反主流的"嬉皮士"的出现,等等。同时,这些小说也深入探索了人物的精神境界,关注人的生存状态。

　　多克托罗的短篇小说集主要有《诗人的生活》(*Lives of the Poets*)、《幸福国的故事》(*Sweet Land Stories*)和《世上所有的时间》(*All the Time in the World*)。其论文集主要有《杰克·伦敦,海明威和宪法:1977—1992 论文选集》(*Jack London, Hemingway, and the Constitution: Selected Essays, 1977–1992*)、《报道宇宙》(*Reporting the Universe*)和《创造灵魂的人:1993—2006 论文选集》(*Creationists: Selected Essays, 1993–2006*)。其他作品包括为"9·11"撰写的图文集《哀悼"9·11"》(*Lamentation: 11/9*)、独幕剧《餐前酒》(*Drinks Before Dinner*)和根据自己的小说改编成的《三部电影剧本:〈但以理书〉〈拉格泰姆时代〉〈潜鸟湖〉》(*Three Screenplays: Daniel, Ragtime, Loon Lake*)。

　　2015 年 7 月 21 日,多克托罗病逝于纽约。

第二节　多克托罗研究现状综述

一、国内研究综述

中国对多克托罗的译介研究始于 1986 年。这年,董鼎山在第 11 期的《读书》上发表了《道克托罗的犹太激烈主义》。1986 年 1 月的纽约国际笔会上,外表温和的多克托罗的发言意见"激烈左倾",给董鼎山留下了深刻印象。此时的多克托罗在美国文坛声望渐高,因此董鼎山觉得有必要对他作一个比较详尽的介绍。该文主要介绍了多克托罗的《欢迎来到哈德泰姆》《但以理书》《拉格泰姆时代》3 本小说,探讨了多克托罗"犹太激烈主义"的含义。

20 世纪八九十年代,国内主要对多克托罗的部分作品进行翻译引进。迄今为止,多克托罗已有 7 部长篇小说被译成中文:1986 年,*Ragtime* 由陶洁翻译成《雷格泰姆音乐》,该书在 1996 年又由常涛、刘奚译成《拉格泰姆时代》;*Billy Bathgate* 由杨仁敬翻译成《比利·巴思格特》;李战子、韩秉建翻译了《上帝之城》;《大进军》为邹海仑所译;《霍默与兰利》由徐振锋翻译成《纽约兄弟》;陈安翻译了《世界博览会》;汤伟翻译了《安德鲁的大脑》。此外,朱世达、邹海仑翻译了多克托罗的短篇小说集《幸福国的故事》,尚晓进翻译了短篇小说集《诗人的生活》,郭英剑将其论文集 *Creationists: Selected Essays, 1993 – 2006* 译成《创造灵魂的人:多克特罗随笔集》。另有少数作品被杨仁敬等人译出。

2000 年后的中国学界逐渐开始真正关注多克托罗。杨仁敬教授在其著作《20 世纪美国文学史》中把多克托罗作为著名的后现代派小说家来介绍。2001 年,杨仁敬又在《外国文学》第 5 期发表《关注历史和政治的美国后现代派作家 E. L. 多克托罗》,在国内学界引起很大反响,但多克托罗本人对于这个"后现代派作家"的标签从来都给予断然否认。在接受中国学者高巍采访时,他说:"我对后现代主义方法的使用,完全出于复兴传统小说的愿望,并不是要抛弃传统小说。我并不认为自己是后现代主义者,因为我从根本上说是忠于传统叙述的。我相信已经延续了几个世纪的文学创作价值。后现代主义本身并不吸引我。我从未为了用那些方法而用它们。"[①]也有一些学者撰写了从后现代主义角度论述其作品的论文,如唐冉菲、张丽秀、赵钧的《解读多克特罗在〈拉格泰姆时代〉中后现代主义艺术技巧》。

鉴于多克托罗小说中对历史的关注,有部分学者从此角度研究其小说,如林

---

① 高巍:《人文主义、宗教信仰及其他:对话 E. L. 多克托罗》,《外国文学动态》2012 年第 2 期,第 4 页。

莉、杨仁敬的《美国历史的文学解读——评 E. L. 多克托罗的长篇小说〈进军〉》认为,"作者以美国南北战争的史实和历史人物传记为基础,运用丰富的想象和与众不同的历史修撰风格,构建了一部令人耳目一新的战争历史小说"。① 王玉括的《小人物与大历史——评 E. L. 多克托罗的新作〈霍默与兰利〉》认为《霍默与兰利》展现了 20 世纪初至 20 世纪 70 年代末的美国历史画卷,这既是多克托罗在历史小说创作上的突破,也体现了多克托罗对历史与虚构的深入思考。② 张琼的《虚构比事实更真切:多克托罗〈进军〉中的文化记忆重组》从历史文化记忆的角度探讨多克托罗的《大进军》。赵青的《美国历史小说的诗意栖居者——埃德加·劳伦斯·多克托罗》认为多克托罗"努力将历史母题与小说艺术完美结合,并通过书写美国过去和现实世界来界定美国本身"。③ 另外还有杨春的《作为小说的历史　作为历史的小说——论 E. L. 多克特罗的小说创作》、陈世丹的《〈拉格泰姆时代〉:向历史意义的回归》等。

由于多克托罗是美籍犹太作家,在作品中也常表述自己对于宗教的见解,许多学者也从宗教和犹太角度研究其作品。前者的代表性论文为陈静、殷明明的《多克特罗〈上帝之城〉中的宗教问题》等,后者的代表性论文为李俊丽的《激进的犹太人文主义作家——E. L. 多克托罗》、潘道正和黄筱莉的《从异托邦到乌托邦——多克特罗〈上帝之城〉的犹太空间意识》、王丽艳的《论 E. L. 多克托罗的犹太情结》等。

从后现代现实主义(即新现实主义)角度切入阐释的代表性论文有王守仁、童庆生的《回忆　理解　想像　知识——论美国后现代现实主义小说》,该文以《哥伦比亚美洲小说史》称多克托罗、莫里森等人为后现代现实主义作家开篇,主要论述了德里罗、多克托罗等人的 4 部小说,认为多克托罗的《拉格泰姆时代》确为一部典型的后现代主义小说,但《大进军》却是一部不折不扣的后现代现实主义小说——多克托罗在《大进军》中采用了现实主义的叙事手法,在追求细节真实的同时,又让虚构的故事自身对这种逼真进行了颠覆(如《大进军》中有一个重要的虚构情节,就是杀手阿里暗杀谢尔曼将军的行动),"从而使作品表现出现实主义的真实细节与反现实主义情节之间的反差与张力。后现代现实主义小说不同于传统的现实主义

---

① 林莉、杨仁敬:《美国历史的文学解读:评 E. L. 多克托罗的长篇小说〈进军〉》,《当代外国文学》2007 年第 1 期,第 17 页。

② 王玉括:《小人物与大历史:评 E. L. 多克托罗的新作〈霍默与兰利〉》,《外国文学动态》2010 年第 1 期,第 27 - 29 页。

③ 赵青:《美国历史小说的诗意栖居者:埃德加·劳伦斯·多克托罗》,《成都师范学院学报》2013 年第 2 期,第 81 页。

小说,也有别于后现代前卫小说,是对现实主义的一种创新"。① 还有李顺春的《历史与现实——〈拉格泰姆时代〉的新现实主义视域》,王维倩、李顺春的《新现实主义视域下的宗教情怀——评 E. L. 多克托罗小说〈上帝之城〉》。罗小云在其专著《超越后现代——美国新现实主义小说研究》第二章的第一节"历史的见证多样性:多克特罗的《丹尼尔书》"中用了 15 页的篇幅论述多克托罗的《丹尼尔书》(即《但以理书》),罗小云细致分析了新现实主义的渊源和艺术特色,把美国新现实主义作品分为社会问题小说、政治题材小说、种族问题小说和战争题材小说这几类,认为"美国新现实主义的政治题材小说主要聚焦冷战以来的美国国内和国际政治局势,反映重大政治事件对文学创作的影响。多克特罗和库弗对罗森堡事件的关注……说明这些作家将自己的创作与社会现实紧密地联系起来"。② 其还令人信服地论证了"《丹尼尔书》反映了第二次世界大战后老左派时期普通人在各种政治思潮影响下所作的选择,以及在强大国家机器作用下的悲惨命运"。③ 李顺春认为多克托罗的小说因或间接或直接地书写"二战"期间的纳粹大屠杀(The Holocaust)而渗透着浓厚的"大屠杀后意识",并发表了 3 篇从该角度论述的论文,分别为《论 E. L. 多克托罗小说中的"大屠杀后意识"》《E. L. 多克托罗小说中的大屠杀后意识与犹太性》《E. L. 多克托罗小说〈上帝之城〉中的大屠杀后意识》,加上王丽艳的《E. L. 多克托罗笔下的犹太大屠杀》,这 4 篇论文彰显出多克托罗研究的又一个新视角。

　　2014 年之前,国内研究多克托罗的博士论文有 4 部,分别为袁源的《地方与感知的诗学:E. L. 多克托罗小说中纽约的"小小都市漫游者"研究》、胡选恩的《论E. L. 多克托罗历史小说的后现代派艺术》、王丽艳的《多克托罗小说犹太主题的发展轨迹研究》、蔡玉侠的《E. L. 多克托罗历史小说中的去神话改写》。袁作以多克托罗的 3 部小说——《但以理书》《世界博览会》和《比利·巴思盖特》中的"小男孩叙述者"为研究对象,通过分析他们在城市的"漫游"以证明多克托罗的都市书写创造了一种积极却不失批判性的都市美学;蔡作认为多克托罗以戏仿、反讽、互文和复调为叙事策略,以对抗与消解神话的宏大叙事。2015 年,杨茜的博士论文《存在主义视域下的 E. L. 多克托罗小说研究》完成。同年问世的博士论文还有徐在中的《论 E. L. 多克托罗的历史小说对例外主义美国国家身份的解构》、鲜于静的《E. L. 多克托罗小说中的纽约城书写研究》。2017 年,汤瑶的博士论文《走向他者——E. L. 多克托罗小说中的越界研究》完成。

① 王守仁、童庆生:《回忆　理解　想像　知识:论美国后现代现实主义小说》,《外国文学评论》2007 年第 1 期,第 48 页。

② 罗小云:《超越后现代:美国新现实主义小说研究》,北京:北京大学出版社,2012,第 69 页。

③ 同上,第 73 页。

迄今为止,国内有 4 位学者对多克托罗进行了访谈,分别是胡选恩、陈俊松、高巍和林莉。他们分别在 2008 年、2009 年、2012 年和 2014 年对其进行采访并撰文发表。陈俊松的《栖居于历史的含混处——E. L. 多克特罗访谈录》中记载了多克托罗对于"激进的犹太人文主义"传统的解释等,有助于促进我们对这位有着严肃社会责任感的作家的了解。

文学史中对多克托罗进行介绍研究的有杨仁敬教授的《20 世纪美国文学史》、杨仁敬、杨凌雁的《美国文学简史》,刘海平、王守仁的《新编美国文学史》(第四卷)。著作中有罗小云《超越后现代——美国新现实主义小说研究》的相关章节、陈世丹《关注现实与历史之真实的美国后现代主义小说》中的第七章"多克特罗界于小说与历史之间的叙事与 20 世纪初美国资本主义社会的历史"、张永义随笔集《夜无虚席:和文学大师相爱》中的"一曲解千愁——多克特罗的《拉格泰姆时代》"、刘建华《危机与探索——后现代美国小说研究》中的第七章"历史的书写:读多克托罗的《欢迎来艰难时世》"。

综上所述,目前中国学界多从历史、政治、后现代主义、宗教、犹太、新现实主义等角度研究多克托罗的长篇小说,此外还有从话语、空间、文化危机、荒诞色彩、音乐等角度研究的论文。① 至于国内对多克托罗各部长篇小说的研究情况,笔者想以期刊论文的数据来说明。在 2014 年以前,研究《拉格泰姆时代》的成果最多,据笔者统计有 30 多篇期刊论文、7 部硕士论文。论述《上帝之城》的约有 10 篇,论述《比利·巴思盖特》《大进军》《霍默与兰利》《安德鲁的大脑》的则均不足 10 篇。截至 2023 年,研究多克托罗其他 6 部小说的期刊论文均寥寥无几。这种现象与小说出版的时间先后、小说在中国的译介情况有很大关系。不过这些情况在近几年有了改观,研究的角度和作品数量均有所增加,如朱云 2020 年发表的《〈比利·巴思格特〉中的自白叙事》、杨茜 2022 年发表的《逃离·空间·重写——论多克托罗的〈韦克菲尔德〉》、樊颂洁的《后人文主义视域下的〈安德鲁的大脑〉——主体性的解构与重构》均为多克托罗研究提供了新的视角。

对多克托罗的短篇小说最早进行研究的是杨仁敬教授,他翻译了多克托罗的两个短篇小说《皮男人》和《追求者》,并撰文《模糊的时空　无言的反讽——评多克托罗的〈皮男人〉和〈追求者〉》对其进行评论,重点论述的是这两部短篇小说的叙事特点。冯亦代的《冯亦代文集·书话卷》中简介了多克托罗的短篇小说集《诗人的

---

① 如张冲的《暴力、金钱与情感钝化的文学话语——读多克特罗的〈比利·巴思格特〉》,李俊丽的《空间认识论视角下〈霍默与兰利〉的空间解读》,夏萌的《评 E. L. 多克特罗作品中的文化危机意识》,蔡玉侠、赵英俊的《〈大进军〉中的荒诞思想和黑色幽默》,黄佩君的《切分和变异:〈拉格泰姆时代〉的旋律》。

生活》。国内对多克托罗短篇小说集的研究较为稀少。

国内对于多克托罗文学思想的研究亦非常稀少。郭英剑翻译了《创造灵魂的人：多克特罗随笔集》，在代序中，郭英剑总结了多克托罗评论文章的特征：其评论会涉及一些具体有趣但又至关重要的问题；其作品视域广阔、思想深刻、观点新颖；多克托罗采用新批评式"细读"的方法，很有说服力；其评论语言朴实、言简意赅；多克托罗的评论具有明显的时代特征。

二、国外研究综述

国外早在 20 世纪 70 年代就已经对多克托罗开展研究，如美国肯特州立大学卡罗琳·艾莉森·罗森堡（Carolyn Allison Rosenberg）的硕士论文《为多克托罗的〈但以理书〉"建立联系"》（"'Making the Connections' for E. L. Doctorow's *The Book of Daniel*"）便以多克托罗的《但以理书》为研究对象。本书在此论述以美国为主的国外英语世界对多克托罗的研究概况，并着重论述国内不曾涉及的研究角度，以为我国的多克托罗研究乃至外国作家作品研究提供借鉴。

就总体研究来说，理查德·特伦纳（Richard Trenner）主编的《论文和对话》（*Essays and Conversations*）、约翰·G. 帕克斯（John G. Parks）的《E. L. 多克托罗》（*E. L. Doctorow*）、道格拉斯·福勒（Douglas Fowler）的《了解 E. L. 多克托罗》（*Understanding E. L. Doctorow*）、克里斯托弗·D. 莫里斯（Christopher D. Morris）的《误解的模式：论 E. L. 多克托罗的小说》（*Models of Misrepresentation: On the Fiction of E. L. Doctorow*）及《与多克托罗对话》（*Conversations with E. L. Doctorow*）、米歇尔·M. 托卡尔齐克（Michelle M. Tokarczyk）的《E. L. 多克托罗的怀疑性的承诺》（*E. L. Doctorow's Skeptical Commitment*）、本·西格尔（Ben Siegel）主编的《评 E. L. 多克托罗论文集》（*Critical Essays on E. L. Doctorow*）、美国著名批评家哈罗德·布鲁姆（Harold Bloom）主编的《E. L. 多克托罗》（*E. L. Doctorow*）等著作、论文集或访谈集都可以帮助读者较好地了解多克托罗的生平和思想，也是常被论者引用的资料。其中哈罗德·布鲁姆主编之书影响最大。

由于多克托罗的《欢迎来到哈德泰姆》曾被改编成电影，所以有的论者会将电影与原著进行比较，如乔安娜·E. 拉夫（Joanna E. Rapf）的《地球上的幻想：作为小说与电影的多克托罗的〈欢迎来到哈德泰姆〉》（"Some Fantasy on Earth: Doctorow's *Welcome to Hard Times* as Novel and Film"），该文把多克托罗原作与伯特·肯尼迪（Burt Kennedy）改编的电影《欢迎来到哈德泰姆》相比较，举出电影的改编之处，探讨小说的时间结构，并指出书与电影的不同之处。W. F. 贝维拉夸（W. F. Bevilacqua）的《多克托罗〈欢迎来到哈德泰姆〉中对西部小说的改写》（"The Revision of the Western in E. L. Doctorow's *Welcome to Hard Times*"）论述了多克托罗复活西部小说的欲望，以及多克托罗在其叙事中改写西部小说的方法。《大如生活》因为不成功，所以研究者寥寥。

《但以理书》是多克托罗的成名作，研究者也甚众。如阿龙·德罗莎（Aaron DeRosa）的《E. L. 多克托罗〈但以理书〉中虚构的创伤》（"Apocryphal Trauma in E. L. Doctorow's *The Book of Daniel*"）、苏珊·E. 洛尔施（Susan E. Lorsch）的《作为成长小说的多克托罗的〈但以理书〉：艺术政治》（"Doctorow's *The Book of Daniel* as Kunstlerroman: The Politics of Art"）等。劳伦·克雷斯韦尔（Lauren Cresswell）的《多克托罗的〈但以理书〉》（"Doctorow's *The Book of Daniel*"）论及运动在书中人物生活中的作用，内奥米·摩根斯顿（Naomi Morgenstern）的《公众领域的原始场景：E. L. 多克托罗的〈但以理书〉》（"The Primal Scene in the Public Domain: E. L. Doctorow's *The Book of Daniel*"）则论及死刑在故事中的作用。约翰·斯塔克（John Stark）的《E. L. 多克托罗〈但以理书〉中的异化及分析》（"Alienation and Analysis in Doctorow's *The Book of Daniel*"）分析了小说的主题。由于《但以理书》也被导演悉尼·卢梅特（Sidney Lumet）改编成了电影，也有论者将其并置而观——乔安娜·E. 拉夫的《悉尼·卢梅特和左派政治：但以理的重要性》（"Sidney Lumet and the Politics of the Left: The Centrality of Daniel"）探讨了小说与电影中潜在的美国政治、电刑主题等。

威廉·马西森（William Mattheson）的《多克托罗的〈拉格泰姆时代〉》（"Doctorow's *Ragtime*"）探讨"拉格泰姆"的深层意义，认为单词 rag 或 ragtime 有时指音乐，有时则指贫穷。乔安娜·E. 拉夫（Joanna E. Rapf）善于写比较电影与原著的论文，她的《变化无常的形式：作为小说与电影的〈拉格泰姆时代〉的反叛力量》（"Volatile Forms: The Transgressive Energy of *Ragtime* as Novel and Film"）对电影制片人迈克尔·韦勒（Michael Weller）和米洛斯·福曼（Milos Forman）对小说《拉格泰姆时代》的改编进行评论，其中提及影片再现小说中的"讽刺性的疏远"（ironic distance）之困难。芭芭拉·福利（Barbara Foley）的《从〈美国〉到〈拉格泰姆时代〉：现代小说中历史意识的注解》（"From *U. S. A.* to *Ragtime*: Notes on the Forms of Historical Consciousness in Modern Fiction"）将约翰·多斯·帕索斯（John Dos Passos）的《美国》三部曲与多克托罗的《拉格泰姆时代》相比较，将两者置于历史小说的总体发展进程中介绍，介绍了小说家在小说中描述史料的变化策略。布赖恩·罗伯茨（Brian Roberts）的《黑人吟游技艺和犹太身份：充实在 E. L. 多克托罗〈拉格泰姆时代〉中作为中心隐喻的拉格泰姆》（"Blackface Minstrelsy and Jewish Identity: Fleshing Out Ragtime as the Central Metaphor in E. L. Doctorow's *Ragtime*"）首先列举了之前一些论者对《拉格泰姆时代》的评论："有的评论家说在拉格泰姆活泼、令人振奋的节奏下萦回着'盖茨比'有序的、悲伤的华尔兹和被背弃的诺言……约翰·G. 帕克斯认为拉格泰姆音乐的切分节奏与小说中表现的重复与变革、习俗与革新的碰撞相类似……"然后又指出"强调作为一种诠释小说的策略的拉格泰姆音乐形式——它的切分法、结构和即席演奏,会妨碍我们充分认识《拉格泰姆时代》的特定姿态,这种姿态反驳了克里斯托弗·D. 莫里斯所声称的《拉格泰姆时代》中的洞察力、所谓的高潮、转折点均很空洞的说法"。①

　　评论《潜鸟湖》的文章较少,据笔者查找,有乔治·斯塔德(George Stade)的《陌生化类型》("Types Defamiliarized")、托马斯·拉瓦(Thomas Lavoie)的《潜鸟湖》("Loon Lake")等。克里斯托弗·D. 莫里斯的《E. L. 多克托罗〈世界博览会〉中的虚假陈述模式》("The Models of Misrepresentation in E. L. Doctorow's World's Fair")"分析了《世界博览会》中的解构,以及角色和叙述者的错误,以证明该作中对人的经历的戏剧化描写既好像处处贴近生活但同时又是一种虚假陈述模式"。② 埃德蒙·怀特(Edmund White)的《烫画法》("Pyrography")认为《世界博览会》有如美国画家爱德华·霍珀(Edward Hopper)的画,小说语句短,陈述直接,年表精确。人的生活的史诗般的平凡正是小说的重要部分。

　　保罗·班克(Paul Banker)的《多克托罗的〈比利·巴思盖特〉与索福克勒斯的〈俄狄浦斯王〉》("Doctorow's BILLY BATHGATE and Sophocles's OEDIPUS REX")别出心裁,将《比利·巴思盖特》与古希腊著名悲剧《俄狄浦斯王》相比,认为两者有共同之处;尼尔·D. 艾萨克斯(Neil D. Isaacs)的《科波拉时代的巴思盖特:一首幻想曲》("Bathgate in the Time of Coppola: A Reverie")讨论了导演弗朗西斯·福特·科波拉(Francis Ford Coppola)的电影《棉花俱乐部》对《比利·巴思盖特》的电影改编的影响,还指出了两部电影中角色的相似之处。1989 年 5 月 5 日的《国家评论》(National Review)亦发表同名文章评论《比利·巴思盖特》。

　　至于《供水系统》,布赖恩·迪默特(Brian Diemert)的《〈供水系统〉:E. L. 多克托罗的诺斯替派侦探故事》("The Waterworks: E. L. Doctorow's Gnostic Detective Story")认为多克托罗在《供水系统》中利用形而上学的侦探故事来思考人类和宇宙的关系,显示出一种诺斯替派的思考方式。该文还探讨了多克托罗运用侦探故事探索形而上学及精神问题的方式。

　　《上帝之城》因为收获了良多美誉,所以论者也较多。梅尔文·布基特(Melvin

---

① Brian Roberts, "Blackface Minstrelsy and Jewish Identity: Fleshing Out Ragtime as the Central Metaphor in E. L. Doctorow's *Ragtime*," *Critique* 3(2004):247.

② Christopher D. Morris, "The Models of Misrepresentation in E. L. Doctorow's *World's Fair*," *Papers on Language* & *Literature* 4(1990):522.

Bukiet)的《十字架的位置》("Stations of the Cross")认为该书审视了遥远的过去，探讨了与神学有关的问题；该书实际上更像生活而非小说，经常赋予无意义的事物以意义。劳伦斯·怀尔德(Lawrence Wilde)的《E. L. 多克托罗〈上帝之城〉中对调和的追寻》("The Search for Reconciliation in E. L. Doctorow's *City of God*")认为该小说测试了人类调和的可能性，甚至回顾了纳粹大屠杀等恐怖事件，不过作品还是含蓄地传递出一种信仰，即人性的和谐(the oneness of humanity)最终将通过伦理对话的复兴这种方式获胜。迈克尔·哈林顿(Michael Harrington)在 2000 年 3 月 29 日的《费城问询报》(*Philadelphia Inquirer*)中撰文评论《上帝之城》，说其是多克托罗最好的小说，集中了多克托罗的所知所思，是一本读者需要耐心及思考的书。此外，2000 年的《今日世界文学》(*World Literature Today*)、《新政治家》(*New Statesman*)均发表了评论该小说的书评或论文。

戈登·豪泽(Gordon Houser)评论《大进军》说："多克托罗这本杰出的小说形象地描绘了一些人在战时维持人性之善的追求。它是过去的图画、现在的预言。"①克莱·刘易斯(Clay Lewis)的《重写美国的特洛伊》("Rewriting America's Troy")评论了多克托罗的《大进军》和罗伯特·希克斯(Robert Hicks)的《南方寡妇》(*The Widow of the South*)。克里斯托弗·克劳森(Christopher Clausen)的《恐怖狂欢》("A Carnival of Terror")评论了有关尤利西斯·S. 格兰特(Ulysses S. Grant)和威廉·T. 谢尔曼(William T. Sherman)的两本书——查尔斯·布雷塞伦·弗勒德(Charles Bracelen Flood)的《格兰特和谢尔曼：赢得内战的友谊》(*Grant and Sherman: The Friendship That Won the Civil War*)及多克托罗的《大进军》。确实，多克托罗的《大进军》中也刻画了谢尔曼与格兰特，但书中的两位将领都不具很多令人色变的"魔鬼"色彩，反而可见其人性的闪光。

在对《霍默与兰利》的研究中，斯科特·赫林(Scott Herring)的论文《科利尔奇品：囤积简史》("Collyer Curiosa: A Brief History of Hoarding")可谓别树一帜。该文探讨了霍默·科利尔(Homer Collyer)与兰利·科利尔(Langley Collyer)兄弟俩的囤积行为：1947 年纽约隐士科利尔兄弟死于囤积满垃圾废物的破旧豪宅之事备受公众瞩目，以致他们的名字被用作囤积症(hoarding)的同义词——科利尔兄弟综合征(Collyer Brothers Syndrome)。hoarding(囤积症)的定义从此发生了改变："前几个世纪都把囤积行为视为贪于财富的表现，如今囤积却被当作一种精神病理学的诊断，这种诊断认为像科利尔那样过分依恋物品的人精神异常，当然他们也脱离了社会常轨。"②霍华德·施耐德(Howard Schneider)在《霍默与兰利》

---

① Gordon Houser, "The March," *Christian Century* 7(2006):48.

② Scott Herring, "Collyer Curiosa: A Brief History of Hoarding," *Criticism* 2(2011):160.

("*Homer & Langley*")的结尾说:"《拉格泰姆时代》中有个黑人音乐家及其闪亮的福特 T 型车,《霍默与兰利》中也有个黑人音乐家和一辆福特 T 型车(在他们家的餐厅里),多克托罗最新的书里有兰利的福特车及黑人音乐家,这就像对原物蹩脚的克隆,只会让人想起一本更好、更活泼的小说。"①

　　利利安娜·M. 内伊丹(Liliana M. Naydan)的《E. L. 多克托罗和 9/11:〈孩子,死了,在玫瑰园中〉和〈安德鲁的大脑〉中个人和国家叙事的达成》("E. L. Doctorow and 9/11: Negotiating Personal and National Narratives in 'Child, Dead, in the Rose Garden' and *Andrew's Brain*")分析了多克托罗描述"9·11"和"9·11"之后的美国的作品《孩子,死了,在玫瑰园中》及《安德鲁的大脑》中个人叙事和国家叙事的相互影响;弗朗西斯·科拉多-罗德里格斯(Francisco Collado-Rodriguez)的《圣愚的揭露:E. L. 多克托罗〈安德鲁的大脑〉中的元小说、精神创伤和后人类》("The Holy Fool's Revelation: Metafiction, Trauma, and Posthumanity in E. L. Doctorow's *Andrew's Brain*")认为《安德鲁的大脑》讽喻性地回顾、暴露了美国的集体创伤,往前一步则承认了业已影响我们目前状况的彻底的后人类转换的重要性,指出多克托罗在该小说中构造了一座互文及元小说的大厦,多克托罗让安德鲁选择了马克·吐温扮演他具有洞察力的前任这样的角色;克里斯蒂娜·登迪(Christina Dendy)认为《安德鲁的大脑》不像多克托罗之前的小说那样着意描述重要事件,而是深入了一个名叫安德鲁的男人的精神世界,但是这本小说缺少读者可能期望的全景范围及让人感同身受的后续行动,安德鲁的声音也经常变得不真实。

　　以上为多克托罗长篇小说的国外研究概况。国外对多克托罗短篇小说的评论相对较少。斯蒂芬·马特森(Stephen Matterson)的《为何不说已发生的事? E. L. 多克托罗的〈诗人的生活〉》("Why Not Say What Happened? E. L. Doctorow's *Lives of the Poets*")探讨该小说集中的故事主题和环境、写作的性质及其与作者生活的关系,还将之与多克托罗其他的小说作比较。布鲁斯·鲍尔(Bruce Bawer)的《人的方面》("The Human Dimension")亦评论该小说集。

　　戴维·L. 乌林(David L. Ulin)的《关于故土》("On Native Ground")点评了多克托罗的《幸福国的故事》中的各篇故事,认为该小说集展现了一个"减少了期望的美国"(an America of diminished expectations),书中描写的美国不再具有神话寓意。唐娜·西曼(Donna Seaman)的《多克托罗的多方面》("The Many Sides of Doctorow")是评论多克托罗的《报道宇宙》和《三部电影剧本:〈但以理书〉〈拉格泰姆时代〉〈潜鸟湖〉》的短文。亦有针对《餐前酒》《创造灵魂的人:1993—2006 论文选集》《杰克·伦敦,海明威和宪法:1977—1992 论文选集》的书评。总而言之,对

---

① Howard Schneider, "*Homer & Langley*," *Humanist* 2(2010):46.

多克托罗的短篇小说集及论文集的评论数量相对长篇小说来说较少。

据笔者统计，涉及多克托罗的博士论文有 32 部，专门以多克托罗作品为研究对象的博士论文有 5 部，分别为美国锡拉丘兹大学的埃里克·罗素·博耶（Eric Russell Boyer）撰写的《后现代美国经济小说〈拉格泰姆时代〉》（"Reading 'Ragtime': A Postmodern American Economic Novel"），纽约州立大学石溪分校米歇尔·M. 托卡尔齐克的《罗森堡案件和多克托罗的〈但以理书〉：历史在小说中的运用之研究》（"The Rosenberg Case and E. L. Doctorow's *The Book of Daniel*: A Study of the Use of History in Fiction"），俄亥俄大学约翰·E. 威廉斯（John E. Williams）的《权力的形象和形象的权力：多克托罗小说和非小说中的文章》（"Images of Power and the Power of Images: Essays on the Fiction and Non-fiction of E. L. Doctorow"），英国埃塞克斯大学贾森·查尔斯（Jason Charles）的《多克托罗纽约小说中的体裁、城市和历史》（"On Writing on Events: Genre, City, and History in the New York Novels of E. L. Doctorow"），南伊利诺伊大学卡本代尔分校苏珊娜·M. 霍尼斯-克鲁普索（Susanna M. Hoeness-Krupsaw）的《多克托罗小说中家庭的作用》（"The Role of the Family in the Novels of E. L. Doctorow"）。这些以英语撰写的博士论文大多来自美国，当然这与多克托罗是一位美国作家有很大关系。关于多克托罗的硕士论文有 70 多篇。

总的来说，国外对多克托罗其人其作的研究起步更早，亦更为全面和深入。以美国学者为主体的国外学界对多克托罗的小说作了主题研究（如认为《比利·巴思盖特》是一部成长小说）、人物形象研究、身份研究（主要是从黑人身份和犹太身份切入）、叙事研究（比如有的论者认为《但以理书》反映的心灵创伤真实性可疑，这属于创伤叙事研究范畴）、比较研究（如把《大进军》中的女主角珀尔与玛格丽特·米切尔《飘》中的女主角斯嘉丽作比较，还有文学作品与电影艺术的跨学科比较研究）、思想研究（如认为《上帝之城》体现了多克托罗对宗教和解的追寻）等。并且国外也有许多论者从后现代角度、政治角度、历史角度剖析多克托罗的作品。中国学界的多克托罗研究的一个显著特点是常以西方文论为指导，研究范围窄（如前文所述，对多克托罗半数以上的作品缺乏研究），研究视野不够广阔，也会出现对国外研究亦步亦趋的状况。

笔者在文献阅读过程中发现，埃里克·罗素·博耶的博士论文《后现代美国经济小说〈拉格泰姆时代〉》从"经济小说"角度开展研究，约翰·E. 威廉斯的博士论文《权力的形象和形象的权力：多克托罗小说和非小说中的文章》的研究视角为权力，苏珊娜·M. 霍尼斯-克鲁普索的博士论文《多克托罗小说中家庭的作用》关注多克托罗小说中家庭的作用。此外，还有讨论多克托罗小说中的异化主题（alienation as a theme）的研究，以及从"性"和"生殖"（sex and reproduction）视角切入的研究。

这些角度均为国内学界所未涉及，可为国内学者提供宝贵借鉴。

第三节　研究意义与思路

相对莫里森、厄普代克等人来说，E. L. 多克托罗这位美国著名作家在中国的研究"热度"并不算高，研究角度也相对狭窄，这与他的文学成就和地位可说是颇为不称。本文以多克托罗的小说为研究对象，是为了弥补这一缺憾。

以本书所选取的存在主义（existentialism）角度论，沃伦·斯科特·奥伯曼（Warren Scott Oberman）的博士论文《存在主义和后现代主义：走向后现代人文主义》（"Existentialism and Postmodernism: Toward a Postmodern Humanism"）谈及萨特的存在主义对二战后的第二代、第三代作家有深远的影响，列举的 10 多位作家中包括了多克托罗，但仅限于"提名"而未加详述；米歇尔·M. 托卡尔齐克的《E. L. 多克托罗的怀疑性的承诺》中提到多克托罗在小说《欢迎来到哈德泰姆》中烙下了大屠杀记忆及存在主义文学的痕迹；另外还有少数几篇期刊论文论及多克托罗小说中的某些人物反映了多克托罗的存在主义思想，但均未以存在主义角度系统阐释多克托罗的作品。国内从存在主义角度切入的仅有 1 篇李俊丽的期刊论文：《论 E. L. 多克托罗〈但以理书〉中的存在主义思想》。

本书从存在主义角度切入，对多克托罗具有代表性的小说展开研究，因为多克托罗善于讲故事、精于叙事、擅长传达自己的主要哲学思想。多克托罗在俄亥俄州的凯尼恩学院学习时主修哲学，辅修戏剧，也正是在那时，多克托罗开始研究萨特、海德格尔、加缪和胡塞尔，多克托罗坦言他被存在主义的自由和忧伤感打动，存在主义对于他本人及他几乎所有作品都很重要。他认为学习哲学，包括伦理学、认识论、形而上学、逻辑学等等，对他后来的小说创作是非常有帮助的。

根据一般哲学史家及萨特的分法，哲学中的存在主义有两个系列，一个是从胡塞尔、海德格尔、萨特到梅洛-庞蒂的无神论存在主义，另一个是从丹麦的索伦·克尔凯郭尔到德国的卡尔·雅斯贝尔斯再到法国的加布里埃尔·马塞尔的基督教存在主义。① 无神论存在主义者的共同点是认为存在先于本质。多克托罗深受前一系列哲学家的影响，并且笔者以为，在存在主义哲学家中，多克托罗受萨特、加缪的影响最多。比如萨特否定上帝的存在，又否定先天的性善和性恶论，认为先是有了人，然后人通过自由选择的行动使自己成为想要成为的人，而且人必须为自己的存在和选择承担责任。加缪认为人生是荒诞的，并应对其进行反抗。多克托罗的某

---

① 萨特：《存在主义是一种人道主义》，周煦良、汤永宽译，上海：上海译文出版社，2008 年，第 3 页。

些文学观念与他们的观念有共通之处。无神论存在主义的具体内涵包括了对自由的诠释与追求、对世界与人生荒诞情形的描述及反抗。人道主义一直是存在主义的一杆鲜明旗帜,并且存在主义对于宗教和可能存在的人与上帝之间的关系一直都在不懈探究。

　　以存在主义角度为切入点研究多克托罗的小说,还有利于我们更透彻地理解多克托罗小说中的自由、忧伤、道德主题及多克托罗的宗教观,了解多克托罗的人道主义精神;同时,也可以由此诠释其作品的某些内容和形式上的"存在主义文学特征",更全面地了解多克托罗的创作思想及作品特点,并以此窥见美国当代小说风貌之一斑。

　　本书共6章。绪论部分介绍多克托罗的生平与创作、国内外多克托罗研究的情况,以及研究意义与思路。第一章是对多克托罗文学思想的系统梳理。第二章到第四章讨论存在主义思想影响下多克托罗小说的主题。第二章主要以《拉格泰姆时代》为例讨论多克托罗小说中的自由主题,第三章主要以《霍默与兰利》为例讨论荒诞与忧伤(desolation)主题,第四章主要以《大进军》与《同化》为例讨论多克托罗小说中的人道主义内涵。第五章将多克托罗与诺曼·梅勒思想与作品中的存在主义进行比较。第六章结语部分将特别点出多克托罗在当代美国的文学地位。多克托罗在根本上是忠于传统叙述的作家,但也注重革新,在其部分小说中使用了后现代主义方法;他的叙事艺术有因袭有创新;他的小说将历史与虚构完美结合……他是美国当代文坛一位独具特色的作家。

第一章

多克托罗的文学思想

　　一个作家的文学思想不仅指导着他的创作方针,反映他的伦理道德观念,也影响着他的写作模式,决定他的作品价值。多克托罗不曾撰写文艺理论专著,他的文学思想如吉光片羽般散见于其部分论文及随笔中。多克托罗的文学思想主要体现在 5 个方面:小说叙事宜"宏大化",小说与非小说无异,文学应独立于权力,重视"讲故事",推崇存在主义。

第一节　小说叙事宜"宏大化"

　　在《居住在小说之屋》("Living in the House of Fiction")一文中,多克托罗说:"如今出版的大多数小说似乎都非常私人化,或在社会影响力方面不足,每个人都在谈论私生活。"①

　　在《美国的思维状态》("The State of Mind of the Union")这篇文章中,多克托罗又说:"大家也注意到了当今有许多小说在其他方面出色,但缺少社会内容。视野缩小了。如今的小说家在技巧上胜于三四十年前的作家,但他们更不倾向于写大的故事。"②在《作家的信仰》("The Beliefs of Writers")一文中,多克托罗论及美国作家的创作特征,说美国作家怯于写严肃小说,"倾向于走入室内,关上门,拉上窗帘,居留在某种无回响的私生活里"。③

　　《居住在小说之屋》写于 1978 年。20 世纪 70 年代既是"以托马斯·品钦、约翰·巴思、约翰·霍克斯(John Hawkes)、唐纳德·巴塞尔姆和库尔特·冯尼格特为代表人物的'后现代主义极盛时期'(High Postmodernism)",也是基本遵循现实主义传统(但也借鉴 20 世纪 60 年代美国流行的实验主义小说之创作手段)、常以

---

① E. L. Doctorow, "Living in the House of Fiction," *The Nation* 15(1978):459.

② E. L. Doctorow, "The State of Mind of the Union," *The Nation* 11(1986):328.

③ E. L. Doctorow, *Jack London, Hemingway, and the Constitution: Selected Essays, 1977 - 1992* (New York: Random House, 1993), p.111.

社会生活和历史事件作为描写对象的小说家（如多克托罗、罗伯特·斯通、罗伯特·库弗、唐·德利洛等文坛新秀）大显身手的时期。① 在 20 世纪 70 年代的美国文坛，贝娄、马拉默德、厄普代克等老一辈严肃作家仍笔耕不辍，女性作家如乔伊斯·卡罗尔·欧茨、安·贝蒂也成绩斐然、佳作迭出，通俗小说在此时亦获得了极大发展。具体到写作风格层面，巴思和品钦使用"带有嬉戏性质的实验主义创作方法"，或编造离奇古怪的历史，或消解故事的情节；霍克斯和巴塞尔姆的大部分作品写的是梦幻世界中的人与事。② 相当部分女性作家的作品着力探讨的是婚姻、爱情、家庭——这样的题材是相对"狭窄"的；通俗小说的创作可谓唯大众之下里巴人的阅读口味马首是瞻。20 世纪 70 年代的美国结束了越南战争，但国内又发生了"水门事件"，种族纠纷、女权运动也仍然在持续，可以说 20 世纪 70 年代是风云变幻的时代，也是作家大有可为的时代。多克托罗作为一位关注历史和现实、创作视野比较开阔的严肃作家，自然无法对注重形式与虚构、题材逼仄的作品产生认同。《美国的思维状态》与《作家的信仰》分别写于 1986 年和 1993 年。上面提到的 3 篇文章时间跨度大，但在每一篇文章里多克托罗均指出与批评了美国小说的"私人化"特征：或是"谈论私生活"，或是"居留"在"私生活"里，或是"缺少社会内容"。我们再结合多克托罗的所有著作仔细审视，可见他这种写作态度是一以贯之的，从未改变。然而问题也接踵而至，多克托罗缘何如此旗帜鲜明地反对在小说中大力表现私生活？

首先，多克托罗曾经指出该类型的小说家"这样的态度会导致一种孤芳自赏的小小说"。③ 在小说中描写私生活本来无可厚非，但是，"在如今的许多微图画家小说（miniaturist novel）中你根本无法发现如简·奥斯汀小说中展现出来的那种对于社会所具有的广阔意义"。④ 也就是说，"小叙事"的作品如果不能以小见大，令读者见微知著，那么它的意蕴自然无法深厚，它的意义必然流于浅薄。多克托罗认为，如果作家对窗外的世界视而不见，只执着于"思考厨房和卧室里发生的事情，仿若外面没有街道、没有城镇、没有高速公路、没有国家"，这样的作品是乏善可陈的。⑤

其次，如果小说一味专注"小叙事"而非"宏大叙事"，只局限于描写私生活却缺乏社会内容，必然会导致作家责任感的缺失，并如学者马德生所言，会"忽视文学自

---

① 伯科维奇：《剑桥美国文学史：第 7 卷》，孙宏主译，北京：中央编译出版社，2008，第 507 页。

② 同上，第 591 页。

③ Christopher D. Morris, *Conversations with E. L. Doctorow* (Jackson: University Press of Mississippi, 1999), p.133.

④ 同上。

⑤ 同上。

身具有私人性与公共性相统一的特点,对文学理应表现的家国意识、社会担当、人文关怀等重大题材和时代主题,都予以机械地割裂和解构。这样做的结果,势必助长文学与社会的脱节,使写作走向极端的个人化,缺乏深广的社会意义,造成作家放弃对社会的公共关怀与批判意识、对人生的终极思考与人文诉求,进而导致文学的价值意义、社会责任与精神担当深度缺失"。[①] 也许这也有助于我们理解为何多克托罗的作品构成了对美国历史的连续审视:《欢迎来到哈德泰姆》描写 19 世纪 70 年代的美国西部,《但以理书》反映冷战时期的美国,《大进军》描绘美国南北战争,《拉格泰姆时代》反映镀金时代,《潜鸟湖》《世界博览会》《比利·巴思盖特》的背景是大萧条时期的美国,《霍默与兰利》折射 20 世纪的美国历史,《诗人的生活》叙写当代美国,等等。

再次,多克托罗力主的"小说应具有社会内容"其实是他"介入"式文学观的体现。它意味着小说家应在作品中探讨社会生活中的宗教、种族歧视、科学、犯罪等有关人类共同命运、影响人类社会发展的问题,应以积极介入的姿态去关注国计民生,因为他们知道叙写社会与时代的问题、揭露世界上的不公和苦难是一个有强烈社会担当意识的正直作家的职责;小说不应局限于反映个体的狭隘生活,而应力图表现丰富的社会内容。正是基于这样的创作理念,多克托罗才在《上帝之城》《霍默与兰利》等小说及多篇论文中发出对宗教的问询、疑问与思考,在《拉格泰姆时代》中描写白人种族主义者的恶劣行径,在《供水系统》中表现科学一旦为恶人掌握的后果,在《比利·巴思盖特》中重笔描绘美国纽约黑社会内部的残杀、其在外与官场的勾结等林林总总的社会现实问题。

最后,多克托罗的作品关注历史与现实的这个叙事"宏大化"的特点当然引起了学界的关注,他也讲述了个中原因:力图发现与还原事实。在《虚假的文献》("False Documents")一文中,多克托罗论及历史上的一些最重要的审判,如斯科普斯进化论审判案(Scopes Monkey Trial,也叫斯科普斯"猴子审判案")、罗森堡案件(the Rosenberg Case)等,在这些审判中,事实被埋葬、废黜、撤销。他论述道:

> 俄国人在其百科全书中居然将每一项重要工业发明都归功于己,并将已经失宠的领导人从历史文本中抹去。那时我们也很无知:我们自己学校和大学的历史学家也对曾生活与死亡在这个国家,却在我们的文本中严重缺席的人——美国黑人、本土美国人、中国人做了同样的事情。除非被撰写,否则便

---

① 马德生:《"个人化写作"的困境与宏大叙事重构》,《晋阳学刊》2012 年第 6 期,第 118 页。

没有历史……撰写的行为永不能停止。①

　　在以上段落中,多克托罗指出了俄国和美国的统治阶级利用权力制造知识,篡改历史,编写出利于其统治的话语和真理的行径。其实福柯在《规训与惩罚》一书中早就说明权力制造知识:"权力和知识是直接相互连带的;不相应地建构一种知识领域就不可能有权力关系,不同时预设和建构权力关系就不会有任何知识。"②因为对权力与知识关系的深刻理解,因为一个小说家的良知,以及要发现与还原事实的雄心,多克托罗在自己的作品中不断地回顾历史、重写历史:他在《但以理书》中描写了美国历史上著名的罗森堡案件,塑造了力图发现父母被电刑处死背后的真相、寻求生活意义的哥伦比亚大学博士但以理的形象;在《拉格泰姆时代》中描写了黑人与犹太人遭受的社会不公;在《上帝之城》中用了较多篇幅控诉"二战"期间纳粹对犹太人犯下的罪行;等等。多克托罗关注历史的原因之一就是他认为,历史只有不断地被书写、被重写才有可能接近事实和知识的本真面目。多克托罗的历史使命感、严肃的道德责任感和强烈的正义感由此可见一斑。

　　多克托罗关注历史的原因之二则是他认为阐释历史也是小说家的职责所在。他曾说:

　　　　虽然历史学家们是非常有价值的,也很重要,但我们不能把历史仅交给他们。历史学家们很清楚他们也在创作。所谓的客观历史只是一种永远不可能达到的理想……政府也编写历史,但绝大多数是值得怀疑的……社会从它的不同阐释者之间的分歧中昌盛起来。它从小说家、历史学家、教科书编著者、记者等的不同观点中找到自己的身份。一个社会要想健康地发展,必须尽可能地贴近它自身和现实。③

　　也就是说,撰写历史的不应只是历史学家,小说家、教科书编撰者、记者等也有权利和责任书写历史。在小说、新闻等文本中同样可以窥见历史,何况有时这些文本可能更接近历史真相。就像唐代大诗人杜甫的诗之所以被称为"诗史",就是因为其诗反映了许多重要的历史事件,其中一些事件史书未记载,这样就让后世之人得以窥见更本真的历史面貌。多克托罗非常重视小说的功能,他曾明确说过:"小

---

① E. L. Doctorow, *Jack London, Hemingway, and the Constitution: Selected Essays*, 1977-1992 (New York: Random House, 1993), pp. 160-161.
② 福柯:《规训与惩罚》,刘北成、杨远婴译,北京:生活·读书·新知三联书店,2012,第29页。
③ 陈俊松:《栖居于历史的含混处:E. L. 多克托罗访谈录》,《外国文学》2009年第4期,第90-91页。

说能发现事情,可以造就意识的支持者,它们还能赋予勇气,它们的可能性是无限的。"①"有通过文学使思想意识发生变化的情况。一本书可以使一种精神发出声音,或是使一种态度物质化。"②确实,传说林肯曾说斯托夫人写的《汤姆叔叔的小屋》引发了美国南北战争,海勒的《第二十二条军规》推动了美国20世纪60年代的反战运动,还有《钢铁是怎样炼成的》激励了全世界无数青少年。这样的例子不胜枚举。而小说的穷尽事理、铸就信仰、澡雪精神、改变社会的功能,当然要依赖小说家严肃认真的创作才能实现。从这个意义上来说,小说可谓"经国之大业、不朽之盛事"。并且,也正如多克托罗所言,只有通过多重见证人的更广阔的视角以及不同的阐释与观点,我们才能让那些在历史中被消失的声音重新显现,才能贴近史实,把握事件的真相。

第二节　小说与非小说无异

《虚假的文献》集中表达了多克托罗一些重要的文学观点。在该文中,他明确指出在所有的艺术门类中,唯有文学是把事实和虚构混淆在一起的。譬如在《圣经》中自然与超自然互相交融,人与神携手并肩。多克托罗也言及自己对《堂吉诃德》的作者塞万提斯声称自己不是该书的作者这一点很感兴趣,比如在《堂吉诃德》第一部分的第九章,塞万提斯在介绍了堂吉诃德的冒险后,声称自己在托莱多(Toledo)的一个市场上,在一位阿拉伯历史学家留下的羊皮纸上看到了有关堂吉诃德和桑丘的记载。另一部伟大的小说《鲁滨逊漂流记》也使用了类似手法——有一位鲁滨逊,这本书是他的自传,丹尼尔·笛福不过是这本书的编者。作为编者,笛福就可以跟读者担保这个故事是真的了。多克托罗认为,塞万提斯和笛福这样做都是"为了获得叙事的权威性,在作品中他们使用他人而非自己的声音,把自己当作文学上的遗嘱执行人而非作者来介绍。用肯尼斯·雷克斯罗特(Kenneth Rexroth)的精彩用辞来说,他们采用了'虚假的文献'这种传统手法"。③为了取得效果,虚假的文献只需可能真实即可。

多克托罗进而提出:每一部小说都是虚假的文献,因为单词的组成不是生活。《鲁滨逊漂流记》是一部典型的虚假的文献。鲁滨逊的原型亚历山大·塞尔扣克

---

① E. L. Doctorow, "Living in the House of Fiction," *The Nation* 15(1978):460.

② 鲁亚斯:《美国作家访谈录》,粟旺等译,北京:中国对外翻译出版公司,1995,第190页。

③ E. L. Doctorow, *Jack London, Hemingway, and the Constitution: Selected Essays, 1977 - 1992* (New York: Random House, 1993), p.155.

(Alexander Selkirk)的自传出版于《鲁滨逊漂流记》问世前几年,塞尔扣克本人在孤岛上的经历毁坏了他平静的精神状态,他一回到伦敦就立刻在自己的花园里挖了一个洞,住在洞里生气、发怒,令家人尴尬,对邻居也是一个威胁。但笛福却把这样一个心理失常的塞尔扣克写成了勇敢、坚毅的鲁滨逊,一个凭借对上帝和白种欧洲人的信仰及上帝的洪福生还的天才。

　　至于非小说,如传记、历史、报道等,则拥有一种小说不曾被赋予的权威性,当然有时因为要达到"真实"(factual)的效果而显得比较沉闷。但是事实真相往往难以获得或不存在。我们可以看看人类的历史,历史经常被人抹杀、杜撰或歪曲,并且最怀疑历史是非虚构学科的就是历史学家本身。多克托罗在此还举出两位著名历史学家的言论来证明这一点:E. H. 卡尔(E. H. Carr)曾说过历史不过是撰写历史者与其撰写的事实之间的连续的互动过程;卡尔·贝克尔(Carl Becker)则声称对于任何历史学家来说,直到他创造出历史事实为止,历史事实并不存在。经由以上论述,多克托罗得出响亮的结论:"小说与非小说并无我们通常所认为的那种区别,只有叙事。"[1]

　　《虚假的文献》写于1975年,而该文中最掷地有声的观点应属"小说与非小说并无区别"。我们知道美国在20世纪六七十年代曾经兴起过新的文学样式——非小说作品(nonfiction,也可译成"非虚构作品")。非小说作品的种类包括非虚构小说、新新闻体和口述报告文学。"非虚构小说"(nonfiction novel)是非小说作品中的一种重要形式。非虚构小说这个名字肇始于美国作家杜鲁门·卡波特(Truman Capote)。1965年,卡波特发表了《冷血》(*In Cold Blood*),该小说描写了1959年发生于堪萨斯州的一起凶杀案。为了把这部纪实小说写好,卡波特花费了大量时间到案发地点考察,还采访了警方人员、政府官员、罪犯、被害者的邻居等人。小说出版后大获成功,在随后的一次记者招待会上,卡波特宣称《冷血》采用了新的艺术形式,是一本他首创的"非虚构小说"。而后经过诺曼·梅勒、威廉·斯蒂伦(William Styron)、汤姆·沃尔夫(Tom Wolfe)等人的坚持与实践,非虚构小说终于成为一种新的小说文体,如梅勒的《夜幕下的大军》(*The Armies of the Night*)和《刽子手之歌》(*The Executioner's Song*)都是颇有影响的非虚构小说。

　　然而多克托罗对非虚构小说这一提法显然缺乏认同感。1975年,他的小说《拉格泰姆时代》问世,这部作品最显著的一个特点就是采用了将事实与虚构混合在一起的创作手法。小说讲述了"一战"前夕美国3个虚构家庭(分别是白人、犹太人和黑人)的故事,但有许多真实的历史人物活动其间,比如著名的脱身术大师胡

----

[1] E.L. Doctorow, *Jack London, Hemingway, and the Constitution: Selected Essays, 1977 - 1992* (New York: Random House, 1993), p.163.

迪尼、金融巨头摩根、汽车大王福特、黑人领袖布克·华盛顿、女权主义者埃玛·戈德曼、女演员伊芙琳·内斯比特,书中还穿插了该时代美国的一些历史事件。这种把真实与虚构结合在一起的创作方法令评论界与读者耳目一新,小说发表后获得无数好评,并于次年摘取了"美国书评人协会小说奖"。多克托罗也因此被一再询问诸如此类的问题:"摩根真的在他那著名的图书馆里和福特进行了一场对话吗?埃玛·戈德曼真的把交际花伊芙琳·内斯比特置于自己的保护之下吗?"①同样是在 1975 年,多克托罗在接受采访时非常明确地指出《拉格泰姆时代》是一本公然反抗事实的小说,是"一本虚构的非小说(fictive nonfiction),这是与杜鲁门·卡波特相反的、背道而驰的"。②

多克托罗所谓的"虚构的非小说"毋庸置疑是对卡波特创立的"非虚构小说"的一种公开质疑或抗衡。那么非虚构小说究竟有着什么样的特点呢? 我们知道,卡波特的《冷血》描写的是一桩真实的凶杀案。为了在小说中尽量真实地再现案件的缘由与始末,卡波特花了大量时间调研,搜集了许多一手资料。梅勒的《夜幕下的大军》是在梅勒亲自参加的 1967 年在纽约爆发的反战游行的基础上写就的,该书的创作也依据了报刊、宣传小手册等材料。也就是说,非虚构小说家往往在亲自采访或参与事件并获得大量素材的基础上,用写小说的方法将这些材料编写成小说,一言以蔽之,他们力图用小说来纪实、写实。但是,以这样的方法创作出来的非虚构小说是否就丝毫没有虚构或失实的成分呢? 答案显然是否定的。卡波特在《冷血》的致谢中说:"本书所有资料,除去我的观察所得,均是来自官方记录,以及本人对与案件直接相关人士的访谈结果。"③而观察是一个人对他人、对事物的细察与调查,是不能保证绝对准确与客观的。还有,在《刽子手之歌》中,梅勒描写男女主人公同居后不久,女主人公的祖父曾到他们家中坐了一会儿,"老头子朝她挤眉弄眼,像是在说,老天呀,你怎么又勾搭上了一个,我的胖小鸭? 胖小鸭是她小时候他给起的外号。祖父了解她能把自己拖入什么境地,当然也看出眼下她正需要这个家伙,所以不一会儿就告辞了。"④这段描写无疑是非常诙谐生动的,但是这些描写是否百分之百真实? 姑且不说祖父是否确实在那个时候拜访过孙女的家,祖父滑稽的面部表情是否真的是在向孙女传达"恨铁不成钢"的信息? 之后祖父的告辞难道确实是因为深谙孙女希望与心上人独处的心理? 没有丰富的想象,梅勒无法写出这传神的段落,无法通过侧面描写勾勒出一个涉世未深、自律意识不强的年轻女

---

① Christopher D. Morris, *Conversations with E. L. Doctorow* (Jackson: University Press of Mississippi, 1999), p.1.

② 同上,第 5 页。

③ 卡波特:《冷血》,夏杪译,海口:南海出版公司,2010,第 1 页。

④ 梅勒:《刽子手之歌》,邹惠玲、司辉、杨华译,南京:译林出版社,2008,第 78 页。

主人公的性格。由此可见,非虚构小说也无法完全摒弃想象、去除虚构。何况梅勒在一次访谈中也非常明确地说过:"在经验和想象之间没有明显的边界。"①在小说中,事实与虚构委实是混淆不清、难解难分的,即使标榜自己完全写实的非虚构小说,也无法逾越这个规则。

　　让我们再来看看多克托罗的"虚构的非小说"《拉格泰姆时代》。书中有一个这样的场景:75岁的摩根邀请了当时还是汽车机械师的福特来自己的宅邸会面,向福特展示了自己在私人图书馆中收藏的埃及法老的石棺,并表达了希望福特和自己一起远征埃及的愿望。福特明白了摩根想去埃及是为了寻求重生,然后他理性地拒绝了。暂且不论这个场景是否真实,首先小说对摩根的外貌描写是非常真实的,多克托罗如实描写了摩根的身材面貌,虽然对摩根的大鼻子不无调侃;其次多克托罗也令人信服地描写了摩根的心理活动:他欣赏福特使用流水线装配汽车的发明,"他在福特的成就中感到了一种追求秩序的欲念,这与自己的欲念一样庄严超凡。这是他很久以来得到的第一个启示,说明他在这个星球上或许并不是孑然一身的"。② 出于对福特才能的欣赏,摩根产生了一种与福特惺惺相惜的感觉,正是因为这种感觉,还有对自己身体状况的担忧(历史上真实的摩根确实在75岁时健康状况已经不佳,他确实建造了收藏丰富的摩根图书馆),摩根才会约见福特并邀请他与自己同往埃及探寻人在死后重生的可能,并且小说中的摩根也确实如历史上的摩根一样去了埃及休养,并死于76岁。正是由于情节设置得十分合情合理,摩根的面貌形象被刻画得非常鲜活,一些读者才会追问多克托罗摩根是否真的在他那著名的图书馆里和福特进行了一场对话。而结合时代背景,我们可以知道提问者受到非小说的影响可谓不浅。那么多克托罗又是如何回答这类问题的呢?虽然他不可能亲眼看见与自己不同时代的摩根的举动,也没有调查过摩根家族,却大声宣称:"我说《拉格泰姆》里的一切都是真实的,我这句话是认真的。我尽可能地写得真实。比如说,我认为我对J.P.摩根的看法比他授权的传记更接近于此人的灵魂……"③多克托罗坚称小说和非小说之间并不存在有人认为的那种区别,并用自己的创作实践与非虚构小说分庭抗礼,或者可以更明确地说,他是要解构非虚构小说所标榜的"非虚构"提法,对非虚构小说进行颠覆。在1991年的一次访谈中,多克托罗非常清楚地指出:"《拉格泰姆时代》是事实与虚构的混合,是一个小说

---

① J. Michael Lennon, *Conversations with Norman Mailer* (Jackson: University Press of Mississippi, 1988), p.90.
② 多克特罗:《拉格泰姆时代》,常涛、刘奚译,南京:译林出版社,1996,第100页。
③ 柏栎:《E.L.多克托罗访谈》,《书城》2012年第12期,第101页。

家对于一个崇尚非小说的时代的复仇。"①他为什么极力否认小说与非小说的区别？提出小说与非小说并无区别的观点之积极意义又何在呢？最重要的一点是，这个论断可以消解标榜自己为非小说者（如历史）的权威。因为我们知道纯粹的、绝对客观的写实作品在人类历史上是不可能存在的，即使非小说的撰写不受统治阶级的干涉，它也无从逃离作者的思想、情感与价值判断。如果民众对非小说产生迷信与崇拜，那么非小说就很有可能被一些别有用心的人利用，成为"虚假的文献"，成为传播、控制舆论及民众思想的工具，而民众在很多时候可能并没有意识到这一点。正因如此，多克托罗才会大声疾呼小说与非小说并无区别，才会力图向一个崇尚非小说的时代进行"复仇"，他其实是从一个小说家的道德责任感出发，力图擦亮民众的眼睛，唤醒蒙昧的民众。而《虚假的文献》也因此成为一篇闪耀着智慧的檄文。

第三节　文学应独立于权力

在《居住在小说之屋》中，多克托罗谈到意识形态坚定的人、有才气的政治人物、服务于政治的艺术家经常会写出毫无生命力的材料，只因他们的思想已在其作品中打上烙印，并援引 W. H. 奥登（W. H. Auden）的话说一个作家的政见比他的贪婪更危险。在接受中国学者陈俊松采访时，多克托罗又说：

> 诗人奥登曾说，一个作家的政见比他的贪婪更危险。他的意思是说，如果你在创作中受意识形态的驱使，如果你的作品仅仅服务于你的政治信仰，那么你的作品就难免陷入说教而以失败告终……上个世纪三十年代的美国，许多小说有一种政治倾向性，抗议的矛头直指这样或那样的不公，或主张建立一种不同的经济制度。在这些被称为无产阶级小说或革命小说（collectivist novels）的作品当中，真正收到实效的，或经久不衰的少之又少。②

这些论述其实也重申了多克托罗的一个观点："如果文学作品沦为政治小册子，那么它将注定失败。"③也就是说，文学作品若要获得价值与长久的生命力，便

---

① Christopher D. Morris, *Conversations with E. L. Doctorow* (Jackson: University Press of Mississippi, 1999), p.1.
② 陈俊松：《栖居于历史的含混处：E. L. 多克托罗访谈录》，《外国文学》2009 年第 4 期，第 89 - 90 页。
③ 同上，第 90 页。

不应充斥太多政治内容。

上述两段话中都有一个关键的核心词汇——"政治"。什么是"政治"？我们知道，"政治"一词虽然为人所耳熟能详，但迄今为止，尚无一个得到广泛认同的定义。"一方面，政治被指认为民主、平等、正义、和谐等等范畴……另一方面也被指认为权力、政党、阶级、阶级斗争等等……"①而我们认为多克托罗所谓的政治应该属于后一范畴。多克托罗认为，作家不应为政见造文，文学作品不应沦为作家政见的传声筒，作品充斥太多政治情感的话难免会失败，而失败常源于政治措辞。"经常有这种情况发生，小说家或诗人采用了政治措辞，而政治措辞的天性是不能阐释、无法启迪人的。如果你使用政治措辞，你就无法再次系统地阐述任何东西。你只会把别人已经知道的事情告诉他。"②

并且作家自身也应理性地应对政治的干预，即使这种干预是一种支持。在《美国的思维状态》中，多克托罗提及1986年在纽约召开的第48届国际笔会上，诺曼·梅勒邀请了时任美国国务卿乔治·舒尔茨（George Shultz）为大会开幕式致辞，梅勒说国务卿的出席给会议增添了光彩。多克托罗对梅勒此举却不以为然，他认为："对于作家，或任何一类艺术家来说，工作本就赋予自身尊严，政治支持应让作家警觉——就像罗伯特·洛厄尔（Robert Lowell）所做的那样，他在20世纪60年代拒绝了来自白宫的邀请。"③我们不妨运用法国社会学家布尔迪厄的场域和资本理论来分析多克托罗对于梅勒此举的否定。何谓"场域"？布尔迪厄说场域可以被定义为"由不同的位置之间的客观关系构成的一个网络，或一个构造"。④也就是说，场域作为位置空间的结构而存在。在高度分化的现代社会中出现了许多相对自主的微观世界，这些被布尔迪厄称为场域的社会微观世界（如宗教场、哲学场、政治场、文学场等）拥有自身的逻辑与规律；场域也是社会行动者参与的游戏空间，是力量关系的场所，也是一个永远斗争的场所。行动者拥有的资本越多，就越有可能在场域中占据支配地位。以文学场为例，布尔迪厄认为，文学场是一个具备不同习性和文学资本的行动者争夺位置占有权的场所。文学场在社会结构中仍然受到权力场的支配，内部虽然秉持着自主自治原则，却会遭遇外部政治、经济等力量的侵袭。

出于对文学自主性的忧患感，多克托罗否认梅勒邀请政要在笔会上发言之举：

---

① 焦垣生、胡友笋：《文学与政治关系言说的反思与重述》，《人文杂志》2010年第2期，第97页。

② Christopher D. Morris, *Conversations with E. L. Doctorow* (Jackson: University Press of Mississippi, 1999), p.65.

③ E.L.Doctorow, "The State of Mind of the Union," *The Nation* 11 (1986):327.

④ 包亚明：《文化资本与社会炼金术：布尔迪厄访谈录》，包亚明译，上海：上海人民出版社，1997，第142页。

多克托罗担心文学艺术生产被外部的政治力量侵袭,生怕权力关系伸向自主的文学艺术生产。由于"被假定能代表团体的发言人,因为他的显赫,他的'出众',他的'曝光率'而建构了权力的主要部分(如果不是这种权力的本质),这种权力因为完全设置在了解和承认的逻辑的内部,所以它在本质上是一种象征性权力"。① 因而舒尔茨当时在某种意义上就是权力的代名词。梅勒结交权贵,寻求权力的支持,也间接反映了文学场被权力场统治的情况——布尔迪厄曾明确地说:"艺术家和作家,或更笼统地说,知识分子其实是统治阶级中被统治的一部分。他们拥有权力,并且由于占有文化资本而被授予某种特权……但作家和艺术家相对于那些拥有政治和经济权力的人来说又是被统治者。"②因而梅勒的邀请之举在一定程度上也是作家对于大权在握的统治阶级权威的认可之举。

梅勒的邀请之举也可视为文学场中受政治导向影响的作家为寻求和增加自己的社会资本而采取的行动。布尔迪厄认为资本可以表现为 3 种基本的形态:经济资本、文化资本和社会资本。经济资本主要指财产;文化资本以 3 种形式存在(具体的状态、客观的状态、体制的状态),以教育资格的形式被制度化;社会资本主要体现为社会关系网。另外,他还把这 3 种资本的被认可形式称为"符号资本"。资本生成了一种权力来控制场,并在有关场中起作用,在不同类型的资本之间存在着相互转换的可能。梅勒固然是一位非常优秀的作家,但同时也是一位拥有炽热"政治情怀"的社会活动家,他曾参加 1968 年纽约市长的竞选就是一个非常雄辩的说明。梅勒邀请国务卿在笔会上致辞,体现出他为自己积极营造社会关系网的努力以及为自己谋求更多社会资本的苦心。因为作家如果能与政要保持良好的关系,无疑会提高声誉、增加社会资本,社会资本在某些条件下又可转换为经济资本,而丰厚的经济资本往往又是能帮助作家在场域斗争中取得支配性地位、获得胜利的后盾。

多克托罗对梅勒此举的批评与否定则属于文学场内部不同习性的文学行动者之间的斗争,反映了自主性的文化生产者(他们竭力维持艺术标准的纯粹)对于文学场内部自治原则的坚守,以及为了提高文学场独立自治程度的努力。多克托罗认为作家无须依靠当权政要的支持来取得尊严、地位与价值,他还认为文学与政治权力之间应该泾渭分明,如此才能使文学作品永葆生命力,文学家才能保全独立人格。此般直言不讳的言论充分反映了他的睿智和非凡勇气。多克托罗在美国文学界获得了许多荣誉,在 1998 年也得到了美国总统颁发的国家人文奖章,但他并未

---

① 包亚明:《文化资本与社会炼金术:布尔迪厄访谈录》,包亚明译,上海:上海人民出版社,1997,第 207 页。
② 同上,第 85 页。

因此对政府"感激涕零",为其歌功颂德,相反,他始终不曾间断对美国政治的审视与批判。他在不止一篇文章中批评他认为不合格的总统里根和老布什。在《奥威尔的〈1984〉》("Orwell's 1984")中,多克托罗批判里根政府仅在 1982 年的 4 个月间就在中美洲国家萨尔瓦多实施了 2 334 桩政治谋杀;在《总统的品质》("The Character of Presidents")一文中,他批评老布什:

> 1989 年 6 月,布什先生否决了一项力图在 3 年内将每小时最低工资提高到 4.55 美元的议案。1989 年 10 月,他否决了一个议案,其中包括使用医疗补助资金支付贫穷妇女流产费用的条款,那些妇女是强奸或乱伦的受害者。1990 年 10 月,他否决了国会通过的民权法案,驳回了最高法院的裁决,使得妇女和少数族裔更难在就业歧视诉讼中获胜。次年 10 月,他否决了一个要为已经耗尽其 26 周失业保险金的人群扩大福利的议案。①

多克托罗认为老布什滥用权力,作出了多项违犯人道主义决议的行为,造成了美国下层人民的苦难,他对此加以抨击,为美国社会的弱势群体仗义执言。这对于一个作家,尤其是获得盛誉的作家来说是何其难能可贵!他当然知晓他的言论很可能招致来自政府的迫害,但他仍不惮于批判总统的不合理作为、社会上的不良现象,在作品中对其进行揭露与抨击。多克托罗可谓"美国的良心"。

第四节　重视"讲故事"

在《作家的童年》("Childhood of a Writer")一文中,多克托罗回忆了自己的一些童年往事,说自己家中的每个人都善于讲故事,无一例外。家人讲的多为寻常故事,叙述出来之后却颇具重要性和意义。在这样的环境中长大的多克托罗自然也是个讲故事的高手。多克托罗在布朗克斯科学高中读书时曾上过新闻课,有一天新闻课的老师布置了一个任务,让学生外出采访。多克托罗上交了一份有关纽约市的卡内基音乐厅(Carnegie Hall)看门人的采访稿。看门人是个德国犹太难民营的生还者,全家仅剩下他一人。他过早衰老,性情温和,穿着双排扣的蓝色哔叽夹克和棕色布袋裤。每晚来上班时他都带着装在纸袋里的晚餐和一瓶热茶。他用旧式的方法喝茶,就是拿一块方糖放在齿间,然后再小口啜饮茶水。他的人生被毁但

---

① E.L. Doctorow, *Jack London, Hemingway, and the Constitution: Selected Essays, 1977 - 1992* (New York: Random House, 1993), p.98.

他意志坚强,并懂得生活的全部技能,能够专业地谈论作曲家和音乐家。在过去的这些年,他已成为本地不可或缺的人物,所有的演奏家(如霍罗威茨、鲁宾斯坦等)都认识他,都叫他"看门人卡尔"。

这份采访稿给多克托罗的老师留下了深刻印象,以至于要把它登载在校报上,她跟多克托罗说想派一个摄影课的学生去卡内基音乐厅为这位看门人拍照,然后把照片和这个故事登在一起。多克托罗回答老师说不可能,因为根本就没卡尔这个看门人,卡尔不过是他编造的人物。

我们认为,这件事足以说明9岁时就决定要当作家的多克托罗讲故事的天赋,而多克托罗也认为这件事是"一个小说家诞生的寓言故事"。在《小爆炸》("The Little Bang")一文中,多克托罗更是把作家灵感的小爆炸与宇宙大爆炸(Big Bang)放在一起讨论,并提到远古时候的讲故事者,他们的系统讲述最后都被载入神圣的文本中,他们认为这些故事的作者是上帝,或者说他们认为自己的灵感来自上帝。但是对上帝虔诚并不妨碍人们使用叙事策略。叙事策略之一是已知结果,故事朝向结果设置;叙事策略之二是讲故事的常规做法,就是对现有故事的改编。前者如已知结果是世界上的人说着许多种语言,通天塔的故事便朝向这个结果来解释;后者如《创世纪》中的大洪水故事便改编自美索不达米亚地区有关洪水的传说。

行文至此,笔者相信大家都已明白了多克托罗所谓的"讲故事"(storytelling)指的就是叙事(narrative),更何况 narrative 本就有着"讲故事"的含义,a master of narrative 的含义为"讲故事的高手",当然在不同语境下它也可被译为"叙事大师"。为了把自己创作的故事讲好,多克托罗煞费苦心地运用了许多方法,其中包括后现代主义技巧的运用。他曾说过:"我运用了某些后现代主义技巧,但那完全是出自传统的讲故事的目的。"①多克托罗在小说中使用的一些后现代主义技巧主要包括拼贴、戏仿、蒙太奇等。

拼贴(collage)是一种绘画技法,画家将报纸、布片、绳子等实物直接拼贴到画中,突破了传统绘画的二维空间,也因此模糊了艺术中真实与幻象的区别。由于艺术的相通性,拼贴后来被移植到现代文学创作中。巴塞尔姆曾评论拼贴的效果说:"拼贴的要点在于不相似的事物被粘在一起,在最佳状况下,创造出一个新现实。这一新现实在其最佳状况下可能是或者暗示出对它源于其中的另一现实的评论,或者,还不只这些。"②也就是说,拼贴如果能得到最佳运用,便能在文学作品中营造出一个新境界。多克托罗是善用拼贴的作家,他的《但以理书》《上帝之城》等小

---

① Christopher D. Morris, *Conversations with E. L. Doctorow* (Jackson: University Press of Mississippi, 1999), p.193.

② 巴塞尔姆:《白雪公主》,周荣胜、王柏华译,哈尔滨:哈尔滨出版社,1994,第 331 - 332 页。

说都是结构上带有拼贴性的作品。

以《上帝之城》为例，全书可谓一床令人眼花缭乱的百纳被：第一节论述"宇宙大爆炸"理论，第二节讲述一个男人眼中的女人莫拉，第三节提及星系，第四节是神父佩姆伯顿回复小说家艾弗瑞特的电子邮件，第五节描述大教堂后面买卖赃物的市场，第六节讲述一个男子爱上有两个孩子的有夫之妇，第七节的主人公佩姆伯顿在纽约城中游荡并对其发出许多感喟，等等。小说描述的事件繁多、缺乏线性，有许多还无果而终；小说的叙述时序颠倒杂乱，叙述人称经常转换，这导致读者常无法轻易得知叙述者为谁及所述何事；小说中电子邮件、日记、祈祷文、流行乐曲的歌词、传记、诗歌等交替出现，还穿插哲学笔记、科普文章、录音转写文本等；小说充斥着多人的声音，如爱因斯坦的、维特根斯坦的、佩姆伯顿的、"二战"期间在纳粹占领区里送口信的犹太小男孩的等，这些声音构成一曲多声部交响乐。多克托罗由此描绘出一座光怪陆离的纽约城，这座城市正如小说中所描述的："纽约啊纽约，文学、艺术之都，虚伪之都，地铁、隧道、公寓大厦之都……纽约，人们不工作就大量挣钱的都市。人们一辈子工作最后破产的都市……这是一个所有音乐汇聚的都市，这是一个连树都筋疲力尽的都市。"①多克托罗是一位生于纽约长于纽约的作家，他看到这座城市的物欲横流，它备受世俗污染却又英才荟萃，读者可以分明看见多克托罗对纽约爱恨交加的感情。

戏仿（parody）又称"滑稽模仿"，被模仿的对象可以是一部作品、一位作家的文风、一种文类、一桩历史事件等，但戏仿常突出被模仿对象的弱点，以达到讽刺、否定、嘲笑、批判的目的。《欢迎来到哈德泰姆》便是对美国西部小说的戏仿——多克托罗曾经在一次访谈中谈及这部小说的写作动因：

> 我当时为一家电影公司做审读员。我坐在大厅里的一些文件柜后面，审读许多交到这个公司的东西，还得为它们写出故事梗概。我必须忍受一本又一本糟糕的西部小说，这让我产生了一个想法，就是我可以用一种有趣得多的方式来说谎，超过这些小说作者中任何一人。我写了个短篇故事，它接下来就成了那部小说的第一章。②

多克托罗一直认为小说家的创作在某种意义上就是"说谎"（lie），当年任审读员的多克托罗还不到 30 岁，工作时他不得不审读许多"糟糕"的西部小说，不想这

① 多克特罗：《上帝之城》，李战子、韩秉建译，南京：译林出版社，2005，第 10 页。

② Christopher D. Morris, *Conversations with E. L. Doctorow* (Jackson: University Press of Mississippi, 1999), pp. 11 - 12.

却激起了他的写作欲望,促成他第一部小说的诞生。与塞万提斯写《堂吉诃德》意在抨击与扫除骑士小说异曲同工,多克托罗创作西部小说《欢迎来到哈德泰姆》也是为了对美国的西部小说进行戏仿与批判。该小说的叙述者是时任镇长、50多岁的鳏夫布卢,故事发生在19世纪末美国西部的一个小镇哈德泰姆(Hard Times)里,一个坏人特纳强奸杀人无所不为,他烧伤妓女莫莉,使男孩吉米成了孤儿。莫莉曾向布卢求救,布卢却漠然置之。结果特纳一把火烧了布卢所作的小镇记录和小镇。这是小镇的第一次毁灭。

布卢在特纳离开后带领幸存者重建家园,为了赎罪,他娶了莫莉,也收养了吉米。但他不理会莫莉要离开小镇的请求,使之绝望,他一心只想按自己的设想改造吉米并深深伤害了吉米的感情,导致养子性情冷酷、慢慢变坏。特纳在小镇重建后返回并要再度摧毁它,但这次一心复仇的莫莉疯狂折磨特纳,惊惧中的吉米用枪射死了莫莉与特纳,也使布卢受重伤而死。吉米迅速逃离,本就问题重重的小镇被第二次毁灭。

《欢迎来到哈德泰姆》是对传统西部小说的戏仿。首先是主人公的塑造:布卢并非西部小说中能与匪徒格斗、保护弱者的牛仔英雄,他胆怯懦弱,还有其他人格缺陷;莫莉来自纽约,到西部只为摆脱无尊严的侍女生活,结果却被西部艰苦的生活逼得沦为妓女,婚后也不快乐的她一心复仇,最后死于疯狂的复仇。女主人公的面貌与传统西部小说中温柔美丽、结局幸福的女子是迥然不同的。其次,传统美国西部小说讲述的都是正义战胜邪恶的故事,往往有幸福的结局,但在该小说中正并不压邪,结局可悲。特纳虽死,新一代恶棍吉米却已经成长。这是《欢迎来到哈德泰姆》中对西部小说的明显戏仿与颠覆,它与欧文·威斯特、梅恩·里德等作家营造的西部小说模式实在是大相径庭。

"在一次访谈中,多克托罗谈起西部神话时说它不过是那些'不知现实为何物'的作家的创造。而他的小说就是与之有意的对抗。"[1]多克托罗戏仿的目的在于解构美国政府及一些作家营造的西部神话,他以一位哲人的客观眼光看待西部:当时的美国西部不仅有辽阔边疆、丰富矿藏、浪漫风情,还有严酷恶劣的自然条件,投机者、矿工、农民等依照丛林法则以求生存。《欢迎来到哈德泰姆》大量描写了靠不法手段发家的卑劣商人及他们的商业活动,而非传统西部小说常描写的拓荒者伟大艰苦的农业拓荒过程。小说中有一位用土办法救治了许多人的印第安人贝厄,但就因为是印第安人,他差点被奸商、种族主义者萨尔打死。贝厄无法忘记自己遭受的屈辱,终于在小镇第二次被毁时剥下了萨尔的头皮,为己雪耻。在美国的西进运

---

[1] Douglas Fowler, *Understanding E. L. Doctorow* (Columbia: University of South Carolina Press, 1992), p.12.

动中,印第安人被大量屠杀,被迫逃离家园,印第安人西迁之过程是一条"血泪之路"。多克托罗塑造这样一位印第安人,意在向种族主义者提出严正的告诫。总而言之,多克托罗可谓在小说中还原了一个更为真实的西部。

再说蒙太奇。蒙太奇是法语 montage 的音译,在法语中是"剪接"的意思,在制作电影时如果把从不同距离、角度和地点拍摄的镜头组合衔接在一起,就会产生各镜头单独存在所不能具有的含义。蒙太奇后来进入文学领域,成为小说艺术手法,作家常对所描写的场景进行切换、挪移、组合以表现作品主旨。如《大进军》的第一部"佐治亚"包括 17 个短章:第 1 章描写南北战争期间南方一个庄园主匆忙处理家产并扔下私生女逃亡;第 2 章的场景切换到南方军的一个监狱,犯人们被告知可以马上获释,但前提是立即从军与北方军作战;第 3 章的故事发生在一位南方法官的家中,女儿眼看着法官父亲走向死亡并在其葬礼上哭泣;第 4 章中,两位南方士兵混入北方军中求生,但马上又被南方军抓获;第 5 章中,一位北方军中尉在执行任务时被枪击身亡……故事镜头不停切换,使读者在开卷不久便了解南北战争期间南方各阶层民众的思想、战争的残酷、人性的复杂。这种蒙太奇手法的运用避免了线性的平铺直叙,令小说充满张力。

多克托罗把后现代主义技巧运用得出神入化,为他的小说自然增添了不少色彩,有时也令读者的理解和反应能力受到挑战。有的论者给他贴上后现代主义作家的标签,但他从来都加以否认,他说他在根本上还是忠于传统叙述的,使用后现代主义方法是为了复兴传统小说。[①]

第五节　推崇存在主义

多克托罗 1948 年上大学时,学习的是哲学专业,当时也是存在主义盛行的时期。法国存在主义作家萨特于 1945 年和 1946 年两度访问美国;1946 年,加缪访问美国;1947 年,存在主义女作家波伏瓦抵达纽约访美,还被称为"最美的存在主义者"。他们在一些著名大学发表演讲,对公众进行演说,与美国学界与知识界进行广泛接触与交流,这一切极大地激发了美国人对存在主义的兴趣。当时美国的许多杂志,如《党派评论》(*Partisan Review*)、《观点》(*View*)、《纽约客》(*The New Yorker*)都登载了与存在主义相关的文章和消息,助推了存在主义在美国的传播。

多克托罗曾多次提及存在主义对他一生及其作品的重要性,如他曾告诉贝维拉夸:

---

① 高巍:《人文主义、宗教信仰及其他:对话 E. L. 多克托罗》,《外国文学动态》2012 年第 2 期,第 4 页。

　　当我上大学时,哲学殿堂中的存在主义非常流行和重要。我学习萨特、海德格尔、加缪和胡塞尔。存在主义的观点不仅令我兴奋,也激起了我情感上的认同。当时作为一个年轻人,我对那种自由和忧伤的感觉作出反应,并且我也从未放弃过那种反应。所以我会说存在主义对于我自己极其重要,并且对于我所有的作品也非常重要。①

　　在《凯尼恩》("Kenyon")一文中,多克托罗说自己就读凯尼恩学院时,哲学教授菲利普·布莱尔·赖斯是著名的《凯尼恩评论》的副主编,主编则是著名诗人及文学评论家兰塞姆。正是因为赖斯的影响,《凯尼恩评论》才向战后欧洲的存在主义开放。在凯尼恩学院学习时,多克托罗已深受存在主义的熏陶与影响,而在当时及接下来20年间的美国大学校园、整个美国思想界和文化界中,存在主义风靡一时,正是这样的时代环境造就了美国文学中普遍弥漫的存在主义色彩,因此多克托罗说存在主义对他个人及他所有的作品都非常重要便是情理之中的事了。

　　多克托罗也对存在主义的内涵作出过精彩的阐释:

　　　　存在主义是对法西斯主义及在欧洲上升的极权主义国家的重大哲学反应……狂热为法西斯运动提供动力,所以唯一可能的反应就是狂热的反面——距离,或者说哲学的疏离。存在主义回归到起点,回到一个没有教条的世界,回归到勇敢承认一个不遵守道德准则的体系的存在……我在萨特和加缪还有其他人(如胡塞尔)的影响下长大。我相信存在主义的视野。就像许多形而上学一样,它实际上是诗的一种形式。但我信任它,因为它放弃了教条,把人的创造力当作在沉寂中的辉煌响声来接受。我想那就是存在主义者所谓的"荒诞"的意义吧……它(指存在主义,笔者注)悲观吗? 我并不这么认为。存在主义承担着建构公正世界的职责,至少在我看来,它希望能用那种方式找到意义和上帝。荒诞感是非常实用的,它怀疑绝对真理,怀疑来得容易的答案和政治救世主。鉴于20世纪人类社会的历史,它实际上是令人鼓舞的。②

　　在《自然神论》("Deism")一文中,多克托罗也声称自己"从加缪和萨特的存在

---

① Christopher D. Morris, *Conversations with E. L. Doctorow* (Jackson: University Press of Mississippi, 1999), p.129.

② 同上,pp.112－113.

主义小说中获得了初步经验"。①

由以上材料可知,多克托罗自言受到胡塞尔、萨特、加缪等人的极大影响。也就是说,无神论存在主义对其影响甚深。多克托罗的性情,正是为存在主义"陶染所凝"的结果。多克托罗认为存在主义摒弃了教条,感受到人生之"荒诞"却不悲观消沉,并且还"承担着建构公正世界的职责"。正因如此,多克托罗在情感上认同、崇尚存在主义,也努力从加缪和萨特的存在主义小说中取经,多克托罗的许多作品也反映了存在主义的思想观念。

多克托罗明确指出存在主义的自由、忧伤深深触动了他的心灵。这也许就可以解释为何他笔下有那么多追寻与象征自由的形象:《大进军》中逃离南方庄园奴隶主而追随北方谢尔曼将军部队的黑人少年、《拉格泰姆时代》中的著名犹太脱身术大师哈里·胡迪尼、《比利·巴思盖特》的同名主人公(出身贫苦的少年,他被动入伙黑帮为其效力,却又侥幸获得巨额财富安全生还、自由生活)等。这也可以诠释为何其作品中充满对弱者的关注、同情与支持:《霍默与兰利》写出了豪门之兴衰,奏响了忧伤的时代挽歌;《但以理书》通过罗森堡冤案写出美国对其人民及自身的毁灭;《大进军》中也描摹了许多忧伤时刻,如谢尔曼将军对对手南方军将军失去儿子的同情与哭泣、珀尔亲眼看见她的恩人中尉克拉克死在田野里等。

多克托罗对存在主义哲学作了简介和诠释,也言及存在主义文学中的小说。但是,究竟何谓存在主义?存在主义这个名称最初于何时出现?关于后面这个问题是有不同说法的。一般认为"存在主义"(existentialism)这个词是法国哲学家加布里埃尔·马塞尔在1942年创造的[不过当然,在此之前存在主义早已出现,只是常常被称为"存在哲学"或"关于存在的哲学",威廉·巴雷特(William Barrett)在其著名的《非理性的人》(Irrational Man)中更是明确指出存在主义最早可以在希伯来文化和希腊文化中找到渊源],马塞尔用它来指称当时萨特及其密友波伏瓦的思想。这个词很快又被用来指称其他许多哲学家,如海德格尔、雅斯贝尔斯、加缪等人,接下来19世纪哲学史上的克尔凯郭尔、尼采等人也被贴上了存在主义的标签。但是还不止如此,波伏瓦曾描述说:

> 存在主义者的标签被应用到我们所有的著作上……用到我们的朋友们身上……而且也用来指某种特定风格的绘画和音乐。安·玛丽娅·卡扎丽谋划着从这个风潮中得利……她将以自己为中心的小圈子,以及那些整日游荡在音乐厅和画廊之间的年轻人施洗为存在主义者……[他们]穿着新的"存在主

---

① E.L. Doctorow, *Reporting the Universe* (Massachusetts: Harvard University Press, 2003), p.70.

义者"套装……那是从意大利卡普里岛进口的……黑毛衫、黑衬衣和黑裤子。①

也就是说,当时被贴上存在主义标签的不仅仅是人和思想,还有绘画、音乐,甚至"时尚"。存在主义出现时,其指涉并不囿于哲学的范畴(存在主义作为一种哲学正式形成于 20 世纪 20 年代的德国)。并且存在主义还常被人误解,如有人把它看成"二战"后绝望情绪的痛苦表达,该论点当然是错误的,"这种观点明显混淆了作为一种哲学的存在主义与作为一种时尚的存在主义。我们应当注意到所有广为人知的存在主义著作都是在二战前写成或者在战争结束前完稿"。② 但是我们也不可否认在存在主义的发展过程中,"二战"起到了最大的作用:人们因战争受到巨大的精神创伤,理性和信仰因残酷的现实而化为齑粉,传统的思想体系土崩瓦解,在痛苦与困惑中的人们普遍对异化的社会现实感到强烈的不满,他们要求追寻人的存在意义,存在主义因此得以盛行。并且存在主义者也绝非像一些人认为的那样是非理性主义者。因为"存在主义者并不否认逻辑和科学推理的有效性。在此意义上,他们并非非理性主义者。他们仅仅怀疑这种推理能否触及内心深处引领我们生活的个人信仰"。③

至于存在主义的主张,美国普林斯顿大学哲学教授沃尔特·考夫曼(Walter Kaufmann)认为,存在主义拒绝把自己"归属于思想上任何一个派系,否定任何信仰团体(特别是各种体系)的充足性,将传统哲学视为表面的、经院的和远离生活的东西,而对它显然不满——这就是存在主义的核心。存在主义是一种每个时代的人都有的感受,在历史上我们随处都可以辨认出来,但只在现代它才凝结而为一种坚定的抗议和主张"。④

还有学者更是鲜明地指出:

> 存在主义者主张各异,甚至互相矛盾的,但他们一致认为,存在主义哲学只是一种哲学方法,而不是教条。这种哲学方法的原则相对比较统一,即:1.现实是无法彻底理解的,不存在永恒的真理,没有存在于人之前、人之外的真理。2.理性不足以引导人的生活。人是情感和意志的动物,必须充分参与生活,必须直接、积极、充满激情地体验存在。唯有如此,方能找到存在的本质。

---

① 科珀:《存在主义》,孙小玲、郑剑文译,上海:复旦大学出版社,2012,第 3 页。
② 同上,第 18 页。
③ 弗林:《存在主义简论》,莫伟民译,北京:外语教学与研究出版社,2008,第 155 页。
④ 考夫曼:《存在主义》,陈鼓应、孟祥森、刘崎译,北京:商务印书馆,1987,第 1-2 页。

3.思想不能只是抽象的臆想,而是应该变为行动。4.人是孤独的,宇宙对人的期望和需求是无动于衷的,死亡随时威胁着人。人要对自己的存在负责。5.人是自由的,人存在的真谛在于能够从多种可能性中自由选择。①

　　这段对于存在主义的解说与多克托罗对于存在主义的诠释不无相同之处,其中认为"存在主义哲学只是一种哲学方法,而不是教条"的论断呼应着多克托罗认为存在主义"放弃了教条"的见解;第3点提出的应把思想"变为行动"的原则与多克托罗所谓的荒诞对于行动的作用和他认为荒诞导致的愤怒情感有利于行动和战斗的看法不谋而合。而我们认为,要较好地理解存在主义,确实应该认识到"存在主义哲学只是一种哲学方法,而不是教条",此为存在主义的核心精神。

　　事实上,由于存在主义哲学家的阵营庞大、观点纷杂(如基督教存在主义主张追随上帝,无神论存在主义则否认上帝的存在),我们无法对其作出全面准确的概括,但是他们还是存在一些共识的,譬如无神论存在主义者都重视个体的存在,认为存在先于本质;他们崇尚"自由选择",重视对自己和他人的责任;他们力图揭示世界与人生的荒诞;等等。诸如此类的存在主义哲学要义与经院哲学相对,能够进入大千世界,正因如此,存在主义哲学最终成了20世纪最重要的哲学思潮之一。

　　存在主义一直以德国和法国为活动中心,但在欧洲的其他国家,以及美国、日本等国家,它同样有其影响,在美国的影响最大。"二战"前在美国占主导地位的哲学是实用主义等美国传统哲学,存在主义的影响甚微;"二战"期间及战后初期,美国有关存在主义的论著较前增多,法国存在主义大家萨特、加缪等人的一些著作(如萨特的《恶心》和《自由之路》,加缪的《局外人》和《鼠疫》)也被译介入美国,他们两人以及波伏瓦的访美更加推进了存在主义在美国的发展。此时在美国本土也出现了一批存在主义者及论述存在主义的著作,如蒂利克、巴雷特、怀尔德等人。其中巴雷特是美国最有影响的存在主义者之一,他的代表作《非理性的人》被他的同行认为是英语国家研究存在主义最优秀的著作,流播甚广,在我国则有段德智及杨照明、艾平翻译的两个译本。

　　在存在主义哲学基础上形成了存在主义文学流派,其于"二战"前夕产生于法国,而后盛行于西方世界。不过存在主义文学绝非存在主义哲学的移植或翻版,绝非仅是存在主义哲学的文学演绎与解说,它们的内涵并非同一等量。至于存在主义文学的代表,我们在此仅介绍美国的存在主义文学家。美国的存在主义文学家有索尔·贝娄、诺曼·梅勒、拉尔夫·埃里森、理查德·赖特、保罗·鲍尔斯等人,当然也包括E.L.多克托罗。其中诺曼·梅勒发展出了自己的一套存在主义理论,

---

① 史志康:《美国文学背景概观》,上海:上海外语教育出版社,1998,第232页。

并依据该理论指导自己的小说创作。

存在主义文学的内涵,用柳鸣九先生的话来说就是"对人的状况、人的存在的感受以及面对着人的状况、人的存在状态而提出来的主张"。[①] 纵观萨特、加缪等存在主义哲学家和文学家的作品,感觉柳先生可谓一语中的。

崇尚、认同存在主义哲学,从加缪和萨特的存在主义小说中获得了初步经验,并声称存在主义对自己所有的作品都非常重要的多克托罗,在自己的小说中当然也充分表现出(无神论)存在主义的色彩。接下来本书主要通过研究多克托罗的《拉格泰姆时代》《霍默与兰利》等长篇小说及其部分短篇小说来探讨其作中的存在主义色彩及其积极意义,并将多克托罗与诺曼·梅勒思想与作品中的存在主义进行比较,以此窥见多克托罗小说所展现的一种迥异于梅勒作品的美国存在主义小说风范。

[①] 柳鸣九:《存在文学与二十世纪文学中的存在问题》,《外国文学评论》1994 年第 3 期,第 54 页。

第二章

诠释人之自由——《拉格泰姆时代》

　　多克托罗推崇人的意识,即"自为"的功用,他的小说《拉格泰姆时代》通过一些人物的行动有力诠释了"自为"的重要作用,彰显了人的自由选择的重大力量。同时,这些人物积极行动也是为了实现他们的美国梦。

第一节　"自在""自为"与自由

　　多克托罗在谈及存在主义时说过"事物本身(things in themselves)就是萨特所谓的自在,还有人的意识,即自为"。① 而"自在"(en-soi)的存在和"自为"(pour-soi)的存在,正是萨特在其哲学论著《存在与虚无》中把存在分成的两种基本类型。萨特还归纳出关于自在的存在的3个特点:"存在存在。存在是自在的。存在是其所是。"②并对其进行了详细阐述。简而言之,这3句话的意思就是:自在的存在是非创造的;自在的存在自身是充实的;存在是它所是的那个东西,没有什么发展变化。并且自在的存在的特征在于它永远是充实的、满足的、无意识的,因而也是惰性的。"一般说来,可以说自然界或宇宙就是自在的存在。但是却不能说自在的存在就是自然界或宇宙。自在是一个比自然界或宇宙更为抽象的概念,一切失去意识的控制,超出意识之外的东西,只要它是存在的而不是'非存在'的,就都是自在的。"③至于自为的存在,正如多克托罗所明确指出的一样,就是人的意识的存在。自为的存在的特性正好与自在的存在相反:它是对存在的否定,即非存在、虚无;它不是自在的、充实的,而且必然超越自身;它不是其所是,而是其所不是。"自为不是别的,只不过是自在的纯粹虚无化。"④正因为自为具有一种内在否定性,也就是人的意识的虚无化能力,自为的存在便永远处在一种不断否定、不断追求、永不满

① Christopher D. Morris, *Conversations with E. L. Doctorow* (Jackson: University Press of Mississippi, 1999), p.112.
② 萨特:《存在与虚无》,陈宣良等译,北京:生活·读书·新知三联书店,2007,第26页。
③ 徐崇温:《存在主义哲学》,北京:中国社会科学出版社,1986,第429页。
④ 萨特:《存在与虚无》,陈宣良等译,北京:生活·读书·新知三联书店,2007,第745页。

足、力图超越的状态之中。萨特重视对自为存在而非自在存在的把握，而人的意识的存在由自身奠定基础，就是说人可以自己决定自己。不像一块无法改变自我的石头，人是可以决定自己的本质、决定自己存在的意义的。这也就是萨特在《存在主义是一种人道主义》中所谓的"存在先于本质"。

萨特在《存在主义是一种人道主义》中较详细地解释了"存在先于本质"的含义：

> 我们说存在先于本质的意思指什么呢？意思就是说首先有人，人碰上自己，在世界上涌现出来——然后才给自己下定义……人性是没有的，因为没有上帝提供一个人的概念。人就是人。这不仅说他是自己认为的那样，而且也是他愿意成为的那样……人除了自己认为的那样以外，什么都不是。这就是存在主义的第一原则。①

这段话到底是何意？简单地说，就是人性不是既定的，并且萨特认为上帝也是不存在的；好人或坏人、英雄或懦夫都不是天生的，英雄使自己成为英雄，懦夫使自己成为懦夫。他们通过自己的主动选择成为那样的人。萨特在自己的一些文学作品中阐释了这一观点。比如在剧本《苍蝇》中，俄瑞斯忒斯为了替父王阿伽门农报仇而杀死了母后及其情夫（现任国王），俄瑞斯忒斯不听天神朱庇特要求其放弃报仇的建议及警告，作出了英勇的选择，使自己成为英雄；而阿尔戈斯城的居民们多年以来对这桩罪行一直保持沉默，听之任之，他们作出了懦弱的选择，千百万只苍蝇从此也便在该城上空盘旋不散。在俄瑞斯忒斯手刃仇人之后，复仇的苍蝇便随他而去。还有在剧本《死无葬身之地》中，抵抗德国法西斯的游击队员被抓住严刑拷打。为了不让游击队长若望暴露身份，队员们，包括少年的亲姐姐，一致决定掐死他们当中想当叛徒的一个 15 岁的少年。少年的姐姐尤其作出了重大的选择，她不徇私姑息，选择站在了正义这一边。

并且萨特还说："如果存在确是先于本质，人就永远不能参照一个已知的或特定的人性来解释自己的行动，换言之，决定论是没有的——人是自由的，人就是自由。"②正因为人是绝对自由的主体，自由无限，所以选择也便无限。有人可能说我不选择，但是我们必须懂得，如果不选择，那也仍旧是一种选择。处在社会环境中的人，毕生都要作出无数决定、无数选择，这是由人无法避免、与生俱来的自由决定的。

---

① 萨特：《存在主义是一种人道主义》，周煦良、汤永宽译，上海：上海译文出版社，2008，第 5 页。
② 同上，第 9 页。

多克托罗《拉格泰姆时代》的背景是"一战"前夕的美国,主要讲述3个虚构美国家庭的故事:一个从欧洲来的犹太移民家庭,一个富有的中产阶级白人家庭,还有一个黑人家庭。在该小说中,多克托罗同样让笔下的一些人物作出了自由选择,最典型的莫过于黑人钢琴师沃克和犹太人"爸爸"的选择。

第二节　自由与选择

在面对社会不公和个人困境时,有人奋起抗争,有人逆来顺受,亦有人改弦易辙。《拉格泰姆时代》中的沃克是美国文学中别具一格的黑人形象,面对自己遭受的歧视与欺压,他始终理性地坚决反抗,他的复仇行动不失力度但绝不疯狂。

一、理性、有节的坚决反抗

科尔豪斯·沃克第一次在小说中出场时,驾着一辆崭新的福特 T 型汽车,汽车被擦得一尘不染,车顶是定制的潘达索特篷。不仅如此,他还身材粗壮、衣冠楚楚、彬彬有礼。为了寻找女友萨拉,他来到这家白人的住宅,白人主妇"母亲"第一次跟他说话就感觉这个黑人性情坚毅、不卑不亢。之前萨拉曾在花圃活埋自己与沃克的孩子,却无意中被善良的"母亲"拯救并收容她们母子在家中,由此沃克与这家白人才有了很多往来,并影响了"母亲"弟弟的人生轨迹,这将在后文予以说明。

为了重新赢得萨拉的心,沃克每周都来这家拜访,读者也慢慢知晓了他的身份——纽约一个很有名望的乐团中的钢琴师。他在这户白人家庭中演奏拉格泰姆钢琴曲,他为萨拉和儿子买衣物礼品,由冬至春,萨拉终于答应了沃克的求婚,沃克也开始筹备婚礼。

一个星期天的下午,沃克独自开车驶向纽约市区,每次他都必须经过市消防队的站房,受到那些私人志愿消防队员的敌视。"他并未意识到自己的装束和一辆汽车的所有者身份竟引起了许多白人的愤怒。他公然无视这样的情感而独行其是。"[①]但这次显然出现了异常情况,沃克一出现,便有 3 匹拉着大气泵的消防用马被驱赶到大路上,迫使他急刹车下车。队员又告诉沃克他得为正在行驶的这条私人道路交费 25 元,或者是出示本城居民的通行证,否则他便无法往前开。沃克回答说这是一条他行驶过多次的公共通道,从未听过要交通行费,然后就上车想从另一条路离开;然而他再次被许多带着救火设备的队员挡住去路,队长也出现了,彬彬有礼地一定要请沃克交费才能通过。面对这种"莫须有"的收费和白人的集体把

---

① 多克特罗:《拉格泰姆时代》,常涛、刘奚译,南京:译林出版社,1996,第 126 页。

戏,陷入困境的沃克只是镇静地思索行动方案,"显然,他连想也没想过采取在他本族同胞中流行的那种讨好逢迎的方式"。[①] 我们由此可见沃克个性之一斑了,如果他肯像许多自己的黑人同胞们一样对着这些找碴儿的白人点头哈腰,或是自认倒霉地付出 25 元钱,他可能很快就能从这件麻烦事中脱身。但是他所作的选择却是让附近玩耍的一群黑人小男孩看着他的车,自己步行去找警察,一位交警对这件事表示理解但让沃克回去,沃克回去后看见"车上溅满污泥。定做的潘达索特车篷被扯了一道 6 英寸长的口子。后座上堆着一摊新鲜的大便"。[②] 他找到肇事者理论,并向经过的警察求助,但是队长和队员们信口雌黄且口风一致,警察便让沃克把这事忘了继续赶路去。沃克质疑这样的处理方式。为了不让旁观的肇事头领康克林队长取笑自己的威信,警察竟然把沃克拘捕到警局去。保释出来的沃克不愿去看自己的车,而那时 T 型车已被彻底毁坏。

　　沃克开始走上漫漫的维权路,这个视自己的尊严如生命的黑人音乐家先是尝试用法律来解决这件事情,他不理会 3 位要他放弃诉讼的律师的建议,也尝试想自己担任辩护打官司。在受到许多官方的推诿甚至愚弄后,在未婚妻萨拉因为替自己向副总统请愿却被误杀后,科尔豪斯·沃克终于袭击消防站以实施自己的复仇计划。

　　据多克托罗本人所言,科尔豪斯·沃克故事的构思受到了德国 19 世纪作家海因里希·冯·克莱斯特(Heinrich von Kleist)的小说《米夏埃尔·科尔哈斯》(Michael Kohlhaas)的启发。[③]《米夏埃尔·科尔哈斯》描写 16 世纪的贩马商人米夏埃尔·科尔哈斯不愿支付不正当的过路费,因而容克扣押并虐待他的马匹、殴打驱逐为他照看马匹的仆人。他向法庭申诉、寻求正义而不得,他的妻子也因此丧命;米夏埃尔由此走向了暴力反抗社会的道路,他火焚几座城市,震惊全普鲁士,最后他听从马丁·路德的调解,放下武器,却被草率处死。

　　如同米夏埃尔一样,以暴力复仇实在是沃克的无奈之举,也是他作出的英勇选择。沃克连续几次都作出了重要选择:第一次是据理力争,不理会白人的敲诈;第二次是尝试运用法律来解决问题,维护自己的正当权益;第三次则是被迫以战争手段维权了,沃克要求把消防队那个臭名昭著的队长交给他来伸张正义,并要求把汽车恢复原样还给他,"如果这些条件得不到满足,我将继续杀死消防人员,焚烧消防站,直到条件兑现。如果需要,我将毁灭整座城市"。[④]

---

① 多克特罗:《拉格泰姆时代》,常涛、刘奚译,南京:译林出版社,1996,第 128 页。

② 同上。

③ Christopher D. Morris, *Conversations with E. L. Doctorow* (Jackson: University Press of Mississippi, 1999), p.109.

④ 多克特罗:《拉格泰姆时代》,常涛、刘奚译,南京:译林出版社,1996,第 155 页。

明眼人都可以看出,沃克如此执拗地维护自己的权利和尊严,其实是要奋力反抗万恶的种族歧视。维护黑人群体的权益。作为在物质上取得成功的美国黑人,沃克拥有一辆令万人羡慕甚至嫉恨的新福特汽车。汽车本来就是财富和社会地位的象征,意味着来去自如的自由,代表着一种自下而上的阶级的流动性。沃克因驾驶着这辆福特车而招致白人种族主义者消防队成员的嫉恨和挑衅;警察来处理纠纷时,肇事者集体编造谎言,沃克则据理力争,要求把车洗净、赔偿损失。这时事情有了一个微妙的转机,"那警察已经开始注意到科尔豪斯的言谈语调、穿着打扮,以及他居然拥有一辆一流汽车的奇迹。他气愤起来。假使你不开上你的汽车离开这里,他高声说,我就指控你醉后驶离道路,并且妨害市容"。① 警察也同样忍受不了黑人有辆好车;同情沃克的中产阶级白人青年"弟弟"看到被砸的车后,感到愤慨从周身通过,"弟弟"最后帮助沃克战斗,开始了他的亡命徒和革命者生涯;消防队长在众目睽睽下修好自己砸坏的福特车,此举成为他一生的耻辱;沃克在慷慨赴死之前让手下的人坐着修好的车成功撤离。沃克故事的所有主要情节都因车而起,因车起伏,车子被复原了,故事也便接近了尾声。

沃克的结局也与米夏埃尔·科尔哈斯相似,他和几个手下占领了财阀皮尔庞特·摩根珍藏无数珍宝的图书馆,继续与当局抗衡。美国当时最负盛名的黑人教育家布克·华盛顿对沃克进行劝说,让他为黑人的未来着想,他终于不再执意要让那个偏执的种族主义者队长偿命,只要求"让那个消防队长为我修车并且把那车拖到这幢大楼面前来。那你们就能看见我举着双手走出来,而且这个地方或任何人都不会再受到科尔豪斯·沃克的伤害了"。② 沃克最终作出让步,并非是无奈之举,其实是为黑人未来考虑的结果:虽然沃克认为自己和布克·华盛顿一样,都是民族的仆人,都坚持真正的男子汉气概及其所要求的尊重,但是他也确实听进去了布克·华盛顿的建议,考虑到了黑人争取平等之路的漫长与艰辛,他不愿做这条路上的绊脚石,唯愿敲响警世钟。③

沃克的让步也回应了萨特在《存在与虚无》中的观点:"人,由于命定是自由,把整个世界的重量担在肩上:他对作为存在方式的世界和他本身是有责任的。"④如果沃克分毫不肯让步,事情便会继续延宕,会有更多的人员死亡,甚至可能掀起种族冲突的巨浪。摩根最后指示检察官归还沃克的汽车然后绞死他,而沃克在写好遗嘱之后,在安排自己的手下坐着消防队长修好的福特车安全撤离后,双手高举走

---

① 多克特罗:《拉格泰姆时代》,常涛、刘奚译,南京:译林出版社,1996,第 129 页。

② 同上,第 210 页。

③ 同上,第 209 页。

④ 萨特:《存在与虚无》,陈宣良等译,北京:生活·读书·新知三联书店,2007,第 671 页。

下了图书馆的台阶去谈判。此时一队恭候已久的纽约警察对他进行机枪扫射,令其当场身亡。

我们认为,沃克是自由选择、反抗邪恶从而使自己成为英雄的人,"自为"指引着他,使他不畏强暴、作出英勇的选择,同时沃克不仅对自己的个性负责,也对自己的同胞负责,他寻求正义并复仇有度。

在美国文学作品中,沃克是独树一帜的黑人形象。沃克与《汤姆叔叔的小屋》中逆来顺受却不得善终的黑奴汤姆大叔和带着儿子成功逃亡的女黑奴伊丽莎、《土生子》中变得病态残忍的黑人青年别格、《看不见的人》中苦闷彷徨寻求自我身份的年轻黑人"我"等都不同,这位成功的黑人钢琴师既不盲目顺从忍耐,也不崇拜滥用暴力;既不屑费心寻求白人社会的接纳,亦不无视自己所受的欺压。沃克用自己的行动与生命诠释了"自由选择"。

二、"融入主流"的别样抉择

《拉格泰姆时代》中有一户犹太新移民家庭,多克托罗没有给出 3 位家庭成员的名字,只以爸爸、妈妈、小姑娘称之。爸爸(Tateh,意第绪语中对父亲的口语化称呼)是个社会主义者,为了生计在街头做小贩,妈妈和小姑娘也得从早到晚地做活儿挣钱。居住在经济公寓里的他们生活困窘。有一次为了支付两个星期的房租,妈妈出卖了自己的身体,因此被逐出家门。爸爸后来带着女儿来到马萨诸塞州的劳伦斯市做织布工,并且经历了历史上有名的 1912 年的劳伦斯市纺织工人罢工事件。在罢工进行到第 43 天的时候,劳伦斯火车站曾发生警察殴打罢工者的妻子儿女的暴力事件,多克托罗也让笔下的爸爸经历了这次官方恶行,他受到了警方的野蛮袭击,并差点失去唯一的爱女。于是在罢工即将胜利之时,爸爸的思想却发生了巨大转变:"爸爸开始设想着一种摆脱工人阶级命运的生活。我恨机器,他站起身对女儿说……世界产业工人组织赢了,他说。但是它又赢得了什么呢? 增加了几分钱的工资。工厂会归它所有吗? 不会。"[①]

爸爸选择了离开工厂,他从利用自己的剪影技艺为一家公司制作动画书开始,而后又创作电影剧本、设计出幻灯装置,最后又成功投身于电影业。他和女儿从此过上了奢华的生活,不仅如此,爸爸还把自己装扮成具有贵族头衔的欧洲移民:

> 于是他为自己编造了一个男爵的头衔。因此,他才能在基督教教徒中间周旋。他不必非得完全去掉他的浓重的意第绪口音,他只需拿点儿腔调就可以把那口音消除……他完全变了一个人,摆弄一架摄影机。他的孩子穿得像

① 多克特罗:《拉格泰姆时代》,常涛、刘奚译,南京:译林出版社,1996,第 94 页。

公主一样漂亮。他要从她的记忆中把一切合租公寓房间的臭气和污秽的移民街都驱除掉。他愿意为她买下光亮、太阳和洁净的海风陪伴她度过今后的一生。①

　　爸爸这个人物一直引起批评家的热议。曾经担任社会主义艺人联盟主席的爸爸毅然离开工厂、摆脱自己的阶级,利用自己的才智取得了物质上的成功;为了使自己的社会交往更加顺利,爸爸甚至伪装成欧洲贵族。他是个顺势而为的英雄,抑或只是一个意志不坚的虚伪之人? 多克托罗认为:"爸爸的故事反映的是美国激进生活的真实情况,人们改变了他们的激进主义,使用同样的精力和才能使个人获得了成功,但并没有丧失他们仍是激进分子的坚定信念。"②他还说:"即使他慢慢远离自己的原则,由此获得了自我认同,他仍有能力坚称他仍是同一个人。"③我们认为,多克托罗在此强调的其实是这样一种观点:爸爸奋力取得成功、努力改变自己的阶级身份,并不意味着他已蜕变,成为富豪的爸爸仍可为他信奉的事业效力;并且就算爸爸抛弃掉之前自己所信奉的一切,自由地追逐自己想要的生活方式,那也无可厚非。他仍是同样的他,只是他进行了自由选择,并且获得了成就自我的美好结局。人生在世,总是面临着太多的选择,并且"人在为自己作出选择时,也为所有的人作出选择"。④ 爸爸选择脱离工人阶级,不仅是因为他看到了罢工不能从根本上改善工人的生活,不能改变工人被资本家剥削的命运,而且也有替女儿的未来考虑的因素:爸爸一直是位拼命保护女儿的慈父,他在街头剪影卖艺时总是用一根晾衣绳把女儿和自己系在一起,只因为怕女儿被人拐走;他在做织布工时不让女儿去上学,因为怕女儿遭受周围下层居民中不良分子的糟蹋,但是下班后他总要陪女儿散步一小时;在被警察打得神志不清时,女儿的呼喊令他拼死跃上女儿所在的列车;他成为电影大亨后把女儿打扮得像个公主,并力图完全驱逐女儿有关贫困的记忆。爸爸选择脱离工人阶级,可以说很大程度上也是为了自己女儿的未来。

　　与犹太移民爸爸相似,《拉格泰姆时代》中还有个选择脱离自己本阶级的人——中产阶级白人家庭中"母亲"的弟弟,在小说中同样未被具名的"弟弟"。由于沃克到"母亲"家追求萨拉,弟弟认识了沃克,并且在与之交谈过一次后便很钦佩他;沃克遭遇汽车事件后,弟弟曾越俎代庖地跑到出事现场看那辆沃克不愿再见的被毁之车,并感到愤慨从周身通过;他开始为了沃克同自己的姐夫争辩,并努力

① 多克特罗:《拉格泰姆时代》,常涛、刘奚译,南京:译林出版社,1996,第 191 页。

② Christopher D. Morris, *Conversations with E. L. Doctorow* (Jackson: University Press of Mississippi, 1999), p.117.

③ 同上,第 171 页。

④ 萨特:《存在主义是一种人道主义》,周煦良、汤永宽译,上海:上海译文出版社,2008,第 6 页。

寻找沃克;而后,会制造炸弹的弟弟追随沃克开展袭击行动。作为一名中产阶级白人家庭中的青年,养尊处优的弟弟也曾沉迷在情欲之中,爱上当时的著名女演员伊芙琳·内斯比特(《拉格泰姆时代》本就是一本虚实交错的小说),但是他也欣赏埃玛·戈德曼那样的女无政府主义革命者,他的身上流淌着正义的血液,最终他找到科尔豪斯·沃克,成为他忠诚的手下之一,参加沃克“按照古代勇士的做法举行的复仇的祭礼”。[1] 弟弟的最后结局是成为一名墨西哥农民军中的革命者,并在墨西哥付出生命。我们认为,多克托罗塑造这样两位脱离本阶级的人物,意图仍为诠释人的自由选择。

第三节　美国梦

　　《拉格泰姆时代》中的一些人物的行动诠释了自为的重要作用、人的自由选择的重大力量。同时,他们的行动也是为了实现自己的梦想,实现自己的美国梦。而“美国梦”一词是由美国著名历史学家詹姆斯·特拉斯洛·亚当斯(James Truslow Adams)在其1931年出版的著作《美国史诗》(*The Epic of America*)中创造的。首先我们对美国文学中的“美国梦”主题作一个回顾。

　　亚当斯在《美国史诗》中对“美国梦”的定义如下:

　　　　美国梦是一个国家梦,在那国家里的每个人的生活会更好、更富有、更丰富,每个人都能获得与其才能和成就相称的机会。这是一个令欧洲上层阶级无法充分理解的梦想,我们当中的太多人也对它产生了厌倦与不信任。美国梦不仅仅是一个关于汽车和高薪的梦想,而且是一个关于社会秩序的梦想,在这个梦想里,每个男人和女人都应该获得他们有能力获得的最充分的声望,并且被他人认可,不管其出身或地位如何。[2]

　　詹姆斯·特拉斯洛·亚当斯还说:

　　　　在过去的一个世纪里吸引许多国家的数千万人来到我们国家的美国梦不是一个关于充裕的物质生活的梦想,虽然在这梦想中物质丰富是很重要的。

---

① 多克特罗:《拉格泰姆时代》,常涛、刘奚译,南京:译林出版社,1996,第178页。

② James Truslow Adams, *The Epic of America* (Boston: Little, Brown and Company, 1931), p. 404.

> 它是这样一个梦想：每一个男人和女人都能得到最充分的发展，不被其他旧文明社会里逐步形成的障碍所阻碍，不被为了阶级而非为了任何一个阶层的个人的利益而发展起来的社会秩序所压制。①

詹姆斯·特拉斯洛·亚当斯既创造了"美国梦"这个词，又让这个词得以流行，他对"美国梦"的定义也为美国公众所接受。据詹姆斯·特拉斯洛·亚当斯所言，从个人发展层面来说，"美国梦"指的是美国的每一个人（包括男人和女人），无论其地位出身，都应拥有使其潜能得到充分发展的机会；不仅在物质上取得成功，还应被他人、社会认可，并不为不公的社会秩序所压制。也就是说，个人"美国梦"的实现有双重标准，需要物质和精神的双重支撑。

但是同时，"美国梦是一个国家梦"，是美国公民对美国的期盼，他们希望美国能够繁荣富强，在美国生活的每个人的生活会更好、更丰富。回顾美国的历史，自从哥伦布发现美洲大陆后，欧洲便有大批移民不断涌入来定居、殖民，其中便包括很多来自英国的清教徒。这些清教徒本为逃避本国的宗教迫害而来到北美，他们信奉加尔文神学理论，认为自己是上帝的选民，想要在北美荒原上建立起人间伊甸园。马萨诸塞湾的殖民地创建者之一、清教徒约翰·温思罗普（John Winthrop）便在其著名的布道词《基督教慈善之典范》（"A Model of Christian Charity"）中预言美国会成为全世界目光都在注视着的"山巅之城"（City upon a Hill），清教徒的这种梦想便可以说是最早的"美国梦"；而在1776年颁布的《独立宣言》中也能找到"美国梦"的根源：

> 我们认为以下真理是不言而喻的：人人生而平等，造物主赋予他们若干不可剥夺的权利，其中包括生命权、自由权和追求幸福的权利——为了保障这些权利，政府才得以建立于人类之中，而且必须经被统治者同意，才能获得其正当权力。②

这段政治宣言明确指出生而平等的人除了基本的生命权、自由权外，还有"追求幸福的权利"，对幸福的追求其实也就是对于成功的追求，包括事业、爱情、财富等等。幸福并非与生俱来的，也不是能轻易获得的，只有积极行动、努力追求，个人才能得到幸福、国家才能得到发展，从而实现个人和国家的"美国梦"；另外一层含

---

① James Truslow Adams, *The Epic of America* (Boston: Little, Brown and Company, 1931), p. 405.

② 哈克姆：《自由的历程：美利坚图史》，焦晓菊译，上海：复旦大学出版社，2006，第397页。

义则是政府也有义务保障其国民这些权利、梦想的实现。

"美国梦"不仅反映、影响了美国的心态和文化,也是美国文学中永恒的主题。早在英国在北美大陆的殖民时期,被认为是美国文学第一个作者的约翰·史密斯的《新英格兰概述》、被誉为"美国历史之父"的威廉·布拉德福德的《普利茅斯种植园史》等作品中就已可见"美国梦"文学主题的端倪;本杰明·富兰克林的《穷理查德历书》介绍主人公发家致富的路径,《自传》则对自己从一个印刷厂学徒通过努力学习、勤奋工作终于转变为富裕而有名望的科学家、政治家、企业家的生活经历作了回顾。富兰克林注重修身、恪守美德,主张有节制地生活;认为出身不能决定一个人的命运,有相当才能者自能创造伟业。富兰克林的信念和成功使许多下层出身的人看清了自己的努力方向,为"美国梦"的形成铺平了道路,使"美国梦"具体化。

之后的马克·吐温、德莱塞、薇拉·凯瑟、辛克莱·刘易斯、菲茨杰拉德、阿瑟·米勒、谭恩美等许多美国作家都在其作品中叙写了"美国梦"的主题,当然也包括 E. L. 多克托罗。

多克托罗的《拉格泰姆时代》主要通过"母亲"、沃克、"爸爸"这 3 位主人公对"美国梦"的追寻及结果来表现"拉格泰姆时代"(小说中指"一战"前的 10 多年),在传达自己对于美国那段历史的思考的同时,也对美国文学中"美国梦"这个永恒的主题作出了自己的独特理解和诠释。

《拉格泰姆时代》中有一户中产阶级白人家庭,多克托罗同样没有给出家中每个人的名字,家庭成员分别为父亲、母亲、小男孩、(母亲的)弟弟和外祖父。这户家庭生活富裕,父亲是一位颇负盛名的业余探险家,还经营着一家制造国旗、彩旗等产品的公司。在小说开头部分出现的母亲不过是一名普通家庭主妇。弟弟是个孤独内向的年轻人,小男孩在书中则仿佛是个冷静的小观察者,外祖父是个退休的教授,总是给小男孩讲奥维德关于变形的故事。

父亲参加历史上著名的皮尔里远征队的第三次北极探险之旅后,母亲不得已逐步接手管理父亲的生意,还在家中安置了一对无家可归的黑人母婴(即科尔豪斯·沃克的妻儿)。在父亲终于归来后,他发现自己的妻子"已经担负起经理的责任,能够滚瓜烂熟地谈论诸如成本、存货和广告之类的事情,对付款办法作了某些变动,并且与加利福尼亚和俄勒冈的 4 个新的代销店签订了合同"。[①] 根据恩格斯在《家庭、私有制和国家的起源》中提出的理论,妇女降为第二性的原因始于经济地位的丧失。言下之意为,女性只有在经济上取得独立才能与男性平起平坐。确实,纵观英美等发达国家的历史,妇女均是在走出家庭、经济独立后才获得了真正意义

---

① 多克特罗:《拉格泰姆时代》,常涛、刘奚译,南京:译林出版社,1996,第 79 页。

上的解放。母亲因父亲出外旅行而获得打理家里家外一切事务的机会,结果是自身能力得到了更全面的发展,其精神独立意识也随着经济独立攀升。

父亲还在母亲的床头柜看到一本莫莉·埃利奥特·西韦尔写的《女士们的战斗》,还有女无政府主义革命者埃玛·戈德曼论述家庭局限性的小册子。埃玛·戈德曼是著名的无政府主义者,也是女权主义者,1919 年因其激进的言论被驱逐出了美国。多克托罗展现母亲阅读的书籍这一细节描写是有深意的,说明母亲对当时风行的女权等社会思想的接受,也为母亲后来顶住官方的压力、藏好并尽心抚养"杀人犯"科尔豪斯·沃克的儿子、不愿听从官方要求把这私生婴儿交给救济院照管的指示之类的举动埋下了伏笔。

母亲如今变得能干机敏,甚至连性爱方面也已不像以前那样过分含蓄、羞怯,这与时代环境也是有着密切关系的,当时国际上"第一波女性主义"正在如火如荼地进行中。1848 年纽约州塞尼卡福尔斯(Seneca Falls)已然召开了第一次女权大会;如果把小说描写的时间跨度往后延续几年到 1920 年,美国女权运动促成《联邦宪法第 19 条修正案》的通过,美国妇女终于获得了选举权。时代的巨变在每个人身上都会造成或隐或显的影响,母亲当然也不能不被时代风气浸染。

在接下来的故事情节里,读者也分明可见母亲自主地处理家中的事务,而非对父亲言听计从——她不顾父亲对黑人的偏见在家中接待萨拉的丈夫、黑人钢琴家科尔豪斯·沃克;母亲的弟弟为沃克在社会上所遭受的不公与父亲辩论,母亲旗帜鲜明地站在了弟弟这一边;在萨拉死后,母亲细心照管萨拉的孩子;母亲爱父亲,但并不盲目迁就父亲。最后,在父亲去世一年后,母亲毫不迟疑地接受"男爵"(即犹太人"爸爸")的求婚。母亲的所作所为实际上诠释了白人女性的"美国梦"。母亲一直在发展自己的潜能,她不仅取得了物质上的成功(成功管理并扩大了父亲的生意),而且在精神上独立自主,使自己的人格得到了更自由健全的发展。

美国女作家薇拉·凯瑟在其作品《我的安东尼娅》《啊!拓荒者》里也描写了女性的美国梦。《我的安东尼娅》中的同名女主人公小时候随家人移民到美国西部内布拉斯加州的大草原,历尽生存的艰辛和生活的磨难,最终拥有一群孩子、一个大农场和一个虽然喜欢城市生活但为了安东尼娅仍居留草原的丈夫。安东尼娅的经历是拓荒时代大量来到美国的欧洲移民生活的缩影,作为一名女性移民,安东尼娅毋庸置疑最终实现了她的美国梦。但是《拉格泰姆时代》却描绘了美国主流社会的白人女性如何突破主妇生活的局限,完成了自身价值的提升,实现了美国梦,叙写了另一种类型女性的美国梦。

在《拉格泰姆时代》中同样实现了美国梦的还有犹太移民"爸爸"。如前所述,爸爸脱离了工人阶级,成为富有的电影大亨,还与白人女性母亲相识相悦,最终还照平民礼仪结了婚,收获了事业与爱情的双重幸福。多克托罗也评价他说:"爸爸变成了一个美国成功故事。"①换句话说,爸爸实现了"美国梦"。

　　黑人钢琴师科尔豪斯·沃克的美国梦无疑是被彻底毁灭的。在科尔豪斯·沃克身上分明可见其对"美国梦"的执着追求。他对"美国梦"的追寻表现在他对自身的不断超越,对种族主义的坚决反抗,以及对自己人格尊严、个人财产的执着捍卫上。沃克出生在美国本土,由于崇拜斯科特·乔普林等音乐家,就用自己当码头工挣来的钱学钢琴,最后成为纽约一个名乐团的钢琴师,甚至还拥有一辆一流的新福特汽车,沃克可谓在物质上实现了"美国梦"。但是他的追求显然并不止于此。

　　沃克在与白人交往时始终不卑不亢。"沃克的言谈举止不像黑人。他似乎善于将自己种族相沿成习的恭顺化为自己的尊严而不是对方的尊严。"②他面对侮辱态度冷静。他的复仇有条不紊。与同为艺术家的犹太人爸爸相比,他奋力对抗社会不公、竭力反抗种族主义,不屑获取主流社会的认同。我们从沃克身上仿若看到了詹姆斯·特拉斯洛·亚当斯对于"美国梦"定义的回应:每个充分发展的人都不应被社会秩序压制。

　　值得提出的是,沃克对种族主义的激烈反抗其实与《拉格泰姆时代》设置于"一战"前夕 10 多年的时代背景不合,我们认为,它反映的主要是 20 世纪五六十年代的时代特征,当时美国的黑人民权运动风起云涌,特别是在 1964 年后,黑人斗争从非暴力形式转为暴力形式,种族主义者也加紧了反扑。1968 年,坚持非暴力斗争的美国黑人民权运动领袖马丁·路德·金在田纳西州的孟菲斯市被种族主义分子杀害。"这一事件导致 36 个州的 138 个城市爆发了规模空前的黑人抗暴斗争。"③而《拉格泰姆时代》写于 1975 年,距离此事件的时间并不遥远。我们认为,就像狄更斯《双城记》借写法国大革命以警醒英国统治者注意当时英国潜伏着的严重社会危机一样,科尔豪斯·沃克的故事可视为多克托罗对时代的一个警告,作家意在警告如果种族主义这个问题不能被妥善解决,它必然会引发暴力的复仇。因为在被问及这个愤怒的黑人科尔豪斯·沃克是否是真人时,多克托罗回答说:"在这个国家里有成千上万个科尔豪斯·沃克。"④但是,无论是母亲和爸爸的美国梦成真,还是沃克的美国梦被毁,都表明了多克托罗对美国现实的洞悉。

　　马丁·路德·金曾在其 1963 年的著名演讲《我有一个梦想》中表达美好愿望:他梦想有一天昔日奴隶的儿子与昔日奴隶主的儿子能坐在一起,以兄弟相称;梦想

① Christopher D. Morris, *Conversations with E. L. Doctorow* (Jackson: University Press of Mississippi, 1999), p. 23.

② 多克特罗:《拉格泰姆时代》,常涛、刘奚译,南京:译林出版社,1996,第 117 页。

③ 周毅:《美国历史与文化》,北京:首都经济贸易大学出版社,2010,第 127 页。

④ Douglas Fowler, *Understanding E. L. Doctorow* (Columbia: University of South Carolina Press, 1992), p. 80.

黑人儿童能够和白人儿童手牵着手,情同手足。《拉格泰姆时代》也有一个类似于《我有一个梦想》所描述的结局:

> 一天早晨,爸爸从他书房的窗子望见外面那三个孩子坐在草坪上……他的女儿披一头黑发,他的亚麻色头发的继子和他对其负有法律责任的那个黑孩子。突然他萌生了写一部电影的念头。一群小孩,他们都是好朋友,有黑有白,有胖有瘦,有富有穷,各色各样的淘气的小顽童在他们的街坊四邻中经历了种种滑稽可笑的冒险,一群衣衫褴褛的孩子,跟我们大家一样,一群陷入困境然后又从中逃出的人。①

显而易见,多克托罗在小说结尾表达了祝愿,希望未来犹太移民、黑人等少数族裔能融入美国社会,美国的每一位公民都能在美国生活得更好,而作家的这个梦也是美国梦,因为如前文所述,美国梦也是一个关于社会秩序的梦想。

---

① 多克特罗:《拉格姆时代》,常涛、刘奚译,南京:译林出版社,1996,第 236 页。

第三章

极写荒诞忧伤——《霍默与兰利》

我们知道,存在主义重视个体,会浓墨重彩地表达人存在的感受,因而也比较容易引起人的共鸣。在"推崇存在主义"一节中,我们看到了多克托罗声言他被存在主义的自由和忧伤的感觉打动;在他对于存在主义内涵的阐释那段材料中,我们又清晰可见多克托罗对于"荒诞"的重视,他认为荒诞感非常实用,荒诞感怀疑绝对真理和政治救世主,并且荒诞感是令人鼓舞的。多克托罗在《霍默与兰利》中,就淋漓尽致地描述了世界与人生的荒诞,小说也弥漫着一种拂之不去的淡淡的忧伤。

论及《霍默与兰利》,不能不提 1947 年 3 月 22 日《纽约时报》头版头条的新闻。该新闻报道:警方找到了公众关注的兰利·科利尔的尸体,当时为了给瘫痪眼盲的哥哥霍默·科利尔送饭,兰利不小心踩到了自己为防止他人入侵而布下的陷阱,被家中囤积的杂物砸死并掩盖,这已是公众发现饥饿致死的霍默好几个星期之后的事情了。警方还从其迷宫般的住宅中清理出令人瞠目结舌的 100 多吨杂物,包括堆积如山的报纸、一些枝形吊灯、收音机、玩具火车、古董家具、挂毯、25 000 本书、14 架钢琴等。

这就是美国历史上著名的科利尔兄弟——霍默·科利尔与兰利·科利尔的最终命运。他们居住在纽约曼哈顿哈莱姆区第五大道的 2078 号,当时上层社会居住区的一所曾经富丽堂皇的住宅中。他们的父亲是位医生,"父亲和母亲是堂兄妹,这是个常为人忽视但是非常重要的细节"。[1] 两兄弟均上过哥伦比亚大学,霍默做过海事律师,兰利学习工程法,后来成为一位古典钢琴师。1923 年和 1929 年父母相继辞世后,这对单身汉兄弟住在家中,基本与世隔绝,不再使用电话、暖气、天然气,也被切断了水电供应,变成行为怪异且有囤积癖的"城市隐士",死后留下的 34 本银行存折的总额不过约 3 000 美元。

这对单身汉兄弟的怪异很可能与他们的父母是堂兄妹有关,但是在当时许多世人眼里,他们不过是一对疯人怪人。科利尔兄弟的故事不仅被时人视为都市传奇,也成为许多作家的创作素材:1954 年马西娅·达文波特的畅销书《我兄弟的监护人》、斯蒂芬·金在 1975 年写就的吸血鬼小说(vampire novel)《塞勒姆的命运》、

---

[1] David Goldman, "The Ultimate Collectors," *Biography Magazine* 9(2000):32.

2003年弗朗茨·利兹的《幽灵似的人》等作品中，均有科利尔兄弟的影子。

　　多克托罗写于2009年的小说《霍默与兰利》亦以科利尔兄弟的故事为蓝本，由目盲的霍默用第一人称讲述兄弟俩成年以后的生活。多克托罗拒绝像一些作家那样把科利尔兄弟看作脑子有病或简单的怪人。2009年9月，在接受美国国家公共电台(NPR)采访时，多克托罗曾说兄弟俩"需要的是诠释，而非研究"。并且为了更好地表达作品的主旨，他把兄弟俩的身份作了互换，让原本是兰利的弟弟成为比霍默大两岁的哥哥。真实的兰利并未参加"一战"且是精神错乱的，多克托罗则把兰利精神举止迥异于常人的原因之一写成是其参加"一战"且在西线战场中了毒气；多克托罗还把霍默目盲的时间提前，把科利尔兄弟的寿命延长，让他们活到了20世纪80年代(书中讲述的在中美洲萨尔瓦多有4名美国修女被杀的新闻发生在1980年)。① 与多克托罗之前的小说(如《拉格泰姆时代》《但以理书》《大进军》)风格相似，《霍默与兰利》利用了美国历史上的真实事件和人物进行了改写创作；与之前的作品关注点在于美国某段时期的历史或围绕个人或某一事件展开的写法不同，《霍默与兰利》锁定的人物为纽约隐士科利尔兄弟，他们居于大都会却逐渐远离尘嚣，他们生于繁华却终于沦落，见证了从镀金时代至20世纪80年代的美国历史。但是多克托罗着重描写的是他们如何思考与怎样生活，并且在《霍默与兰利》中，我们也可见加缪"荒诞—反抗"哲学的影响。

第一节　加缪的"荒诞—反抗"哲学

　　什么是荒诞？柳鸣九先生曾对它下过定义："荒诞，是把所面对的现实理解为一种不合理状态、不符合逻辑状态的意识。面对不同的现实范畴，也就有不同的荒诞，政治法律荒诞、精神文化荒诞、语言荒诞、生存荒诞，等等。"② 而加缪哲学体系中的首要关键词便是"荒诞"。虽然荒诞概念的提出并非始于加缪，17世纪法国大思想家布莱兹·帕斯卡尔(他也是加缪崇拜的人)便已经在其哲学名著《思想录》中提到这个问题，与加缪同时代的法国著名小说家马尔罗在其作品中也一再提及人生的荒诞，但是，只有到了加缪笔下，"荒诞"才引起无数人的关注并大放异彩。加缪曾把自己的小说《局外人》、剧本《卡利古拉》、散文《西西弗神话》合称为"荒诞三部曲"。确实，这3部作品共同的哲理基础，甚至哲理内容就是荒诞。

　　《局外人》是加缪荒诞哲学的小说表述。主人公默尔索是一个与世无争的小职

---

① Joyce Carol Oates, "Love and Squalor," *New Yorker* 27(2009):80.
② 柳鸣九：《荒诞概说》，《外国文学评论》1993年第1期，第52页。

员。他淡然应对养老院中母亲的死亡,他爱母亲却不清楚母亲的具体岁数;女友谈及结婚时他回答结不结婚都行;老板希望他能去巴黎的办事处大展宏图,他回答说在哪工作都一样,人们永远也无法改变生活;邻居雷蒙问他是否愿做他的朋友,他说做不做都可以,雷蒙为解决自己的麻烦事请他帮忙做证,他也表示什么都行。读者至此可能会感觉默尔索真是一个无心无肺之人,但他分明也是一个不矫揉造作、乐于助人、善良坦诚的人。

默尔索意外开枪打死了一个人,并因此被捕。由于了解到默尔索在母亲下葬的那天"表现得无动于衷",司法人员便对此大做文章:他们传唤证人,抓住默尔索没有看母亲的遗容、没有哭过一次、守灵时抽了烟打了瞌睡、在母亲下葬后第二天就去与女友约会这样的细节;他们根本不认真调查,不在意这桩过失杀人案的过程,反而执意探究当事人异于常人、不拘小节的生活细节并将之妖魔化。开庭辩论时在被告席上的默尔索想发言,可是:

> 但这时我的律师就这么对我说:"别做声,这样对您的案子更有利。"可以说,人们好像是在把我完全撇开的情况下处理这桩案子。所有这一切都是在没有我参与的情况下进行的。我的命运由他们决定,而根本不征求我的意见。①

其实何止在辩护阶段,从预审到开庭再到宣判,默尔索一直都是个被排除在外的"局外人"。检察官的最后结论是默尔索这个冷漠、没有灵魂、没有丝毫人性、没有道德原则的人"杀人纯系出自预谋",他们冠冕堂皇地"以法兰西人民的名义"判处他死刑。② 默尔索无意间开枪打死了一个举着一把刀子对准他的阿拉伯人,本可以从轻处罚,但司法人员惊诧于默尔索在母亲去世后的举动,认为这是在公然违背社会习俗;默尔索对于律师、法官等人的问询态度坦诚,他不愿撒谎说自己悔恨在母亲葬礼上的举动、悔恨过失杀人,这在司法人员看来就是冥顽不灵、不知悔悟;他不愿对法官和指导神父违心地说自己信上帝,这简直就是大逆不道。官方怎能容忍这样一个与所谓的社会道德习俗格格不入、"藐视"他们权威的"局外人"继续生存下去呢?《红与黑》中于连被判死刑的根本原因是统治阶级不愿让农民出身的于连跨越阶级鸿沟,《局外人》中默尔索被判死刑的根本原因则是官方不能容忍既定的意识形态被质疑与反抗。

加缪以默尔索这样一个"局外人"的荒诞遭遇来揭露法律对人性的戕害、法律

---

① 柳鸣九、沈志明:《加缪全集》(小说卷),石家庄:河北教育出版社,2002,第50页。
② 同上,第50-54页。

的荒诞、意识形态的荒诞，以及死亡这种无法逃脱的荒诞。死亡这命定的死刑一直如影随形地跟随着每一个人，包括极力要让不信上帝的默尔索在最后阶段皈依上帝的神父。

《西西弗神话》则系统地详述了加缪的荒诞哲理。现实世界的人在何时感受到荒诞？ 加缪说：“荒诞感，在随便哪条街上，都会直扑随便哪个人的脸上。这种荒诞感就这般赤裸裸叫人受不了，亮而无光，难以捉摸。”①荒诞感可能产生于对日复一日相同的生存状态的厌倦，世界的“厚实和奇异”也是荒诞，并且：

> 世人也散发出不合人情的东西。在某些清醒的时刻，他们的举止模样机械，他们无谓的故作姿态，使他们周围的一切变得愚不可及。一个男人在封闭的玻璃亭中打电话，听不见他的声音，但看得见他拙劣的模拟表演。我们不禁自忖：他为什么活着。面对人本身不合人情所产生的这种不适，面对我们自身价值形象所感到的这种无法估量的堕落，正如当代一位作家所称的那种“恶心”，也就是荒诞。同样，在镜子里突然看到有陌生人朝我们走来，或在我们自己的相册里重新见到亲切而令人不安的兄弟，这还是荒诞。②

加缪说世人的不合人情也是荒诞，萨特的小说《恶心》中传达的“恶心”之感其实也就是荒诞（这个我们将稍后探讨），在看见陌生人甚至自己的兄弟时也会产生荒诞的感觉：荒诞简直无所不在。加缪认为人类命定的死亡也构成了荒诞感的内容，最终结论是“智力以自身的方式也让我明白世界是荒诞的”。③ 加缪还对何谓荒诞作了一些解说，总而言之，用柳鸣九先生的话来说：“人类对理性、和谐、永恒的渴求与向往和自然社会生存有限性之间的‘断裂’，人类的奋斗作为与徒劳无功这一后果之间的断裂，这就是加缪所论述的荒诞。”④也就是加缪所谓的“荒诞产生于人类呼唤和世界无理性沉默之间的对峙”。⑤ 如果人的主观愿望能在客观世界中得到满足，荒诞感自然荡然无存，所以，加缪所谓的荒诞，其实还是来自客观世界的荒诞。

加缪还分析了世人对荒诞的 3 种态度：自杀，哲学的自杀，坚持行动和努力抗争。加缪说生活自然从来都不是容易的，其实也就是否认了这种剥夺自己生命的自杀。至于哲学的自杀，加缪直言他对其不感兴趣，因为它实际上是对荒诞的逃

---

① 柳鸣九、沈志明：《加缪全集》（散文卷Ⅰ），石家庄：河北教育出版社，2002，第 74 页。

② 同上，第 76 页。

③ 同上，第 79 页。

④ 柳鸣九、沈志明：《加缪全集》（小说卷），石家庄：河北教育出版社，2002，总序第 18 页。

⑤ 柳鸣九、沈志明：《加缪全集》（散文卷Ⅰ），石家庄：河北教育出版社，2002，第 84 页。

避——要逃到并不存在的上帝那里去。前两种态度都是加缪并不赞同的。加缪认可的是第三种态度，并且他援引西西弗神话详细阐释了这种面对荒诞的态度。

在古希腊神话中，风神的儿子西西弗不过是一个奸诈的角色，他欺骗死神和冥王，破坏宙斯制定的人间秩序，人神共愤，最后西西弗在冥国因自己的罪孽遭到严酷的惩罚，被罚往陡峭的山顶推一块巨石。他竭尽全力、汗如雨下，眼看山顶近在眼前，巨石却从手中滚落下山，他只得从头开始。西西弗周而复始地往山上推着巨石，却永远无法推到山顶。但是加缪却对这样一个神话进行了改造与重新阐释，加缪的《西西弗神话》仔细描摹西西弗推滚巨石的过程，认为西西弗否认了诸神，蔑视并超越了自己的命运，他比他推的石头更坚强，他是自己岁月的主人。

为何作出如此论断？因为加缪以为，西西弗虽遭受如此重惩，但他是有意识的，他意识到推动巨石行为的荒诞、认识到自己苦海无边的生存环境。他"无能为力却叛逆反抗"，并且他深刻认识到他的命运属于他自己，他的岩石是他的东西。[1] 被诸神遗弃的西西弗在很大程度上就是人类的写照，他的荒诞境遇其实也是人类的境遇。那么如何面对这荒诞的命运呢？加缪认为我们应当像西西弗般绝不退缩、迎难而上，以乐观的精神直面困难、不懈奋斗。加缪说西西弗以否认诸神和推举岩石这一至高无上的忠诚来诲人警世，在西西弗眼中：

> 他觉得这个从此没有主子的世界既非不毛之地，抑非微不足道。那岩石的每个细粒，那黑暗笼罩的大山每道矿物的光芒，都成了他一人世界的组成部分。攀登山顶的奋斗本身足以充实一颗人心。应当想像西西弗是幸福的。[2]

因此《西西弗神话》最后还是成了一首令人振奋的战歌，并且在完成《西西弗神话》之后不久，加缪又创作了小说《鼠疫》，该小说写的是 20 世纪 40 年代阿尔及利亚的阿赫兰城突发了鼠疫，鼠疫不知从何而来且来势汹汹，面对荒诞的现实，里厄医生不辞辛苦地诊治病人、控制鼠疫的流行，他的顽强斗争精神影响了其周围的人，大家齐心协力一致投入对鼠疫的斗争，疫情终于得到了控制。

不仅如此，在剧本《正义者》中，加缪也让革命党人对沙皇的荒诞统治进行了反抗；而出版于 1951 年的《反抗者》则已构筑了一整套关于反抗问题的哲理体系。加缪在《反抗者》的第一部分对"反抗者"的概念下了明确定义，他认为反抗者是一个说"不"的人，同时也是一个虽然拒绝、却不放弃，一开始行动就说"是"的人。也就是说反抗就是反抗者对自己所受到的不可容忍的侵犯的坚决拒绝，还有对自己所

---

① 柳鸣九、沈志明：《加缪全集》（散文卷 I），石家庄：河北教育出版社，2002，第 138 页。
② 同上，第 139 页。

享有的正当权利的积极肯定。第二部分"形而上的反抗"则对反抗文学的历史作了回顾,他认为为人类盗天火的普罗米修斯是文学中最早的反抗者。第三部分"历史上的反抗"论及法国大革命、纳粹的恐怖、斯大林主义等。在最后两部分"反抗与艺术""南方思想"中,加缪则详细论述了反抗的两种形式——艺术创作及在伦理和政治上进行反抗。《反抗者》最引人注目之处莫过于提出了"我反抗,故我们存在"这样石破天惊的命题,也标志着加缪完成了他的"荒诞—反抗"哲理体系的塑造。①

另外,加缪说萨特在《恶心》中传达的恶心之感也是荒诞。确实,萨特在其作品中也表述了世界的荒诞、命运的荒诞。在小说《恶心》中,主人公罗冈丹来到布维尔城为一个18世纪的侯爵写传记,整部小说也就是他的日记集合。罗冈丹曾在国外旅居6年,但往昔的生活却不值得他追忆;他爱的女人安妮性情乖僻,与他分手6年后又约他见面,然后又与另一个男人一起翩然离去;孤独怅惘的罗冈丹成为布维尔城咖啡店老板娘的情人之一,以消除烦闷。布维尔城市民则都是些庸俗不堪、浑浑噩噩地生活的人物。

小说没有一以贯之的情节线索,通篇萦绕、不时出现的则是"恶心"之感。这种恶心的感觉是罗冈丹对于丑陋的现实、对于充斥太多偶然性的人生、对于人的自身存在的总体感受,即荒诞的感受。罗冈丹坐在公园长椅上注视着一棵栗树的树根引发的大量感想对荒诞作了淋漓尽致的阐释,他认为"一切存在物都是毫无道理地出生,因软弱而延续,因偶然而死亡"。② 也就是说,存在是荒诞的。并且他直言世界是个"巨大而荒谬的存在"。③ 总而言之,萨特在《恶心》中通过罗冈丹这个人物表明了世界的荒诞与人生之无意义。

萨特的短篇小说《墙》也阐述了世界的荒诞及偶然性对它的作用。故事讲述西班牙内战时,3个革命战士被关押在牢房等待处决。在即将到来的死亡面前,他们表现各不相同,伊比埃达是其中最坚强的一位。他回忆自己的过去,觉得那一切在死亡面前都毫无意义;因为审讯他的军官迟早也会死,所以这些军官的一切渺小活动也是荒唐可笑的。伊比埃达愚弄军官们,说他们要搜捕的人格里藏在一个墓穴或是掘墓人的小屋里。结果格里竟然真的被找到了,因为藏身表兄弟家的格里当天与其表兄弟吵架,就躲到了掘墓人的小屋去,所以被抓了个正着,视死如归的伊比埃达也因此暂时保全性命。在《墙》的结尾,伊比埃达觉得天旋地转,等他恢复感觉时,发现自己坐在地上,他大笑不止,笑得眼睛里充满了泪水。《墙》不仅表露了奋斗的人生在注定死亡的结局之前的荒诞和毫无意义,还以主人公的假供不仅害

---

① 柳鸣九、沈志明:《加缪全集》(散文卷 D),石家庄:河北教育出版社,2002,第 317 页。
② 沈志明:《萨特精选集》,北京:北京燕山出版社,2005,第 145 页。
③ 同上,第 146 页。

了战友,还戏弄了自己这样的荒谬事件表明了世界存在的偶然性与荒诞。世界荒诞的原因在于客观世界的发展、他人的意志都是不以我们的意志为转移的;因为偶然性的存在,事物的发展会脱离因果关系的链条,使未来变得无法掌控、人的努力成为徒劳。

以上主要论述了加缪的"荒诞—反抗"哲理体系及荒诞主题在萨特和加缪两位大家作品中的表现。其实何止是法国文学,美国文学对荒诞主题也有大量表现,如索尔·贝娄的《晃来晃去的人》,青年主人公约瑟夫辞去工作等待入伍参加"二战",然而兵役站的通知却迟迟不到,在等待的这一年中,自由的他百无聊赖,这期间他写了约4个月的日记,记录了他的生活、他周围的世界。他的第一篇日记便说自己的时代是个崇尚硬汉精神的时代,体育竞争、强硬汉子的规则比以往更加盛行,在某种程度上人人都封闭自己的内心生活、遏制自己的情感。世界已是如此荒诞,约瑟夫与身边的人也难以沟通,他与妻子已不再推心置腹;他的哥哥可以说是个市侩;他被势利的侄女轻视;他的朋友傲慢无礼……他人真可谓约瑟夫的地狱,约瑟夫也是一个当时社会的"局外人"。索尔·贝娄的《赛姆勒先生的行星》描写了美国社会乃至地球上的病态。菲利普·罗斯的小说《乳房》则更为荒诞,沉迷情欲的主人公凯普什教授竟然变形为一个155磅的乳房,从中我们清晰可见卡夫卡《变形记》的影响。

那么同为美国犹太作家的多克托罗又是如何在《霍默与兰利》中描写世界和人生的荒诞、荒诞给人带来的忧伤之感,以及主人公霍默与兰利两兄弟对荒诞世界的反抗与审视的呢? 我们认为在该小说中,兰利主要是位恪守"本真"、拒斥"不诚"的反叛者,霍默则是荒诞世界、忧伤人生的记录者,当然霍默也运用艺术与荒诞进行了抗争。

第二节　《霍默与兰利》中的荒诞书写

《霍默与兰利》利用美国历史上的真实人物霍默·科利尔和兰利·科利尔兄弟及真实事件为蓝本,由目盲的霍默以第一人称叙述,主要讲述兄弟俩成年后的生活。《霍默与兰利》浓墨重彩地描写了两兄弟的思想和生活方式,淋漓尽致地描述了世界与人生的荒诞。荒诞不仅显现在霍默在青年时逐渐目盲、兰利无法掌控自己不得上战场的命运、亲朋的死亡等事件上,还体现在科利尔兄弟与许多不理解他们的人的人际关系上,以及世俗对兄弟俩的敌意(甚至欺诈)上。霍默与兰利也因此成了不同于加缪笔下"荒诞人"的新型荒诞形象,但荒诞仍成为他们最显著的人生标识。

一、"深过任何一条海沟"的命运

《霍默与兰利》的开篇便是："我是霍默，眼盲的弟弟。我不是一下子失明的，而是像电影淡出一样衰退。"①这样的开头便为全书定下了忧伤的基调。霍默与哥哥兰利出身于上层社会，父亲是名医，父母每年都要出国旅行一个月。兰利在哥伦比亚大学读一年级时，英俊且擅长钢琴的霍默终于彻底失明，当时的他连 20 岁都不到。从此霍默便只能用听觉、触觉感知这个世界，并且在生命的最后阶段，他还基本丧失了听力。

霍默在人生最好的年华失明后，并不曾得到父母更多的关爱，"说真的，自从我失明以来他们对我怀有的无论什么感情都有点转淡，就好像他们的某项投资没赚回来于是要靠减少投入来降低损失"。② 我们认为，这也是霍默在荒诞人生中遭遇的荒诞事件。莫名失明的霍默没有因为眼盲而得到父母更多的关心，反而是疏离。幸好有兰利会关心他，在霍默无法自己阅读时读书给弟弟听。兰利对弟弟霍默真诚关爱，两兄弟相互扶持走到了生命的最后。

《霍默与兰利》中描述了 5 次死亡事件，表现了存在主义作家经常表现的死亡主题，其中有的人物的死亡尽显死亡的荒诞性。其实许多存在主义哲学家，如雅斯贝尔斯、海德格尔、萨特都对死亡进行了深入的研究与探讨。雅斯贝尔斯曾提出一个著名的命题：从事哲学即是学习死亡；体验死亡这样一种"边缘处境"就是筹划人生，就是在从事哲学思考。海德格尔说死亡是此在最本己的可能性。"此在"指的是人这种特殊的存在者，这句话点明的是死的无可逃避性，海德格尔还提出人的存在是"向死而在"等。萨特则明确反对海德格尔的死亡哲学，认为"死远不是固有的可能性，它是一个偶然性的事实"。③ 存在主义哲学家和文学家也写了许多以死亡为主题的论著，如克尔凯郭尔的《致死的疾病》、萨特的《死无葬身之地》、波伏瓦的《人总是要死的》等。我们认为，《霍默与兰利》在对死亡事件的描述中也闪现出萨特和海德格尔死亡哲学的火花，当然也渗透着多克托罗对于死亡问题的思考。

霍默首先讲述了父母的死亡。在哥哥兰利被迫参加"一战"未归时，1918 年的西班牙大流感又在几个小时内迅疾夺走了父母的生命，霍默言说这是父母对自己最后的抛弃，他们突如其来的死亡令霍默感觉到震撼。但其实这不过是《霍默与兰利》中最轻描淡写的死亡。小说中还言及或暗示了另外 4 个人在不同时间和背景下的死亡，分别是：厨娘罗比洛太太的孙子哈罗德·罗比洛的死，女佣西沃恩的死，

---

① 多克托罗：《纽约兄弟》，徐振锋译，北京：人民文学出版社，2011，第 1 页。

② 同上，第 17 页。

③ 萨特：《存在与虚无》，陈宣良等译，北京：生活·读书·新知三联书店，2007，第 661 页。

霍默的钢琴课学生玛丽的死,还有虽不曾道明但显而易见的兰利的死亡。

哈罗德·罗比洛是个 23 岁的黑人音乐家,是个健硕的小个子,脸颊圆润,擅长吹短号。在科利尔家居住的那段时间,哈罗德与兄弟俩相处甚欢,他甚至请自己的一些音乐家朋友到科利尔家组成乐队排练。"二战"爆发后,哈罗德参加空军并受训成了一名飞机机械师,后来在北非身亡,这也令家中的最后一个佣人罗比洛太太辞职离开了霍默和兰利。荒谬的"二战"导致了哈罗德这样一个热情而有才华的年轻人的死亡。

西沃恩是一个无家可归的独身爱尔兰女人,在科利尔家受雇超过 30 年,这项工作是她生活的全部。霍默说自己母亲死的时候,西沃恩在坟墓前伤心啜泣,她对死亡具有非常伤感的情怀。家中曾有另一位年轻的匈牙利女仆,因成了霍默的小情人,曾一度凌驾于老佣人西沃恩之上,令西沃恩备受屈辱。但是西沃恩却忍受着这种深深的冒犯,因为她当时的人生规划就是:"抓牢眼前的工作,一边存下钱来,一分一分,同时间赛跑希望死后能有个体面的葬礼。"①由此便可知,西沃恩是个"向死而生"的人。作为一个接近老年、无依无靠的女仆,西沃恩被孤零零地抛弃在这个冰冷的世界上,只能把寄居之地当成自己的家,依靠自己的辛勤劳动养活自己。在自己的雇主夫妇突兀地死亡后,她更加体会到人生的荒诞和偶然。她之所以在女雇主的坟墓前伤心地哭泣,可能是因为与雇主感情深厚不忍看到对方离去,但更可能是因为她从他人的死亡联想到自己将来也无法逃避死亡,自己虽然活着但也在走向死亡。这也就是海德格尔所谓的"死亡是此在最本己的可能性"。于是她便更加努力地"向死而在",直面死亡,她忍受着地位突然攀升的年轻女仆的态度,听候对方的指令,只为了保全这份工作、以后自己能继续生活、死后的葬礼不会因缺钱而太凄凉寒酸。

但是西沃恩自己的死亡又深深地诠释了荒诞和偶然性。在大萧条时期,霍默与兰利两兄弟决定每周在家举办一次下午茶舞会,他们只接受成对的规矩舞客,对于每对来宾只收一美元的入场费,厨娘罗比洛为客人提供饼干、茶、酒。西沃恩主要负责场地的整理及清扫工作,她是一个细致的女人,家具上的每一道凹痕刮擦或地板上的小缺口都会引起她的痛苦。这样过了一段时间,有天西沃恩没有按时从房间里下来,结果她被发现死在了自己的床上,手指上套着一串天主教的念珠。兄弟俩猜测西沃恩可能是死于繁重的家务,内疚的兰利为她在纽约市的每一份报纸上登载了讣告,霍默说自己能想到的则全是死亡来得多么容易。死亡对于西沃恩来说,确是毫无征兆地从天而降的、偶然的、荒谬的事实。致死的因素无限,因而死期也便不可预测、意想不到、不可能被等待。"向死而在"有时纯属侈谈——这里闪

---

① 多克托罗:《纽约兄弟》,徐振锋译,北京:人民文学出版社,2011,第 29 页。

现着萨特死亡哲学的思想,并且西沃恩的死正如萨特所说的:"死亡的本义恰恰就是:它总是能提前在这样或那样一个日子里突然出现在等待着它的人们面前。"①

玛丽是霍默的前钢琴课学生。在无声电影时代,霍默一度找到了一份为默片弹奏配乐的工作,兰利请了个教区学校毕业的女学生来替霍默提示银幕上的场景,霍默便根据剧情即兴弹奏乐曲。由于玛丽的报酬不多,霍默就给她上免费的钢琴课作为补偿。美丽纯洁的玛丽来自一个不幸的移民家庭,父母双亡,当时才16岁。她还曾在科利尔家住了一阵。两兄弟都不可抑制地爱上了她,但是他们对这位比自己小10多岁的女孩自始至终都是发乎情,止乎礼。有声电影的出现使霍默失去工作,他们便拿出一部分钱送玛丽离开他们去读书。玛丽后来成了一名修女,同时也是传道士,她和修道会的其他修女前往全世界最穷困悲惨的地区,从物质、精神上给予穷人帮助,但玛丽却最终在中美洲的一个偏远小村中和其他3名美国修女一起被枪杀,并且她们死前均遭到暴乱分子强奸。虔诚的玛丽把自己的一生献祭给了上帝,却得到如此不幸的结局,不免令读者深感现实的残酷。1980年,中美洲萨尔瓦多确实发生了4名美国修女被杀的事件,多克托罗是善于将历史与现实完美融合的作家,他将玛丽的最终命运置放于这真实的悲惨事件中,不给人任何道德安慰,这表明了作家直视生活中无情的一面的勇气,令人领略到他笔调冷峻的现实主义色彩。

霍默在自己生命的最后阶段亦基本丧失听力,他不知道哥哥兰利已经死亡,小说中也没有明确说明,但读者可以从字里行间推测出来。业已衰老与贫穷的两兄弟在被切断水电供应、堆满杂物、亟待修缮的房子里相依为命,因为有些报纸在报道"怪人"科利尔兄弟的新闻时暗示科利尔家可能藏有大量现金,所以出现有小偷试图在夜晚入门盗窃、有盗贼在屋顶上移动的状况。为了保卫自己的家,兰利便在房子里用心构建了许多圈套和陷阱:

> 在楼上,他把东西堆成金字塔形状,谁要是轻轻碰一下其中任何一样东西——橡胶轮胎,铁质压力锅,人形模特,空抽屉,啤酒桶,花瓶——我几乎以想象这一场景为乐——整堆东西就会砸在他的目标物,某个闯入者,或神秘的入侵者身上。每个房间都有它独特的惩罚性设计……②

而小说的最后,是霍默向他生命中结识的最后一位朋友,当时并不在身边的杰奎琳的无言诉说与问询:"杰奎琳,我有多少天没吃东西了。我好像听到过一声巨

① 萨特:《存在与虚无》,陈宣良等译,北京:生活·读书·新知三联书店,2007,第650页。
② 多克托罗:《纽约兄弟》,徐振锋译,北京:人民文学出版社,2011,第237页。

响,整栋房子都震了震。兰利在哪儿? 我哥哥在哪儿?"①那曾经震撼过整栋房子,甚至令几乎丧失听力的霍默都听闻的一声巨响,其实就是兰利踩上自己设置的陷阱,重物立即倒塌令他身亡的一声巨响。这样的结尾设置对应美国历史上真正的兰利·科利尔的真实命运,当时兰利就是为了给霍默送饭而踩上自己设置的陷阱,被囤积的杂物砸死的。因为尸体被掩盖在杂物之下,警方先是找到了饥饿致死的霍默的尸体,然后又花了好几个星期的时间清理出科利尔家中的 100 多吨杂物,最终发现了重物掩盖下的兰利的尸体。兰利的死何其荒诞,他亲手布置的防范盗贼的陷阱让他自己丧命,也因此导致霍默饿死、丧命。霍默与兰利兄弟可谓生于繁华、终于沦落、死于荒诞。

我们以为,多克托罗在《霍默与兰利》中多次描写荒诞的死亡事件,主要是为了阐释自己通过兰利表达出来的一个观点,同时也是小说的主题之一:"命运黑暗如深渊,深过任何一条海沟……"②这个有关命运的比喻来自一本诗集,霍默说自从自己目盲后,兰利常为他读书。兰利为他读当时的流行小说、报纸和诗,但兰利推崇诗甚于小说,他认为诗歌里有想法,而小说只是故事。霍默一直铭记着这句诗,兰利在向霍默解释自己的"替代品理论"时,也提及那"深过任何一条海沟的黑暗"。霍默在生命的最后阶段逐渐丧失了听力,当时他感觉自己周围的黑暗和死寂比诗人笔下的海沟还要深。我们知道,科利尔兄弟虽出身于上层社会,但霍默青年时便目盲,兰利也根本无法把握自己的命运,他必须上"一战"战场,而"一战"便永久改变了他的人生。人世间有太多不确定、无法把握的因素,并且命运的力量有时异常邪恶、巨大且不可抗拒。可以说,霍默与兰利,还有小说中众多人物的荒诞命运就如这句贯穿整部小说的诗句一样,黑暗如深渊,深过任何一条海沟。

二、"他人就是地狱"

以上我们论述的主要是《霍默与兰利》中表现的死亡的荒诞性、命运的偶然性与深不可测。当然小说中描述的荒诞绝不限于死亡之荒诞,《霍默与兰利》还表现了人际关系的荒诞。科利尔兄弟的麻烦竟然源于家里的一个煤油炉。一天兰利在烧蛋卷时炉子烧了起来,厨房里的灭火器因为年深日久只能勉强灭火,兰利接着把烟味犹存的炉子扔到了后院。但是一小时后,一群消防队员冲了进来急速寻找火源,原来隔壁的邻居报了火警。兄弟俩已经很久没见过邻居,只在多年前在信箱里收过邻居的一封抗议他们下午茶舞会的信。消防队员们态度粗鲁,仓促之间还损坏了科利尔家的物品,但并没有赔偿。国家消防署接着派了一名火灾调查员,调查

① 多克托罗:《纽约兄弟》,徐振锋译,北京:人民文学出版社,2011,第 239 页。
② 同上,第 42 页。

员先是威胁说要给两兄弟发传票，理由是在居民区非法储藏易燃物品，后来又向其他部门报告了科利尔家的情况，于是一周之内卫生部给他们寄来通知信，要求审核他们家中的室内状况。

霍默与兰利从此逐渐被曝光在公众视野之下，盯上他们的不仅有卫生部门，还有电话公司、电力公司、零存银行，甚至还有伍德洛恩公墓，只因为两兄弟弃用电话多年、把有故障的电表砸了、没有按时还房子的贷款，还有忘了支付维护父母墓地的账单。

兰利是个从不在乎世俗眼光的人，他曾经结过一次婚，结婚当天穿的是多袋灯芯绒裤子和卷起袖子的袒胸衬衫，令当时的岳父岳母内心极其愤怒。去银行付清房子贷款的那天，兰利的穿着破旧不羁，于是一路被许多记者和摄影师跟着。多克托罗不无讽刺地写道，当时有个摄影师凭借给兰利拍的照片得了普利策奖。从这个情节的描写我们便可知道，当时的科利尔兄弟在公众眼中业已成为怪物，因为他们离群索居、不遵守社会习俗，所以世人便视他们为怪人疯人，包括小孩子。在小说中，多克托罗描述了孩子们在整整一个夏天对着他们关闭的窗口扔石头的场景及霍默对此的思考：

> 小孩子都是邪恶迷信传说的追随者，在这些年轻的破坏者心里我和兰利不是像报上描写的来自某个辉煌家族的古怪隐士：我们已经变了，成了出没于我们曾住过的房子里的鬼魂。①

而1938年夏，真实的兰利确实曾对采访他的记者海伦·沃登（Helen Worden）说："这些可怕的孩子。他们叫我鬼。他们说我在天黑后把死人的尸体拖进房子然后把死尸挂在外面的老榆树上……他们打破我的窗子，让我的生活很悲惨。他们甚至在我的门上贴着'这是鬼屋'！"②

我们也由此可见多克托罗创作中的现实主义原则或实录精神。多克托罗同样也合理想象了科利尔兄弟沦为"奇葩"人物的过程：首先是报社对他们的注意，为了制造新闻效应及迎合读者追求奇闻的心理，报纸对他们进行不符事实的报道和渲染，让他们沦为公众眼中的异类；然后，为了惩罚兄弟俩支付账单的随意态度，电力公司先是粗鲁地威胁他们，随后干脆断了他们的电；最后，他们被停了水，而在这之前他们已被停了煤气。可以说霍默与兰利已被外界的敌意重重包围，而这一切的

① 多克托罗：《纽约兄弟》，徐振锋译，北京：人民文学出版社，2011，第227页。
② Scott Herring, "Collyer Curiosa: A Brief History of Hoarding," *Criticism* 2(2011):166.

根源仅仅是"我们的生活方式不随大流,独立自主,不慑于传统教条"。①

科利尔兄弟可谓处在地狱——他人为他们构筑的地狱,或者说"他人就是地狱"。我们都知道"他人就是地狱"这句话出自萨特的代表剧作《禁闭》(又译《隔离审讯》)。《禁闭》中描述地狱中有 3 个生前十分卑劣的鬼魂:男编辑加尔散生前因在战争中坚持反动的和平观点并逃跑而被抓获枪毙,并被世人定义为胆小鬼;女职员伊内丝是个同性恋者,她夺走表嫂,致使表哥车祸身亡,表嫂后来打开煤气与伊内丝一起中毒身亡;贵妇艾丝黛尔热恋异性,她溺死在婚外恋中生下的私生女,并因此令情夫气得自杀,她自己死于肺炎。到了地狱之后,3 人依旧本性不改:加尔散总想向伊内丝表明他不是胆小鬼,并厌恶热爱男性的艾丝黛尔;伊内丝仍爱恋同性,喜欢艾丝黛尔且排斥异性加尔散;艾丝黛尔只追求异性加尔散,并憎恶伊内丝。他们于是互相猜忌、妒忌挑拨、各不相容,造成彼此是对方的精神地狱这样一种境况。

而《禁闭》其实也是萨特对自己的哲学著作《存在与虚无》中的"他人"问题的一种文学阐释。萨特认为,社会中的每个人都力图在与他人的关系中保持主体地位,总是把他人"注视"为一个客体;他人的目光不仅把被注视的一方从自为的存在变成了自在的存在、变成了僵化的客体,还会令被注视者在某种程度上按注视者的目光看待自己和修正自己等。于是双方都会努力地把自己从别人对自己的支配中解放出来,并力图控制他人。为了实现自己的自由、维护自己的主体地位,我们无法避免与他人的冲突与龃龉,自己与他人的关系因而也总会处在无尽的矛盾与纷争中,因此他人(的眼光)对于自己来说便是地狱。

但是"他人就是地狱"这句话的含义毋庸置疑又是异常丰富的。萨特曾解释这句话说:"我是说,如果我们同他人的关系被扭曲了,变了质,那么他人只能是地狱。"②在《霍默与兰利》中,外部世界的他人对科利尔兄弟的敌意源于邻居对他们多年前举办下午茶舞会的怨恨,然后又蔓延到债主、报社,再到市政部门,甚至连小孩子也因为家长的影响对他们充满敌意、施以攻击。如此荒诞的人际关系使他们的自由受到阻碍,令他们的生存举步维艰。

因为现实的荒诞,所以这部以霍默的口吻讲述的小说也会插入、渲染失去的美好岁月中的点滴。霍默说科利尔家的装饰风格属于维多利亚晚期的风格,这种与现代风潮格格不入的风格总让霍默觉得舒适、可靠;父母着装保守正式、讲究礼仪,把自己的生活置于《圣经》的规范之中;霍默在未失明的少年时代常参加夏令营,14 岁的霍默当时对一个女孩有着最纯洁的、自己都不明白的爱;母亲当年深爱着没有

---

① 多克托罗:《纽约兄弟》,徐振锋译,北京:人民文学出版社,2011,第 202 页。
② 萨特:《萨特自述》,黄忠晶、黄巍编译,天津:天津人民出版社,2008,第 266 页。

失明的自己……总之那是一个再也不会回来的纯真时代,并且这悠长的回忆也令整部小说充满了忧伤的感觉。

面对荒诞的现实,面对他人构筑的地狱,萨特也提出了有力的号召:"不管我们生活于其中的是什么样的地狱圈子,我想我们都有砸碎它的自由。"①霍默与兰利也没有无视自己所在的地狱般的处境,他们奋起抗争,成了拒斥"不诚"、恪守"本真"的反叛者。

第三节　拒斥"不诚"、恪守"本真"的抗争

"不诚"(bad faith)是萨特提出的术语,也译作"自欺",是萨特哲学研究的重要对象。萨特在《存在与虚无》中用了整整一章的篇幅来论述自欺。首先萨特区别了自欺和说谎:说谎是欺骗别人,向他人掩盖真情;自欺则是对自己说谎,对自己掩盖真情。由于世界存在的荒诞性导致人经常会感受到荒诞,还有人注定是自由的,人一直都必须作出选择,并要承担对自己、他人及世界的责任,因此人经常处于"畏"(anguish,也译作"烦恼")的状态中。有的人面临自由的存在及选择,不敢或不愿正视它们,于是便表现出自欺的态度,以此来逃避自由选择及其连带的责任,使自己免于烦恼。

萨特还讨论了自欺的几种基本表现。他举例说明第一种自欺的类型:一位初次赴约的女子,她很清楚男子对她的意图,也知道自己迟早都得作出肯定或否定的选择,但是她却不愿正视问题的急迫性与严肃性。她迷恋于对方谦恭的态度,让自己相信对方的举动是出自高尚而非低俗的情感;她任凭对方抓住了她的手,这个举动本意味着赞同调情,但是她却不管自己的手,而是把决定的时刻尽可能地往后延迟。萨特指出,这是自欺的一种典型表现。这位女子为了避免选择带来的烦恼、责任而对自己的处境装聋作哑,尽量让自己处于无烦恼的状态。

自欺的第二种形式是让另一主体来决定自己的身份。萨特以一个咖啡馆侍者为例,他过分殷勤地对待顾客,他的姿态过分敏捷、动作过分准确、步子过分灵活。"他像走钢丝演员那样以惊险的动作托举着他的盘子,使盘子处于永远不稳定、不断被破坏的、但又被他总是用手臂的轻巧运动重新建立起来的平衡之中。他的整个行为对我们似乎都是一种游戏。"②由此可见,他费力地扮演一个无可挑剔的咖啡馆侍者,出于他的义务他努力实现这种身份,就像杂货店店主、裁缝店店主之类

---

① 萨特:《萨特自述》,黄忠晶、黄巍编译,天津:天津人民出版社,2008,第267页。
② 萨特:《存在与虚无》,陈宣良等译,北京:生活·读书·新知三联书店,2007,第92页。

的商人一样，"他们的身份完全是一套礼仪，公众舆论要求他们把它作为礼仪来实现"。① 这样，这位侍者就成了一个他人强加给他的形象的奴隶。消极接受他人或社会赋予自己的角色、就范于外界对自己身份的定位、逃避并忽视其他选择的侍者同样是自欺的。

萨特说自欺的目的在于置身于能及范围之外，它是一种逃避。确实，自欺是人们常用的逃避选择与责任、避免烦恼的一种手段，他同时还指出：

> 人们如同沉睡一样地置身于自欺之中，又如同做梦一样地是自欺的。一旦这种存在样式完成了，那从中解脱出来就与苏醒过来同样地困难：因为自欺就像入睡和做梦一样，是在世界中的一种存在类型。②

人们一旦进入自欺，便如同进入沉沉的酣睡一样，会对自身的行为与存在失去自我意识；要令其走出自欺，那也是非常困难的，就如同要让一个酣睡中的人瞬间苏醒一样。在这个世界上，自欺就像入睡、做梦一样，都是一种存在形式。并且自欺是人的一种不真实的存在，对人的存在的所有谋划都是"直接而永恒的威胁"。③

而萨特不厌其烦地对自欺进行大量论证与分析，目的正如学者万俊人所说的那样，就是要"通过对不诚态度的剖析和否定，求证人的自由行为和价值选择的绝对性和现实性，以唤起人们正直人生的勇气和敢于践履自由人生的行动，从而强化人们对自为行为的责任感和迫切性"。④

"本真"的英文单词为 authenticity，意为"承认自己独特个体性的状态"。⑤ 海德格尔最早赋予"本真"存在主义哲学的含义，认为本真包含了一个人的"向死而在"（embracing one's being-unto-death），这就促使我们把心思集中在存在实现的意义上，即如何生存的问题上；萨特从海德格尔那里借用了这个词，对于萨特来说，本真指的是一个人拥有自己的彻底自由和责任。每个存在主义者对本真都有着自己的理解，但本真是存在主义个体的特征。一个人想成为本真的人、本真地生活，就必须充分认识到一个人的个体性、独立性。"回避选择的人，甘愿成为人群中的一张脸或者官僚机器中一个齿轮的，就不能成为本真的人。"⑥而本真的人，当然也是拒斥"不诚"、决不自欺的人。

---

① 萨特：《存在与虚无》，陈宣良等译，北京：生活·读书·新知三联书店，2007，第 92 页。
② 同上，第 104 页。
③ 同上，第 106 页。
④ 万俊人：《萨特伦理思想研究》，北京：北京大学出版社，1988，第 104 页。
⑤ 弗林：《存在主义简论》，莫伟民译，北京：外语教学与研究出版社，2008，第 270 页。
⑥ 同上，第 221 页。

　　《霍默与兰利》中的兰利就是一位拒斥"不诚"、恪守"本真"的人，同时也是一位对荒诞世界坚决反抗的反叛者。兰利坚决反抗荒谬的意识形态，并敢于以一己之力对抗国家机器。

　　哥伦比亚大学的毕业生兰利对于战争的态度是："除了看不上谁对谁错的争论还嘲笑战争这个概念本身。"[①]尽管如此，他还是不得不参加"一战"，受了很多伤，并曾在 1918 年的西线战场上中了毒气，虽然捡了一条命回家，但兰利从此一生无法摆脱咳嗽，并且声带有如碎片。

　　兰利曾险些被送上军事法庭，只因为"他曾对军官说：为什么我要杀死那些我不认识的人？你得先认识他才会想要杀他"。[②] 因为兰利的这个独特看法，也因为他敢于质疑战争，他每天晚上都被派去极其危险的地方巡逻；但兰利反抗战争最明显的表现还是他在部队正式解散、签发退伍文件之前就离开了队伍，从来都不赞同战争的他是不屑于成为"一战"英雄的，因此他便以这种行动来表明他对人类无谓战争的反对和反抗。并且这也说明了兰利性格中对于"不诚"的拒斥——他不愿接受军队与政府按部就班的安排，不被动接受他们赋予自己的角色（即使得到"一战"英雄的称号和勋章又如何呢？），不乖乖就范于外界对自己身份的定位。当然美国军队和政府因此不会轻易放过他，宪兵会到兰利家敲门，并且兰利在战后的好几年都受到了法律的责难。

　　以上讲述的是兰利对于战争的直接反抗，"一战"结束后，兰利也不去参加游行队伍庆祝胜利，他跟霍默说那是为白痴准备的。此外，兰利还以其他形式间接反抗战争。比如在"二战"时期，在日军轰炸珍珠港后，成千上万的日裔美国人被盘查拘留，兰利收留了为他们家打扫卫生的日裔美国人星山夫妇，使他们免于邻居的威胁；在得知两个联邦探员上门强行带走星山夫妇后，晚归的兰利勃然大怒，痛斥探员随心所欲、无视宪法。还有就是在黑人厨娘罗比洛太太的孙子，一个擅长吹短号的年轻人在"二战"的北非战场牺牲后，兰利买了许多金色星星图案的三角旗挂在家中 4 层楼所有的窗户上，金色星星代表着士兵的"终极牺牲"，通常一户人家在一扇窗上贴出一面这样的旗就已经是足够的慰藉了，但兰利以此举表达他的悲痛与愤怒。

　　《霍默与兰利》不是战争小说，因此也没有太多渲染战争对于兰利的戕害、对于科利尔家庭的影响，以及兰利对于战争的极力反抗，但是小说中人物的生命被战争剥夺、命运为战争所决定和逆转，我们认为，这也足以表达作家多克托罗对战争的清醒认识和坚决反对。多克托罗也曾对当时的美国总统发动伊拉克战争作出了尖

① 多克托罗：《纽约兄弟》，徐振锋译，北京：人民文学出版社，2011，第 98 页。
② 同上，第 25 页。

锐的批评,说布什的这种行为是"玩世不恭的对于我们的国家身份的滥用"。① 有一些存在主义哲学家和文学家同时也是积极的社会活动家与反战者,如萨特、波伏瓦和加缪。"二战"期间,萨特曾因抗击德国法西斯被俘;萨特在 20 世纪 50 年代积极反对美国侵略朝鲜的战争;20 世纪 60 年代,他反对法国对阿尔及利亚的殖民战争,抨击美国的侵越战争,谴责苏军入侵捷克斯洛伐克等。加缪因其在反抗德国法西斯斗争中的突出贡献,于 1945 年被授予抵抗运动勋章。多克托罗也与萨特、加缪等人一般强烈反对不正义的战争,并把这种思想主张写入自己的作品,在《霍默与兰利》中主要通过兰利这个人物的行动来对战争的本质进行质疑,对战争的罪恶进行揭露与反抗。

我们知道,军队、警察、法庭、监狱等专政机关都是国家机器的重要组成部分。在《霍默与兰利》中,读者也分明可见兰利对损害人民利益的国家机器进行的反抗,主要表现为对警察和法庭的反抗。

与警察的"对峙"源于霍默与兰利在大萧条时期举办微利的下午茶舞会,舞会刚开始时被运营得井然有序。但是某份晚报的不当宣扬导致舞客激增,霍默与兰利无法接待,并导致邻居抱怨投诉,最后便来了一位造访的警官。警官先用正式的语气宣布在民居中经营营利性事业是违法行为,接着又改变语气说,鉴于科利尔兄弟都是体面人,所以这一事件可被忽略,但条件是兄弟俩必须把每周收入的 15%给警察慈善联盟,并且还说明了捐赠的底价。

兰利明白警察慈善联盟纯属子虚乌有,这纯属警察部门的敲诈勒索行为,所以他直斥这个警察在干违法的勾当,兰利说:

> 你是个贼,清清楚楚,你和你的队长都是。我能尊重真正大胆妄为的犯罪但无法忍受你们这种阴险的猫哭耗子的腐败。你是这身制服的耻辱。我会向你的上级举报你,如果他们不是和你一样可怜下贱的话。现在请你离开我们的产业,先生——出去,出去!②

虽然兰利对警察义正词严的斥责后来遭到一帮警察对舞会的打砸报复,还被指控在居民区经营营利性产业、无证卖酒及拒捕,兄弟俩也被迫在曼哈顿拘留所待了一夜,但针对他们的所有指控最终在法庭审判后被全部撤销,这是作家刻意安排的一个胜利结局,表明了对兰利反抗行为的积极支持。

小说还描写了兄弟俩与银行及法庭的对抗。兰利虽然远离人群,却深谙法律

① 多克特罗:《创造灵魂的人:多克特罗随笔集》,郭英剑译,南京:译林出版社,2010,第 94 页。
② 多克托罗:《纽约兄弟》,徐振锋译,北京:人民文学出版社,2011,第 78 页。

知识,也因此能最大限度地保护自己和家人。在两兄弟因为与众不同的生活方式(封锁了家中的门窗,在家中囤积物品,不用自来水、电、电话等)而逐渐为世人所知,变得"臭名昭著"后,得到科利尔家房子抵押贷款权的银行因为兄弟俩没有按时还款,就派了一个由法庭执行官陪着的银行家去,他挥舞着一张传票,傲慢地向兄弟俩宣布他们将被驱逐出屋的悲惨命运。霍默描述自己平时行事风格激动的哥哥此时却冷静地回屋拿了一本法律书回来:"啊,对,他说,那么好吧,我接受你们的传唤——给我吧——我们法庭见——让我看——据我对这类事的理解,听审会应该在六到八周后召开。"①

自大的银行家立刻变得多少有点惊慌失措,因为他没有预料到行为怪癖的两兄弟居然懂得法律知识,何况如果真正开庭,银行就得请律师,更不必说那无尽的拖延,于是他只得改变口气请求兰利付清欠款。法庭执行官本来是帮银行来恐吓兄弟的,结果也未能发声。兰利还分析了一下即使法庭判银行胜诉的情况,告诉对方至少半年后他们才有必要决定付款与否,然后彬彬有礼地请这两个恫吓者从自己的家门口滚出去。这出闹剧由于兰利以自己的法律知识从容应对,显得像一出令人忍俊不禁的情景喜剧。别忘了历史上真实的科利尔兄弟中的霍默是哥伦比亚大学毕业的律师,多克托罗据此合理想象、构筑故事情节,让读者感受到被社会排挤到边缘并被视为怪人的兄弟俩的智慧。

多克托罗在 2009 年接受美国国家公共电台采访时说,科利尔兄弟一直让他难以忘怀(科利尔兄弟去世那年多克托罗 16 岁),并且令他感兴趣的是为什么科利尔兄弟要关上门窗撤退到自家房子里,那几乎是移民的一种形式,他们进入了自己的家之国。正是因为这些原因,他写成了《霍默与兰利》这本书。其实,在小说的末尾,多克托罗也借霍默之口道出了这本书的写作目的:"还有什么比成为一个神话般的笑话还要糟糕的事呢? 一旦我们死了走了就再也没有人来澄清我们的历史,我们将如何面对这种局面?"②因此在该书中,读者清晰可见对兰利古怪甚至"疯狂"行为的合理解释,可见霍默对哥哥兰利反常行动的全盘接受、万分理解,可见作家对他们逐步抛弃外部世界、远离尘嚣固守在自己家中的行为的细致描绘与诠释。

科利尔兄弟从这个世界逐步隐退的一个重要原因是他们均在感情上受挫。兰利在"一战"结束多年后仍一直没有找到真爱(他们的父母则早已被 1918 年的西班牙大流感夺去了生命)。兰利曾爱上一个女激进分子,但她拒绝兰利的求婚;兰利后来与另一女子结婚,但一年后离异。目盲的霍默当然就更难觅得真爱。还有就是下午茶舞会被警察打砸无法再续。舞会被停办不但意味着没有职业的兄弟俩既

① 多克托罗:《纽约兄弟》,徐振锋译,北京:人民文学出版社,2011,第 206 页。
② 同上,第 229 页。

不能获得收入应付生活中的各项开支,又失去了许多人际交往的机会。更何况在舞会未停办之前,在他们家中受雇 30 余年的女佣西沃恩已被繁重的家务累死。佣人中的最后一位是厨娘罗比洛太太,但厨娘因为自己唯一的孙子在"二战"中阵亡,便辞职离开了两兄弟去照顾孙子的遗孤,家中的最后成员至此便只剩下兄弟两个日夜相对。

远离门外的世界,撤退入自己的家过自己的生活,也是兰利与霍默主动选择的结果。有着严重收集癖的兰利在"二战"期间也收集了大量军事物资,包括防毒面具、军用水壶、炊事用具、发报电键、军装、军靴等,把家中变得几乎像一座博物馆。他们一起看电视,回答电视问答秀节目中的问题,因为具有良好的学识而答题正确率很高——霍默对音乐、棒球和文学很在行,即使失明后也能写作与弹琴;兰利则对历史、哲学和科学了如指掌。要知道历史上真实的科利尔兄弟均曾就读哥伦比亚大学啊。但是他们最终还是没有去报名参加这个节目,不仅是因为他们知道自己已经年老、穿着打扮不合时宜,更主要的是因为他们不想为了一点奖励去配合节目进行相应的表演,不想像那些参赛者一样个个都笑得像个傻瓜,赢得奖励时就像个穿线木偶似的跳上跳下,他们不愿为了钱便那样出丑,因为那是关乎自尊的。这个选择也表明了兄弟俩决不闻风而动、盲从大流的性格。

科利尔兄弟还在家被动接待过一群黑帮人物,当时一个叫文森特的受伤黑帮老大及手下突然闯进他们家避难了几天,他们好奇但平静地接待了这些不速之客。兰利帮助处理伤口;黑帮分子要拔掉电话线,兰利居然帮着拔,因为兰利觉得电话也没什么用;一开始总有手枪对着两兄弟,但霍默与兰利都毫不畏惧。黑帮分子会带饭食送给他们吃,作为回报,他们则为黑帮分子烧咖啡并与之共饮。我们认为,兄弟俩绝不是要姑息养奸、存心对抗政府,在文森特等人来他们家避难之前不久,他们在电视上看到了参议院调查文森特犯罪组织的听证会,明白个中情况的复杂性。更何况霍默与兰利多年前就与文森特有过几次交往,文森特当年也一直善待他们,只是如今文森特已把两兄弟彻底忘了。最后黑帮分子离开了科利尔家,他们没有灭口,而是用晾衣绳把兄弟俩绑在椅子上,并且还扔了几张百元大钞在兰利脚下。虽然这个举动好像是扔给一个乞丐,但是读者难免还是能感觉到黑帮的"人情味"。

在此,我们不得不提及作家多克托罗对于黑帮的认识和态度。在一次访谈中他说:

> 我们对黑帮极感兴趣。大多数人都非常守法。但是自由社会的基础,也可以说是神话的巩固吧,还是由革命者、推翻者、暴力者提供的。因此虽然我们满意于自己所拥有的并且也很遵守法律,但是如果有反社会的人出现,这样

的人还是会得到一点钦佩的。这就是为何我们非常关心黑帮的原因。当然我们想看他们对抗社会、违反社会规则,然后我们又想看到他们被惩罚。①

正因为对黑帮有着这样的认识,所以多克托罗会在自己的小说中描写黑帮,描写他们与社会的对抗及对社会法规的违反,像《比利·巴思盖特》整部小说便通过少年比利·巴思盖特的视角,揭露了美国在20世纪30年代大萧条时期黑帮与官场的勾结与冲突。但是《霍默与兰利》中的黑帮却不曾带有多少血腥味。两兄弟初次结识文森特是在1920年禁酒令颁布之后,那时年轻的他们在晚上光顾非法的地下酒吧,认识了这位黑帮头目,甚至霍默当时还和文森特相处得不错。霍默与兰利终究从绳子中挣脱出来重新获得了自由,但决定不去报警。兰利说:"我们不需要任何人帮助。我们会自己做主。自我保护。我们要直面这个世界——仰他人鼻息我们就永远不得自由。"②

从兰利这一席话中,我们再度看到兰利对"本真"的追求与践行。兄弟俩不仅决定不报警、不求助警方,兰利还号召弟弟霍默和他一起独立自主、自我保护,直面这个荒诞的外部世界,并明确指出要在不依靠他人的条件下追求自由。也就是说,他们要追求没有任何附加条件的纯粹的自由。

因为观看中央公园的反战(反对越南战争)集会,两兄弟结识了一些嬉皮士,这是他们最大规模的一次与外界的接触,也是最后一次,嬉皮士甚至还到科利尔家与兄弟俩同住了一段时间,与兄弟俩相处甚欢。嬉皮士在冬天离开他们家后,两兄弟"再次被打回原形成为两个烦恼的自我和外面的世界作着斗争"。③ 他们的隐居生活从此变得不可逆转。

还有就是前文论述过的霍默的前钢琴课学生玛丽的死。得知这个消息后,科利尔再也没有打开过家里的百叶窗。我们认为,兰利永远关上自家百叶窗的这个动作,标志着要与这个疯狂的外部世界永远决裂。玛丽以其一生效忠于上帝,上帝却从未对她有所眷顾,反而令她的一生以那样荒诞悲惨的结局收尾。这也表明了多克托罗对于宗教的态度,多克托罗曾说"对于世俗的痼疾(如贫穷和权利被剥夺)并没有宗教疗法,只有世俗的疗法"。④ 多克托罗在他的许多小说如《上帝之城》《大进军》中都表示了对宗教的怀疑态度,他认为上帝对人们的苦难毫无反应或反应迟钝,《霍默与兰利》也同样如此。兰利曾明白地告诉霍默,这个世界上根本就没

① Christopher D. Morris, *Conversations with E. L. Doctorow* (Jackson: University Press of Mississippi, 1999), pp.212-213.

② 多克托罗:《纽约兄弟》,徐振锋译,北京:人民文学出版社,2011,第145页。

③ 同上,第182页。

④ E.L.Doctorow, *Reporting the Universe* (Massachusetts: Harvard University Press, 2003), p.96.

有天堂，在这个世上做人就是要面对恶劣环境里的艰难真实的生活。其实这也是许多无神论存在主义者的观点，人是被孤独地遗弃在这个世界上的，因而人只有依靠自己去选择，去决定自己的本质。霍默曾总结他和哥哥过的生活是"不随大流，独立自主，不惧于传统教条"的。①　我们认为，这也是对本真这个词的一个注解。

霍默与兰利撤退入自己的房子，成为繁华纽约市中著名的第五大道中破旧豪宅中的隐士，"大隐隐于市"，以此来对抗荒谬世界。兰利激烈地对抗外界之荒诞，目盲的霍默同样也以自己的方式发出了反抗的最强音——霍默主要借助艺术来反抗外界、救赎自己。

霍默主要运用音乐和文学这两种艺术形式，具体来说，就是通过弹钢琴、作曲和写作的方式来疏导自己的情绪、记录自己的生活、对抗世界与人生之荒诞。霍默在失明之前已是音乐学院的学生，会在社交聚会时展现自己的钢琴技艺。在家中年轻的匈牙利女仆、霍默一度的小情人因盗窃霍默母亲的财物而离开科利尔家时，霍默沉浸在自己的钢琴世界中排遣情绪；家中被黑帮占据，仅两天后，霍默就继续回到自己每日的钢琴练习之中；有一段时间，兰利着迷于画画，让霍默即兴弹奏钢琴，霍默又按照音乐形式即兴创作练习曲、叙事曲、奏鸣曲等。霍默说那是科利尔兄弟最快乐的时光。后来霍默的听力出现了问题，但他幸而认识了自己生命中的最后一位朋友——法国女记者杰奎琳。杰奎琳在霍默独自过马路时及时阻止了霍默前行，从而挽救了霍默的生命。霍默向她坦言了自己作为一个正在变聋的盲人的苦难，杰奎琳便劝说霍默写作：

> 为什么不写作呢，她说。你能在文字里面找到音乐，你能听到那音乐，你知道，通过思考……就写你真实的自己。你住在公园对面的生活。你那配得上黑色百叶窗的历史。你们的房子比帝国大厦还要吸引人。②

多克托罗曾在论及文学的作用时说文学是踟躇的人类灵魂的镜子，文学能证明过分简单化的信仰有错，文学还能抵抗对自由的限制，这种自由与社会总体想象物有关联，社会总体想象物利用其惰性逐步培养麻木的思想。③　多克托罗也曾说："当你写作时你再也不是原来的那个人了，写作情境给予你力量。"④在《霍默与兰利》中，多克托罗便让处于极端困境的霍默听从杰奎琳的建议，每天写作。霍默说

---

① 多克托罗：《纽约兄弟》，徐振锋译，北京：人民文学出版社，2011，第 202 页。

② 同上，第 232 - 233 页。

③ E. L. Doctorow, *Reporting the Universe* (Massachusetts: Harvard University Press, 2003), pp.52 - 53.

④ 同上，第 58 页。

杰奎琳是他的缪斯,她为他的人生勾画出新的计划,而写作碰巧同他想要活下去的欲望不谋而合。在霍默生命的最后阶段,他的床就是一张放在打字桌旁的床垫。于是当兰利忙于他的报纸工程及出于安全考虑,在家中建造无数圈套和陷阱时,霍默便从每天的写作中汲取力量、努力生存。写作照亮了霍默余下的人生。

加缪在散文《反抗者》的第四部分"反抗与艺术"中用了相当篇幅论述小说与反抗,认为"浪漫的创作意味着对现实的某种拒绝。但这种拒绝并非是简单的逃遁,不妨可以将此看做是崇高灵魂的一种遗世退隐的行动"。① 这就极大地褒扬了写作的功用,说明了艺术创作是一种反抗形式。我们认为,霍默的写作当然也是对荒诞现实的有力反抗。而在萨特小说《恶心》的结局,罗冈丹为了摆脱自己对存在的恶心之感(即荒诞的感受),决定通过创作来拯救自己。他还说自己不会去写历史书,因为历史讲述的是已存在过的事,而任何一个存在物都永远不能证明另一个存在物存在的价值。罗冈丹要写的是小说,他说等到书写成的时候,书的亮光会照着自己的过去,那时,通过书,他也许会回忆自己的生活而不感到厌恶。我们认为,霍默同样用写作照亮了自己最后的生命。在萨特著名的自传《文字生涯》中,萨特说自己当年就是罗冈丹,并通过罗冈丹表现自己生活的脉络;还说:"我在写作中诞生,在这之前只不过是迷惑人的游戏;从写第一部小说,我已明白一个孩子已经进入玻璃宫殿。对我来说,写作即存在。"②而写作也成了霍默人生最后阶段的存在方式。

顺便说一下,萨特在《文字生涯》中还对写作事业有着清醒的认识,他一方面说自己现在写书,将来也要继续写书,反正书还是有用的,一方面又说:"文化救不了世,也救不了人,它维护不了正义。"③多克托罗在《居住在小说之屋》中亦曾说过:"有大量历史证据表明,艺术改变不了任何东西,就如奥登所言,20 世纪 30 年代的所有反法西斯的诗都阻止不了希特勒。"④由此可见,多克托罗关于写作功能的认识与萨特不无相似。

第四节　疯狂的形象与疾病之意义

《霍默与兰利》不仅叙写了科利尔兄弟对于荒诞世界的反抗,也对兰利之"疯"

---

① 柳鸣九、沈志明:《加缪全集》(散文卷 I),石家庄:河北教育出版社,2002,第 323 页。

② 沈志明:《萨特精选集》,北京:北京燕山出版社,2005,第 390 页。

③ 同上,第 443 页。

④ E.L.Doctorow, "Living in the House of Fiction," *The Nation* 15(1978):459.

有较为详尽的描述。对于兰利这个疯狂形象进行阐释、挖掘其疯狂背后的原因,有助于我们了解该小说的丰富意蕴;而小说中对疾病的描写(特别是多克托罗对霍默目盲疾病的描写)也颇具审美意义,或者推动了故事情节的发展,或者铺垫了故事的情境,亦承载着深厚的寓意。

其实疯狂一直是西方文学中的重要主题之一,西方文学史上的疯狂形象也可谓比比皆是,如莎士比亚四大悲剧中佯狂的哈姆雷特、被女儿抛弃与驱逐后骤然疯癫的李尔王,《简·爱》中的疯女人伯莎·梅森,《堂吉诃德》中的癫狂"骑士"堂吉诃德,果戈理《狂人日记》中发疯的小公务员波普里希钦,《红字》中疯狂的复仇者齐灵渥斯,爱伦·坡小说中的众多疯狂主人公,等等。不同国度、不同阶层、因不同原因呈现不同疯狂面貌的男女主人公形象业已成为文学画廊中一道独特的风景,但是多克托罗塑造的兰利的疯狂形象仍然别树一帜、发人深省。

小说开篇不久便提到在战前兰利有一个替代品理论,就是认为生活中的一切都会被替代。我们是我们父母的替代品就像他们是他们上一代人的替代品一样;人们在西部杀掉野牛,但是新的野牛会补充进牛群;贝多芬是他那个时代的天才,但我们有我们这个时代的天才。一切事物都有替代品,事物虽然有进步但同时又没有什么改变。霍默终究理解了这个理论——"替代品理论"其实是兰利在生活中所体味到的悲伤或者说绝望。但是我们知道,这个时候的兰利还是一个正常的人,该理论只不过反映出兰利是一个善于思考、洞悉事理之人。

在兰利不得不奔赴"一战"战场时,他同样认为自己是要去前线替代一名死去的盟军战士。兰利最后终于活着归来,但身心均遭到重创:因为在西线战场中了毒气,所以弹痕累累的身上还残留着芥子气水泡;因为肺部曾受过枪击,他清亮的嗓音变得含混,并伴随着不停的咳嗽和清嗓子的动作。不仅如此,兰利还在行为上产生了巨变,他开始把引起自己兴趣的任何物品带回家,如钢琴、烤面包机、书等,并且不管他看上的是什么,他都会搞很多不同的版本,直到对该种物品丧失兴趣、把心思转移到其他物件上为止。除此之外,他还收集了许多报纸堆在家中,终极目标是要创造出一张可以永远阅读、准确叙述任何一天生活的报纸,即所谓的"科利尔的永恒当下无日期报"。这是替代品理论的发展和应用,因为生活事件总在不断重复发生,所以历史可以发生在当下,人类的各种事件都可被归纳总结在一份报纸上。这张报纸有很多类别,如把新闻故事分为侵略、战争、谋杀、教会丑闻等。其他的工程会停止,但这项报纸工程却从未停歇,一直伴随兰利到生命的终点,而那时他收藏的报纸和剪报已经占据了家里每一间房间,从地板直到天花板。霍默评论说:

兰利永远都不会完成他的报纸工程。我知道这一点而且我确信他自己也知道。这是一项疯狂的愚蠢的自寻烦恼的计划,只是为了让他的思路停留在他喜欢的情绪里。这似乎能让他保持精神上的活力——除了把他对人生灰暗的看法系统化之外他还可以做一件永远都不会结束的事。他的精力在我看来很不正常。好像他做的所有的事都只是让自己活着。①

多克托罗用兰利的弟弟霍默之口指出兰利收集报纸并要办一份那样的报纸的行为是多么"疯狂""愚蠢",简直是在"自寻烦恼"。并且接着叙述除了报纸工程外,兰利又慢慢开始无限制地执行自己想到的任何计划,他选定家中空旷的餐厅来组装一辆旧福特车,把餐厅变成一间充满机油味的车间,家中的厨娘对此质疑,虽然兰利振振有词,但是霍默知道,事情的真相是兰利自己也无法说明为什么要把车放进餐厅。针对此事,多克托罗借厨娘罗比洛之口说:"你哥哥从战场上回来后脑子不太对了。"②

这就很明确地指出了兰利行为、语言变得异于常人,或者说兰利变得疯狂的原因:战争。两次世界大战和多次局部战争的资料统计表明,"战争环境中,各种武器造成的颅脑损伤和躯体损伤,恶劣生存环境所促发的各种脑和躯体器质性疾病,均可表现精神症状。而化学性武器,包括神经毒剂、失能性毒剂和窒息性毒剂等,可直接造成中枢神经系统损害而产生精神障碍"。③ 兰利在"一战"中不仅受了外伤,而且中了"毒剂之王"芥子气的毒,这就暗示了兰利从此精神面貌突变、行为举止荒唐的原因——战争给兰利带来了巨大的、永恒的肉体和精神上的双重戕害。作家借此表达了对战争的强烈谴责和抨击,此处不再赘述。

报纸工程和其他收集活动让科利尔家慢慢变成了一个巨大的废旧仓库,这成了兰利与其妻子结婚仅一年就离婚的导火索之一,也让闯入他们家避难的黑帮分子目瞪口呆,黑帮分子称呼他们家为"疯人院"。再后来,两兄弟同卫生部门、消防部门、银行的斗争引起了报社的注意,因为被拒绝采访,报社便把霍默与兰利描述为两个怪人:封门闭户,弃用水、电、煤气、电话,家产百万却欠着几千块的账单——他们最终沦落成万众瞩目的"疯狂"两兄弟。

收集与囤积活动是兰利最显著的疯狂行为表现。在人生的最后阶段,兰利变得越来越多疑、疯狂,乃至于利用收集起来的物料设计出一个迷宫,他把霍默安排在小客厅内,把自己安排在厨房,连接他们的只有一条狭窄的小通道,兰利通过这通道给霍默送吃的,屋子里的其他房间则遍布圈套和陷阱。如前所述,这些圈套和

---

① 多克托罗:《纽约兄弟》,徐振锋译,北京:人民文学出版社,2011,第 57 页。
② 同上,第 89 页。
③ 钱桂生:《野战内科学》,北京:军事医学科学出版社,2000,第 291 页。

陷阱最终要了兰利自己的性命。为了塑造兰利的疯狂形象,多克托罗还刻意让兰利(有时连带着霍默)打扮得另类邋遢,黑帮头目以为两兄弟是讨饭的街头乞丐;扎着马尾的兰利和长发披肩的霍默以及他们颓废的打扮让一些嬉皮士认为科利尔兄弟是他们的同路人,他们甚至还到科利尔家住了一段时间;兰利去付清银行贷款的那天"戴着顶猪皮帽,穿一件长及脚踝的破外套,披一条用麻袋做成的大围巾,脚上穿着拖鞋,就这样拖着脚走在第五大道上"。[①] 顺便说一下,佯狂的哈姆雷特是不戴帽子、披头散发、袜子上沾着污泥的;中国清代小说《济公全传》中的济公也是脸不洗、头不剃的一副邋遢样。古今中外文学作品中的疯癫形象有许多都有着邋遢另类的疯癫符号。

但是就如有的论者指出的那样:"疯狂并非《霍默与兰利》的主题,科利尔兄弟在每件重要事情上都做得很对。"[②]兰利虽然有收集癖,把家中搞得像一个垃圾场,但节俭得近乎吝啬的他却资助心爱的玛丽离开自家去读书,硬塞给离开的厨娘一些路费,为拯救犹太人而捐款;他还反抗警察的敲诈,用法律知识应对银行家和法庭执行官的威胁,宽容友善地对待住在家中的嬉皮士青年。这些行为都昭示了兰利在疯狂面具下的善良、正义及智慧,霍默则几乎在每件事上都默默地支持着哥哥的选择与行动,他们的这些表现不禁令人提出疑问:兰利或者说科利尔兄弟是真疯吗?

甚至兰利的"疯言疯语"都显示出了哲理和雄辩力。他曾说:"你怎么能从本质上区分室内和室外?基于下雨的时候你可以保持干燥?冷的时候保持暖和?你头顶有个屋顶这件事到底能有什么哲学层面的意义?室内就是室外,室外也就是室内。请叫它上帝的无法逃避的世界。"[③]确实,就以科利尔兄弟为例,虽然他们逐渐走向遁隐,家中到最后为了防范盗贼也被搭建成了一座迷宫,但他们还是无法规避门外的世界——联邦探员会上门带走居住在他们家的日裔美国人,黑道家族闯入他们家中避难,家中的浓烟味会引来邻居报警、国家卫生部门的盘查,拒绝被采访却反而因此"名扬天下"……我们认为,兰利虽然有许多疯癫行为及疯言疯语,但他同时又是一个理性与清醒的人,他的疯狂是在洞悉现实之后对社会秩序的反抗。

多克托罗塑造了兰利这样一个癫狂人物,这个形象有与堂吉诃德、哈姆雷特相似的地方,当然也与他们存在许多差异。兰利因战争而疯狂,但他的疯狂与美国反战小说中疯子的疯狂不一样。以冯内古特反战小说《五号屠场》中患创伤性神经症的毕利为例,毕利在"二战"中当过德军的俘虏,经历过英美盟军制造的德累斯顿大

---

① 多克托罗:《纽约兄弟》,徐振锋译,北京:人民文学出版社,2011,第 188 页。
② Stefan Beck, "Margin Walkers," *New Criterion* 3(2009):30.
③ 多克托罗:《纽约兄弟》,徐振锋译,北京:人民文学出版社,2011,第 91 页。

爆炸事件。战后他被遣返回乡,成为配镜师,结婚生子,生活可谓优裕而平静,后来他被外星人劫持又释放,又患上了时间痉挛症,无法控制自己下一步的行程。毕利在不同的时间地带往来穿梭,他多次看过自己的诞生和死亡,更经常经历战争时的恐怖,在思想上永远是个战俘,头脑中充斥着死亡与痛苦。毕利终究因为自己的战争经历疯了。冯内古特笔下的毕利是个幼稚而糊涂、对自己的处境逆来顺受的精神分裂症患者,兰利因其精神举止异于常人,也被许多时人视为疯子,即神经错乱、精神失常的精神病患者,但是兰利的机智与奋起抗争的行为又使他异于毕利之类的人物。对于精神病患者,以英国著名的存在主义心理学家、精神病学家 R. D. 莱恩(R. D. laing)的观点来看,固然有的精神病患者"头脑不正常",需要治疗和看护,但"有些人虽然被认为精神健全,但他们的头脑同样不正常,同样危险。差别只在于,社会没有将他们送进疯人院";并且"精神分裂症患者或许会让光明进入自己破碎的心智,而这光明却不会进入许多正常人的完整的心智,因为这些心智对外是关闭了的"。① 莱恩还提到,以雅斯贝尔斯的观点,古代以色列的先知和祭司以西结就是一名精神分裂症患者。

所以我们不应当以居高临下的、鄙夷的、世俗的眼光去看待精神上遭受重创的人物。我们知道,兰利是一位经历了"一战"、家庭变故等苦难的"苦命人",他之所以愤世嫉俗、语言行为不合常情,是因为他的人生被荒诞的现实彻底改写,甚至毁灭。虽然在战争中受伤,但他的智慧仍与他同在,他的各项思维能力(包括感受、观察、理解、判断等)以及反叛个性反而在遭受精神创伤后得到增强,简而言之,他的心智的力量反而得到提升,这也就是尼采所谓的"凡不能毁灭我的,必使我强大"吧。西方文学中的疯癫往往集结了对宇宙、人生、社会、疯癫本身等问题的思索,早在古希腊时期,亚里士多德与柏拉图便对疯癫进行了许多哲学思考。多克托罗在《霍默与兰利》中刻意塑造兰利这样别具一格的疯狂人物形象,目的不仅在于引发读者同情与震惊的审美情感,还在于昭示精神创伤背后的深刻寓意。

多克托罗没有在《霍默与兰利》中明确指出兰利是创伤性神经症患者及囤积症患者,但是他描述了导致两兄弟的父母死亡的疾病,霍默逐渐失明的过程及后果,还有霍默在生命最后阶段出现的失聪。这些疾病的描写在小说中不仅发挥着实用的叙事功能,也承载着许多隐喻含义。

霍默说自己在 20 岁不到的时候失明,在那之前,他是一个感官功能健全、有着优越家世的幸福少年。那时父母每年都出国旅行,霍默与哥哥兰利也常参加夏令营,每年初秋霍默还跟随母亲一起去农场采摘蔬菜。并且霍默在失明之初的日子

---

① 莱恩:《分裂的自我:对健全与疯狂的生存论研究》,林和生、侯东民译,贵阳:贵州人民出版社,1994,第 14 页。

也并不难过,他的听力灵敏出众,有私人教师负责他的教育,霍默的钢琴技艺也让他的目盲能为纽约的社交圈所接受,并得到姑娘们的喜爱。兰利常为弟弟读书,霍默自己也会用盲文读书。直到"一战"爆发,兰利不得不上前线,接下来便是 1918 年西班牙大流感在城中爆发,如同猛禽俯冲下来夺走了他们的父母。"他们死得那么突然和痛苦,短短几小时内就窒息而死,这就是西班牙流感的症状。"①之前一直被至亲环绕,此时的霍默却落得茕茕孑立,形影相吊。

"把疾病引入其故事的小说作者,显然受到其所处时代的影响,但另一方面也受到其目的的影响。如果他想迅速消灭掉一个人物,他就会求助于某种急性病。"②我们认为,多克托罗用西班牙大流感使被迫与哥哥分离的目盲的霍默又瞬间失去父母,是为了创设一种情境,一种令人物处境更趋艰难的情境,父母因为疾病在两兄弟的人生中永久退场,便为他们的悲剧命运揭开了一个序幕,这可谓疾病功能的"妙用"。

当然小说着墨最多的疾病还是霍默的失明以及后来的失聪。疾病在叙事中发挥着重要的作用,它可以推动情节的发展、刻画人物的性格、表现作品的主旨,甚至串联人物的出场。比如在科利尔夫妇去世后,年轻的匈牙利女仆茱莉亚因为霍默的失明与大意居然翻找到霍默母亲的珠宝盒,并把其中的一枚钻戒戴在手上。因为霍默无意中握住她的手发现了这个事实,小偷茱莉亚只得离开科利尔家,成为 4 个佣人中第二个被炒鱿鱼的人,这加速了科利尔家的分崩离析。在美国实施禁酒令的年代,霍默与兰利曾经度过了一段浪荡岁月,他们到夜店喝酒玩乐,并在一家俱乐部结识了一个黑帮头目文森特。因为霍默的眼盲,文森特对他很感兴趣且不设防。文森特详细询问霍默眼睛看不见是什么感觉,也能容忍霍默摸自己的脸了解自己的长相,霍默与文森特聊天时也可以因为自己是个目盲、手无寸铁的人而畅所欲言,因而他们相处得不错。这些描述使得文森特成为美国文学中颇有个性和人情味的黑帮人物,也为文森特在 20 多年后意外闯入霍默家避难的情节作了铺垫。忙于收集与囤积的兰利同样也关心弟弟,他用荒唐的食谱疗法帮助霍默恢复视力,要让霍默长出新的感光细胞:开始是让霍默吃花生、大剂量的维生素 A 到 E 再加上草药,后来是给霍默早餐配 7 个削了皮的橙子、午饭加 2 杯 8 盎司的橙汁,晚餐辅以 1 杯橙子甘露酒。让霍默欣赏艺术、练习绘画也是兰利设计的视力恢复手段。兰利的"治盲工程"不仅令人忍俊不禁,也传达出了作家刻意塑造的兰利的疯狂形象,深化了小说的主旨。听力出现问题后的霍默曾在单独过马路时差点被车撞死,但他也因此结识了杰奎琳,是杰奎琳及时的呼喊救了霍默的命。如前所

---

① 多克托罗:《纽约兄弟》,徐振锋译,北京:人民文学出版社,2011,第 17 页。
② 西格里斯特:《疾病的文化史》,秦传安译,北京:中央编译出版社,2009,第 172 页。

述,也正是杰奎琳劝霍默以写作摆脱痛苦与窘境的。

　　疾病也会被设置成文学作品的背景,比如薄伽丘以鼠疫作为《十日谈》的故事背景,书中的 10 位青年为了躲避肆虐的鼠疫而聚集在一座别墅里讲了 10 天的故事,这便是书名的由来;霍乱与战争则是马尔克斯小说《霍乱时期的爱情》的时代背景。并且疾病还颇具文学意义。美国女作家苏珊·桑塔格在其著名论著《疾病的隐喻》中便反思与批判了一些病症(比如结核病、艾滋病和癌症)如何在社会上被逐渐赋予象征意义、被逐步隐喻化,以及从仅仅是身体的疾病到被转换成道德评判,乃至被转换成一种政治压迫的过程。人们会把疾病变成某种神话。像结核病的隐喻就非常丰富,桑塔格说在 19 世纪中期的英国,结核病被与罗曼蒂克联系在一起,"对势利者、暴发户和往上爬的人来说,结核病是文雅、精致和敏感的标志"。① 加缪的《鼠疫》中鼠疫则是政治恶势力的象征。从宣泄的角度来看,悲剧性越强,情感的冲击力越大,所以作家还可以通过人物的疾病描写来激起读者的同情心与渲染氛围:巴尔扎克《高老头》中原本富裕的高老头被两个只知道要钱的女儿逼得一贫如洗并突发脑出血,后来又被气得中风猛发作,走向死亡,对高老头弥留之际的描写令多少读者唏嘘不已,甚至流下同情的泪水!

　　我们认为,霍默的疾病亦蕴含着深意。首先,失明象征了霍默生命中最美好岁月的消逝,黯淡现实的逐渐到来。如上文所述,失明之前的霍默过着十分美好的生活,但失明之后情形就发生了改变。虽然生活依然优裕安适,但父母自他失明之后对他的感情便有点转淡。听起来可能有点荒谬,但这确是霍默口述的事实。因为失明,他被女仆茉莉亚蒙骗,也无法追求自己心爱的女孩玛丽,在下午茶舞会时被寻衅的警察重击在地却不知道是谁攻击了他,因而也无法上诉。在霍默的听力出现问题后,他与兰利的处境更是每况愈下——他们不仅正在衰老,兰利的负担也更加重。"我们每一次对社会的反抗和对自力更生的坚持,每一次对我们创造力的展现和对我们的原则的决绝表现都是在加剧我们的毁灭。而他,除了所有这些,还有一项负担,就是照顾一个不断残疾的弟弟。"②命运此时犹如一个恶魔,步步紧逼吞噬着兄弟俩的生命。

　　失明还隐喻着智慧。在西方文化中有大量例证昭示出盲人与智慧、远见的关系:古希腊神话及《圣经》里的先知大多都是盲人,如《荷马史诗》中智慧过人的忒瑞西阿斯便明了忒拜城瘟疫流行的原因是俄狄浦斯王杀父娶母,并且他还准确预言了许多其他重要事件;莎士比亚悲剧《李尔王》里的格洛斯特伯爵直到双眼被挖后才明白善恶;歌德的《浮士德》中自强不息的浮士德在失明之后、临终之际才达到了

① 桑塔格:《疾病的隐喻》,程巍译,上海:上海译文出版社,2004,第 39 - 40 页。
② 多克托罗:《纽约兄弟》,徐振锋译,北京:人民文学出版社,2011,第 229 - 230 页。

思想的最高境界，上帝也因此把他的灵魂接到天堂。似乎许多盲人都因为失明得到了上天的补偿与厚爱，他们的听力较常人更敏锐、记忆力较常人更持久；而智慧似乎也更眷顾这些失去视力的人。我们再看霍默，"霍默"的英文是 Homer，也正是古希腊著名盲诗人荷马的名字。荷马虽然双目失明，但仍带着竖琴在各地吟唱特洛伊战争英雄的事迹，并创作了《伊利亚特》《奥德赛》两部伟大的史诗。霍默在小说中也成为一名作者，他在生命的最后阶段努力写作，其时家中因为兰利的多年囤积与防御措施已拥堵不堪，霍默实际上已被困在自己的房间寸步难行，霍默自述写作与他想要活下去的愿望不谋而合，写作业已成为霍默的生存方式。霍默也如同眼盲的先知，之前在父母死后他又得到了随军去"一战"欧洲战场的兰利失踪的消息，猛喝了一口威士忌后，说道："我自问有没有可能我的整个家在一两个月里被完全抹去。结论是不可能。我的哥哥不可能抛弃我。"①结果兰利也真如霍默意料般活着回家了。霍默的智慧在小说中有多方面的表现：在父母死去、哥哥不在身边的日子里，霍默曾独立主持家政，并解雇了假殷勤的虚伪管家；他知道跟黑帮头目打交道的正确方式是采用完全不设防的姿态、把对方当成普通人一样对话；他理解兰利的疯狂并支持兰利作出的所有决定；他认为年轻的嬉皮士们不过是激进的社会批判者，而非报纸上所谓的反战者或民权人士，嬉皮士们只是简单地拒绝社会文化却根本不知道社会最后会怎样报复他们；等等。霍默还在小说中充当了一次"领路人"：当天夜晚纽约整座城市电力瘫痪，是眼盲的霍默把居住在家中的嬉皮士们及兰利组织起来，让他们原地不动，等着霍默一个个去找他们，然后让他们排成一队跟在霍默后面，终于艰难地走出了迷宫般的科利尔家。但霍默在小说的最后也成了一个坐以待毙、无人搭救的"荒诞人"（其时霍默不知兰利已经死亡），令人想起梅特林克的剧作《盲人》。《盲人》的故事梗概是 12 个盲人离奇地被神父带入了森林，然后神父又突然离奇死亡，盲人们只得在深夜的林中无助地等待有人来拯救他们。梅特林克以盲人们的遭遇象征人类命运的难以掌控与悲剧性，多克托罗则让霍默的目盲承载多重意义。正如一位美国学者所说的那样，多克托罗不像许多作家或影视剧编导一样把科利尔兄弟当作骇人听闻的人物，而是让他们在美国那个已逝世纪的戏剧里担任令人喜爱的角色，"使他们成为那个挽歌式的西洋景（年代）里具有陈旧相片效果的人物"。②

---

① 多克托罗：《纽约兄弟》，徐振锋译，北京：人民文学出版社，2011，第 18 页。
② Liesl Schillinger, "The Odd Couple," *The New York Times* 37(2009):7.

第四章

讴歌人道主义——《大进军》与《同化》

　　《大进军》是一部以美国南北战争为背景的长篇小说，该作为多克托罗夺得了第二次美国笔会/福克纳小说奖。《同化》(*Assimilation*) 则是一部短篇小说，叙写一位当代美国本土青年与一个外国女孩的"婚姻"爱情故事。两部小说看似毫无共同之处，但都反映了多克托罗思想中深刻的人道主义精神。而人道主义，也是存在主义一杆较为鲜明的旗帜——我们知道，萨特最有影响的作品可谓《存在主义是一种人道主义》。

第一节　存在主义与人道主义

　　"人道主义"或"人文主义"的英文原文都是 humanism，美国《哲学百科全书》对 humanism 的解释是："人道主义是十四世纪后半期发端于意大利并且扩展到欧洲其他国家成为现代文化一个构成因素的哲学和文学运动。人道主义也指任何承认人的价值或尊严，以人作为万物的尺度，或以某种方式把人性及其范围、利益作为课题的哲学。"①该文学运动也就是学术界所谓的文艺复兴时期的人文主义运动；而广义的人道主义不仅包括文艺复兴时主张以人为本、反对以神为本的人文主义观点，也包括 18 世纪法国资产阶级革命时期启蒙运动的思想家们对人道主义原则的细化——"自由""平等""博爱"的口号及天赋人权的主张，以及 19 世纪以来主张尊重人的尊严、重视人的价值的各种思想派别的思想。作为哲学的人道主义的基本思想则包括：

　　　　……在宇宙万物中人具有最高价值，人的尊严应该得到维护，人与人之间
　　应建立兄弟友爱关系；……全人类的现世幸福和自由，以及经济、文化、道德等
　　方面的进步是人道主义的最高目标；……在政治上，人道主义一般强调尊重公

---

① 沈恒炎、燕宏远：《国外学者论人和人道主义》，北京：社会科学文献出版社，1991，第 758 页。

民的自由权利，主张实行民主政治，反对种族歧视，重视世界和平。①

　　综合《哲学百科全书》和《西方政治思想史辞典》对于人道主义的解说，我们可以对人道主义的内涵有一个较为清晰的把握，同时也可以看出，作为哲学的人道主义的基本思想也提出了具体的伦理和道德方面的要求，人道主义也是关于人的价值、尊严、权利，人与人的关系和人与社会的关系的一系列理论总和。《哲学百科全书》同时指出，"人道主义"还用于称呼存在主义学说，存在主义断言"除了人的宇宙、人的主观性的宇宙而外没有别的宇宙"。② 而这个断言的出处则是萨特的《存在主义是一种人道主义》。

　　《存在主义是一种人道主义》是萨特发表于 1946 年的作品，目的是回复几种对于存在主义的责难，并为存在主义辩护。在该文中，萨特也明确地阐述了自己的人道主义思想。萨特不认同本质先于存在的说法，而认为存在先于本质，人通过自由选择的行动为自己下定义，把自己模铸成为某种人（如把自己变成英雄，或者是懦夫）。萨特强调人是一个拥有主观生命的规划，而不是一种苔藓或者一种真菌，也不是一棵花椰菜；人在为自己作出选择时也为所有的人作出选择，人也因此既对自己、也对所有的人负责。③ 萨特认为人道主义不是一种主张人本身就是目的而且是最高价值的学说，一个存在主义者永远不会把人当作目的，因为人仍旧在形成中。他认为人道主义的基本内容是："人始终处在自身之外，人靠把自己投出并消失在自身之外而使人存在；另一方面，人是靠追求超越的目的才得以存在。既然人是这样超越自己的，而且只在超越自己这方面掌握客体（objects），他本身就是他的超越的中心。除掉人的宇宙外，人的主观性宇宙外，没有别的宇宙。"④ "把自己投出并消失在自身之外"就是人作出选择、向外界投入自己的行动，正是因为这些行动，人得以造就自己的人性、本质；人总是在不断地超越自我，并且萨特还说明主观性不是指人关闭在自身以内，而是指人永远处在人的宇宙里，这就把人与人、人与外部世界紧密相连。而萨特对"人是一个拥有主观生命的规划"的强调，就凸显了人的尊严、人的万物之灵长的地位与能力。学者陈慧曾在《论存在主义和人道主义》一文中探讨了存在主义与人道主义的关系问题，认为存在主义在肯定对"人"的关心、肯定以"自我"为基点、肯定"行动"和肯定"自由"这 4 个方面均继承了西方资产阶级人道主义的固有传统。⑤ 著名翻译家、作家和学者周煦良则评论萨特的存

① 徐大同：《西方政治思想史辞典》，天津：天津人民出版社，1997，第 12 页。
② 沈恒炎、燕宏远：《国外学者论人和人道主义》，北京：社会科学文献出版社，1991，第 763 页。
③ 萨特：《存在主义是一种人道主义》，周煦良、汤永宽译，上海：上海译文出版社，2008，第 5 页。
④ 同上，第 24－25 页。
⑤ 陈慧：《论存在主义和人道主义》，《河北师范大学学报（社会科学版）》，1987 年第 1 期，第 9－16 页。

在主义说:"由于人的行为出于自由选择,所以要承担责任,不但对行为的后果负责,而且对自己成为怎样的人也要承担责任。正因为如此,所以它是一种人道主义,即把人当作人,不当作物,是恢复人的尊严。"①还有学者说:"存在主义文学表明存在主义者是在新的历史时期对人的价值进行了重新肯定,并努力探求在荒诞的境遇里人如何保持尊严与本质等问题,这是西方人道主义思想在 20 世纪的继承与发展,是一种新的人道主义。"②凡此种种,都表明了存在主义与人道主义在精神原则上的契合与相通。

而声明存在主义是一种人道主义的存在主义者萨特也是个不折不扣的人道主义者。我们知道萨特不仅在书斋里著书立说,还是个积极的社会活动家。他在"二战"期间抗击德国法西斯并曾为此被俘,他创办《人民事业》等杂志并参加左翼革命运动,他声讨美国的侵朝战争,谴责苏联对捷克斯洛伐克、阿富汗的入侵,等等。萨特自称是马克思主义者、共产党的同路人,但他又反对斯大林的极权主义,时常与共产党人争论,对于左派和右派的错误他都毫不留情地加以批评与抨击。

对于反犹主义的反动性,萨特一直给予愤怒的谴责。萨特在 1946 年发表《反犹太者的画像》,在文中引述了一些反犹太者的言辞,指出那些言辞根本都是荒谬的,并痛斥反犹太者在内心里纯粹就是性虐狂,在灵魂的深处实际是罪犯。在1946 年出版的《对犹太人问题的思考》结尾,萨特提出严正的警告:"只要犹太人享受不到他们的全部权利,没有一个法国人会是自由的;只要犹太人在法国乃至全世界还要为他们的性命担惊受怕,没有一个法国人会是安全的。"③1953 年,针对美国政府在没有具体证据的情况下指控美国犹太人罗森堡夫妇犯了间谍罪,并判处他们死刑的罗森堡案件,萨特发表《患狂犬病的动物》控诉冷战时期的美国政府盲目反共、滥杀无辜。萨特在 1945 年第一次访美之后还发表了《我所目睹的黑人问题》,对美国社会的黑人问题、种族歧视问题和贫富差距问题予以揭露。以上立场表现出萨特对弱势群体的关注关怀、对世界不公与非正义的强烈反对,他的人道主义是无国界的。

萨特的人道主义立场也导致他"介入文学"观的产生,主要体现在其 1947 年撰写的《什么是文学》中。《什么是文学》包括"什么是写作""为什么写作""为谁写作"3 个部分,系统地表达了他对于写作的美学观点:"不管你是以什么方式来到文学界的,不管你曾经宣扬过什么观点,文学把你投入战斗;写作,这是某种要求自由的

---

① 萨特:《存在主义是一种人道主义》,周煦良、汤永宽译,上海:上海译文出版社,2008,译者序二第 1 页。
② 刘建军:《20 世纪西方文学》,北京:高等教育出版社,2000,第 275 页。
③ 沈志明:《萨特精选集》,北京:北京燕山出版社,2005,编选者序第 16 页。

方式；一旦你开始写作，不管你愿意不愿意，你已经介入了。"①萨特所说的介入是介入现实生活中的矛盾斗争。由于诗歌使用文字的方式与散文不同，而且诗人并不利用语言给世界命名，所以我们不能要求诗歌与诗人介入。而散文则能介入也必须介入，散文作者的行动方式就是通过揭露而行动，介入就是揭露。至于揭露，其又究竟有什么样的功效呢？"'介入'作家知道揭露就是变革，知道人们只有在计划引起变革时才能有所揭露。"②"作家选择了揭露世界，特别是向其他人揭露人，以便其他人面对赤裸裸向他们呈现的客体负起他们的全部责任。"③也就是说，揭露就是为了谋求改变，或是改变某一情境，或是督促他人改变现状。萨特主张作家应全身心地投入自己的作品，把自己当作一个坚毅的意志、一种选择，当作生存这项总体事业；作家还应以直言不讳为职能，扩大自己的读者群，为广大公众写作。萨特的"介入"说坚持作家必须通过作品向公众揭露社会现实，对当代社会的重大问题进行表态，从而引起变革，这是对知识分子的责任和担当提出的要求，反映出一个人道主义者的责任感及对自由精神的捍卫。

至于加缪，则更是一位公认的人道主义者。1957 年，加缪获诺贝尔文学奖，颁奖词强调，他以严肃而认真的思考，重新建立起已被摧毁的理想，力图在无正义的世界上实现正义的可能性。这些都早已使他成为一名人道主义者。1960 年，加缪不幸因车祸身亡后，萨特发表悼词评论加缪："他在本世纪顶住了历史潮流，独自继承着源远流长的警世文学。他怀着顽强、严格、纯洁、肃穆、热情的人道主义，向当今时代的种种粗俗丑陋发起胜负未卜的宣战。"④甚至《纽约时报》也评论道："这是从战后混乱中冒出来的少有的文学之声，充满既和谐又有分寸的人道主义声音。"与萨特相似，加缪的人道主义不仅体现在其社会活动中，也表现在他的著述中。

加缪在曾是法国殖民地的阿尔及利亚的贫民区出生和长大，他把阿尔及利亚和法国都看成自己的祖国，这便导致他既反对法国对阿尔及利亚的种族歧视和剥削压迫，也反对阿尔及利亚阿拉伯民族主义极端分子杀害法裔阿尔及利亚人的恐怖行径，更斥责与控诉双方在战争中对平民的屠杀与暴力。虽然加缪为此备受两方的指责与攻击，但世人分明可见加缪人性中的善良、正直、对生命的关爱和其人道主义思想的宝贵光芒。因为亲眼见证德国纳粹的横行与恶行、"二战"给人类带来的痛苦，所以加缪也积极投身于社会活动；因为在反抗德国法西斯斗争中的突出贡献，加缪于 1945 年被授予抵抗运动勋章；加缪还反对 1953 年民主德国政府用暴

---

① 沈志明：《萨特精选集》，北京：北京燕山出版社，2005，第 1308 页。
② 同上，第 1276 页。
③ 同上，第 1277 页。
④ 柳鸣九、沈志明：《加缪全集》（小说卷），石家庄：河北教育出版社，2002，总序第 2 页。

力镇压和平示威的东柏林工人以及 1956 年苏联镇压匈牙利的反抗；加缪同样为美国犹太人夫妇罗森堡辩护……

　　加缪的许多作品也彰显着人道主义精神。1939 年，阿尔及利亚北部的卡比利遭遇严重饥荒。时任《阿尔及尔共和报》特派记者的加缪亲自赴当地调查，写出了《苦难的卡比利》，对该地物质的匮乏、人民的饥荒、劳动力的极端低廉、贫苦儿童受教育权利的剥夺都进行了深度报道，并对卡比利的政治、经济和社会前景作出展望。《苦难的卡比利》最终成为同安德烈·纪德的《刚果之行》一样的反殖民主义的经典之作。剧本《正义者》取材于 1905 年俄国社会革命党人一次真实的暗杀行动，出于对反抗者的敬佩，加缪甚至保留了主人公卡利亚耶夫的真名实姓。卡利亚耶夫在即将向大公投掷炸弹时看见大公的马车里有两个儿童，于是决心动摇、避让了马车，使暗杀行动流产。这次失败的暗杀在革命小组内部引发了一场关于革命原则的激烈争论，争论的焦点是革命恐怖行为到底有无限制。卡利亚耶夫与另一个成员多拉都认为革命即使是要破坏，也得有个秩序和限度。如果为了实现正义而肆意伤害无辜，那么正义也便成了非正义。最后，加缪让小组领导人支持卡利亚耶夫及多拉的观点（其实也是在表述自己的观点），声称组织认为杀害那些孩子毫无意义。卡利亚耶夫在第二次暗杀行动中完成了任务，但不幸被捕，为了证明自己事业与行动的正确性，他拒绝敌人的赦免，无畏地走向死亡。卡利亚耶夫是坚定的革命者，却无法因为要进行革命活动而伤及无辜儿童，该剧表达的主旨之一可谓著名人道主义者雨果曾经提出的在绝对正确的革命之上，还有一个绝对正确的人道主义。加缪还曾在 1946 年 11 月为《战斗报》写了一篇长文《不做受害者，也不当刽子手》，文中说自己十分厌恶有些人认为俄国或美国有办法根据他们的社会样板来统一和统治世界的思想，指出这种统一不可能不通过战争来实现，而战争将使人类遭受巨大的损害，将使人类变得十分贫困。从中我们可见加缪对霸权主义的深恶痛绝、对和平的热爱、对战争罪恶的抨击、对人类生命的珍视，其人道主义精神一览无余。加缪还说不管人们的目标有多么高尚和迫切，都不能证明专制暴力和恐怖手段的正当性。《反抗者》则进一步发展了《不做受害者，也不当刽子手》的观点，该论著涉及文学、哲学、历史及社会政治领域。其第三部分"历史上的反抗"从法国大革命论述到俄国革命，再到墨索里尼和希特勒的国家恐怖主义。其中有对法国大革命中雅各宾派滥杀无辜的尖锐批判，也揭示专制及个人神话。加缪认为所有的革命均始于反抗，却终于专制；革命是有必要的，但不应变成疯狂的杀人机器、陷入过度的暴力与虚无主义。加缪的人道主义倾向使他不接受任何形式的压迫，无论是法西斯主义还是斯大林主义，这点与萨特是完全一致的。而其小说《鼠疫》中不辞辛苦、不遗余力、不曾间断地与鼠疫进行斗争的主人公里厄医生对于无辜者，尤其是对于无辜的孩子的痛苦与死亡的痛心同样表明了加缪是一个人道主义者。

加缪曾在其诺贝尔奖获奖演说中指出作家不可能为那些创造历史的人物服务,"他要服务的是那些经受历史的人……艺术不应该向一切的谎言和奴役妥协",作家必须鞠躬尽瘁地承受为真理和自由服务这两项伟大使命。[①] 其言其行其作都表明了加缪作为知识分子的良知、存在主义者的本色(即使加缪从不接受"存在主义者"的称号)和人道主义者的情怀。

另外两位无神论存在主义者梅洛-庞蒂和海德格尔同样关注人道主义问题,他们分别撰写了《人道主义的远景》和《论人道主义》讨论该课题。而基督教存在主义哲学家雅斯贝尔斯也撰文《新人道主义的条件与可能》探讨人道主义,该文开篇便指出人道主义这个名称具有不同意义:"首先,它是指一种重视吸取古典传统的教育理想。然后,它被了解为从人的起源上将现代的人加以重新建立。最后,它是指承认每个人的人的尊严的人道精神。"[②]雅斯贝尔斯还认为人道主义处在政治现实里面,鉴于在任何时代权力和暴力都是极其巨大的现实,生活在人道主义里面的人们要想保有人的存在,就必须为它战斗,而且不惜为它战斗而死。我们认为,萨特与加缪、雅斯贝尔斯等人的例子足以说明存在主义与人道主义、存在主义者与人道主义者之间的紧密联系。

多克托罗是 1931 年生于纽约的犹太人,"二战"对于当时年少的他自然没有留下什么印记,他也未曾参加朝鲜战争和越南战争,只曾于 1953 年到 1955 年在美国军队服役。多克托罗先是从事文职工作(如做剧本审读员、编辑),而后成为作家和教授。但是一生生活安定的多克托罗同样也是一位积极入世、关注社会公正与道德正直的作家。其作品也彰显了他的伟大人格:《拉格泰姆时代》揭示了美国社会中的种族歧视、贫富差距与劳资矛盾问题;《但以理书》再度审视了罗森堡案件,通过罗森堡一家的悲惨遭遇抨击冷战时期美国政府的疯狂、麦卡锡主义的横行;《比利·巴思盖特》对黑帮罪恶进行深刻揭露;《上帝之城》对纳粹罪行进行了控诉;《霍默与兰利》体现了对社会边缘人的关怀与怜悯;等等。这些同样也是多克托罗人道主义思想的体现。不过,我们认为,长篇小说《大进军》和短篇小说《同化》是多克托罗最具人道主义立场内涵的作品。

第二节　《大进军》中的人道主义情怀

《大进军》一书的背景是美国南北战争。以美国南北战争为背景的小说为数不

---

① 毛信德:《诺贝尔文学奖颁奖词与获奖演说全集》,杭州:浙江工商大学出版社,2013,第 264 页。
② 沈恒炎、燕宏远:《国外学者论人和人道主义》,北京:社会科学文献出版社,1991,第 43 页。

少,如玛格丽特·米切尔的《飘》、罗伯特·希克斯的《南方寡妇》、路易莎·梅·奥尔科特的《小妇人》、查尔斯·弗雷泽的《冷山》等。但美国曾有学者评论说可与《大进军》相媲美的内战小说唯有斯蒂芬·克兰的《红色的英勇标志》和科马克·麦卡锡的《血色子午线》。① 我们认为,这不仅是因为多克托罗在小说中对美国那段历史进行了生动再现,而且因为多克托罗对战争的本质有着深刻的诠释。

一、对战争残酷性之批判

《大进军》描写了南北战争时北方军总司令谢尔曼带领联邦大军从佐治亚州到北卡罗来纳州进军的过程。在进军过程中,北方联邦军不断与南方邦联军队交火,对南方种植园烧杀掠夺,并一路焚烧所占领的城市,摧毁南方的各种军事设施、铁路和公共建筑,使南方遭受毁灭性的打击。南方奴隶主看见大势已去,纷纷匆忙逃离自己的家园。小说开篇就是南方种植园主约翰·詹姆森一家仓皇逃跑的场景。约翰·詹姆森是个精明的奴隶主,在联邦军占领亚特兰大市时他便着手准备随时带着自己的家产出逃:他让妻子马蒂收拾家中的值钱物品打包寄出到港口城市萨凡纳,在收完庄稼后卖掉十几个强壮的黑奴,在最后的逃窜之前还杀死家中无法带走的牲口,并扔下了自己和一个黑人女奴的私生女珀尔。

多克托罗对于南北战争的态度是非常理性的,《大进军》的创作手法也是独具特色的。同样是描写南北战争的小说,1900 年生于美国南部城市亚特兰大市的女作家玛格丽特·米切尔曾以南方种植园主的立场写就了《飘》,在刻画美丽叛逆的南方庄园主之女斯嘉丽的爱情与成长故事的同时,也全面展示了 19 世纪 60 年代美国南方的社会风貌。米切尔向读者细致地描摹了南方的美丽风物,对南方奴隶主与奴隶间的关系以及种族主义组织三 K 党也不无美化。《南方寡妇》着重描写了美国南北战争时期富兰克林之战的惨烈,还有一段痛苦的战争时期的爱情。《冷山》写在南北战争结束之际,一位受伤的士兵为了自己的所爱之人努力穿越满目疮痍的南方土地返回家园,表现了战争给人们身体和精神上带来的巨大创伤及家园意识。《小妇人》是以南北战争为背景的少女成长小说,其中也歌颂了永恒的爱情。但是《大进军》中却缺乏令人荡气回肠的爱情故事的点缀,该小说出现的人物众多,许多人物在上场之后分别以不同的方式离去(或是死亡,或是离开),他们如同流星般骤然消逝的生命,一再印证了战争的冷酷。

譬如北方军年轻中尉拉克的死亡。克拉克在小说第一部"佐治亚"的第一节出场,他曾就职白宫,现任一个粮秣征集小分队的指挥官,负责为谢尔曼将军率领的北方军征集粮草。在一家南方种植园主的家中,他发现了一个白皮肤的黑人女

---

① Vince Passaro, "Another Country," *The Nation* 14(2005):34.

孩,就是珀尔。南方的黑奴在被奴隶主"遗弃"之后的通常选择就是跟随谢尔曼的军队前行,而珀尔与生俱来的高雅气息也深深打动了克拉克,于是他邀请珀尔与自己同骑一匹马前行,一路对她呵护有加。珀尔家原先的几个黑奴曾指斥珀尔是随军的荡妇耶西别(耶西别是《圣经·列王记》中古代以色列国王亚哈无耻放荡的妻子),想让珀尔离开克拉克等人跟他们走,克拉克支持珀尔反抗他们并要继续留在军中的决心。然而时隔未久,克拉克的小分队遇到人多势众的北方军,一场激战后他与一些手下被关押入牢房。在那命悬一线的时刻,克拉克仍惦记着珀尔,猜想珀尔肯定被打死了,并为之深深自责。刚花了几分钟写完一封信,克拉克等人就被带出了牢房,小说没有写克拉克被杀的场面,只是细描了一个场景,劫后余生的珀尔在一个月夜在监狱旁的田野找到了小分队队员的尸体,并且:

> 　　她发现克拉克侧着身扭曲地躺在那里,一条腿压在另一条腿上。他的左臂上缠着一段很大的绷带。她推他的肩膀,直到他脸朝上为止。他看来好像要对她说什么事情。他的牙齿在月光下闪光。他的双眼看着遥远的地方。他的手里有一封信,当她把那封信从他手指间抽出来的时候,他似乎要抓紧那封信。[①]

　　该场景出现在小说第一部的第五节,克拉克仅在小说中的两个小节出场,并在第二次出场后立即走向死亡。冷冷的月光照着队员们的尸体,还有温文尔雅的克拉克队长的尸体——他在临死之前还挂念着黑白混血女孩珀尔。这种冷月照亡魂的场面不由得令人想起南宋词人姜夔《踏莎行》中那两句描写离魂之词:"淮南皓月冷千山,冥冥归去无人管。"多克托罗在《大进军》第三部"北卡罗来纳州"中让北方军的基尔帕特里克将军发现了克拉克等人死亡的真相,就是粮秣征集队员在投降之后还是被南方军杀害了,生命在战争中的卑贱、战争的残酷性由此不言自明。

　　还有南方军士兵威尔的死。威尔是个清秀瘦弱、年仅19岁的小伙子,因为开小差想要逃回家而被关进南方军监狱。不久后,他所在监狱的所有犯人都得到了刑期结束的通知,条件是要应征成为士兵为南方军作战,就这样威尔和另一个兵油子阿里得以一起出狱。阿里深谙世故和生存原则,他指引着威尔在必要的时候换上北方军或南方军的军装混迹南北战争双方的军队,以此求生。当然很多时候,他们的军装都是从死去的士兵身上剥下来的。威尔在强行带走一匹马时遭到了看马者的反抗,胳膊上被打了一枪,在寻找到医生之前,因失血过多死于阿里驾驶的马车中。小说写威尔死前是"清秀而毫无烦恼的孩子气的样子,在他那发白的嘴唇上

[①] 多克托罗:《大进军》,邹海仑译,北京:人民文学出版社,2007,第42页。

似乎挂着一丝微笑，他肯定是在做一个甜美的梦，也许是梦到汤普森小姐……"。① 以圆滑的老兵油子阿里为参照，多克托罗突出描写威尔的年轻和单纯，他只不过是个厌恶战争、想离开军队回家的孩子，但却成为"潜逃未遂"的逃兵被关入狱，意外得到出狱机会的条件是必须做溃败的南方军的炮灰。在混迹于南北双方军队的过程中，威尔曾被北方军搭救，得到了美丽的护士埃米莉·汤普森小姐的细心照顾，直至完全康复。汤普森小姐从此便成为他心中爱慕的对象。为了能经常看到她，威尔甚至拉着阿里一起干上了救护伤员的差使。埃米莉也认为威尔是个相当可爱的小伙子，但是威尔却因夺取他人的马匹而死，这也是战争背景下一种荒谬的死亡吧。珀尔同父异母的大哥小约翰和南方军将军哈迪16岁的儿子威利都为南方战死军中。

多克托罗特写了种植园女主人马蒂发现儿子死去后的哭泣场景。马蒂在丈夫死后变得苍老憔悴、悲伤不已，她与继女珀尔一起跟随谢尔曼的大军，一次次地在战场的死尸中搜寻，恐怕在其中发现自己的两个儿子小约翰和杰米。不幸的事终于发生了，有一天当珀尔和其他护士还有医生正在忙碌的时候，突然听见一声穿过夜空的游丝般的号叫声，这声叫喊幽幽地盘旋上升，使得听见的人都震惊和沉默了："它如此让人牵肠挂肚、如此骇人，如同在每一个人胸中都重新唤起了对于他们都置身其中的这场战争的绝望。任何滑膛枪的齐鸣，任何雷鸣般的炮声，都不能像这声音那样震动军心。"②珀尔当然知道如此凄惨的哭声发自何人，她跑到外面时见到后妈马蒂跪在草地上一具平静的尸体面前，但是那个死人的脸已经被炮弹打得残缺不全了。珀尔劝后妈说这不是您的儿子，因为简直看不出这是谁。马蒂深深了解自己的儿子，为了证实这一点，她解开血淋淋的军衣，在右锁骨下面赫然出现了一个像铜币般的胎记，那是她心爱的儿子小约翰与生俱来的胎记。这个场景既是对残酷战争的控诉，也是一种人道主义的声讨。在多克托罗眼里，无论是北方军还是南方军（即所谓的叛军），军中的每一位年轻士兵的死亡都令人悲伤。

不仅是士兵，就连高级军官也难逃死神的魔爪。毕业于美国西点军校的莫里森是谢尔曼将军的随从副官、少校。南卡罗来纳州地狱般的沼泽地和冬日的恶劣天气使得莫里森在一次送信途中因淋雨得病，接着又被南方军偷袭，一匹受伤的战马砸在摔在地上的莫里森身上，他被砸得停止了呼吸。还有北方军上校莫蒂默，他死于南方军在凌晨对他们发起的一场突袭中——在战争进入非常时刻后，夜晚不再是南北方军一致同意停战休息的时刻。

《大进军》中还有位来自英国伦敦《泰晤士报》的记者，即年轻且很有爱心的普

---

① 多克托罗：《大进军》，邹海仑译，北京：人民文学出版社，2007，第135页。
② 同上，第239页。

赖斯。他曾经细心照顾从奴隶主家中逃出的黑人小男孩戴维,把自己的绒线衫做成外套给衣着单薄的戴维穿。在南北双方军队的一次战争中,普赖斯为了做深度新闻报道而过于接近战争的核心,然而一颗炮弹击中了一棵大树的树冠,断裂的树冠又猛砸在他的身上。这些人物因为形形色色的原因失去了宝贵的生命。我们都知道南北战争是美国的一场深重灾难,一次浩劫,"在这场为期四年的战争中,美国当时的 3 100 万人口中有 400 万被卷入了战争,先后发生 2 200 多次战斗,其中 149次达到了战役的规模,阵亡人数达 62 万之多"。① 多克托罗也在小说中表露自己对南北战争的看法:"什么战争打起来能比一场国内战争更为痛苦,具有更大的激情,更为惨烈呢? 没有一场国家间的战争能够与它相比。"②《大进军》花费较多笔墨描写各种人物的死亡,意在表现战争的残酷。

至于那些在战争中暂时还活着的军人,他们的生活条件也是异常艰苦的。比如北方军在包围萨凡纳期间,"一些人得了感冒发烧和支气管充血:因为他们整天坐在露天的沼泽地带,穿着潮湿的衣服,饥肠辘辘又不能生火,于是他们纷纷生病,几乎不能站起来。现在出现了军队纪律的全面松弛,士兵们在城里到处酗酒、彼此打架斗殴,丢人现眼,一大清早就穿得破破烂烂,比过去还不如"。③ 这段描写其实也触及了北方军内部存在的一些问题,多克托罗没有把北方军美化为无懈可击的"正义之师",军队并非被管理得井井有条,比如粮秣征集小分队的队员是"散兵游勇","他们喜欢给自己捞好处,他们能够不受惩罚地那么干,因为他们搞到的东西对于谢尔曼将军指挥的这支军队能够成功地活下去至关重要"。④ 在南卡罗来纳州的哥伦比亚市,"这分离主义者谋反的首都",北方军士兵曾沦为纵火犯、强奸犯和抢劫者:

> 造成这场几乎人人酩酊大醉的原因,是士兵们在滨河街抢劫了一家造酒厂。……这些士兵的怀里都抱着一桶桶威士忌。那是一栋砖砌的大楼,有一些装卸货物的平台,在那些平台上士兵们躺着喝得烂醉。里面更加热闹。那些士兵让一个黑人姑娘躺在地上……他们正在试图把另一个黑人姑娘从一个梯子上拉下来,而她则拼命向上爬着,踢着,尖叫着。⑤

虽然在《大进军》中多克托罗会称呼南方军为"叛军",会描写他们的恶行,但对

① 李公昭:《分裂的声音:美国内战小说与评论综述》,《外国文学研究》2009 年第 5 期,第 129 页。
② 多克托罗:《大进军》,邹海仑译,北京:人民文学出版社,2007,第 182 页。
③ 同上,第 87 页。
④ 同上,第 10 页。
⑤ 同上,第 156 - 157 页。

北方军所犯下的过错,作家同样给予了暴露与谴责。多克托罗随即描写了军医雷德抢救那个被众士兵折磨得失去知觉的黑人姑娘的细节。在刚为她做完手术之后,那位黑人姑娘立刻断了气。这样的批判在小说中不是很多,但也表明了多克托罗的人道主义立场。多克托罗还别出心裁地描写了一个北方军伤兵阿尔比恩,他在哥伦比亚市的一次爆炸事件中被一个长铁钉深深地插入了头骨,这导致他的记忆力完全丧失。雷德判定阿尔比恩的状况不适合做手术,为避免危险,雷德让他白天坐在一个特制的木箱里,晚上则把他用皮带仰面固定在一张小床上,这样他就不能在睡梦中翻身。阿尔比恩的病情随着时间消逝日益严重,认知功能也进一步退化,最后他让一个小男孩解开自己被捆着的双手,猛地一下把大铁钉按进了自己的脑袋。众所周知,耶稣因要替人类赎罪而受苦并被钉死在十字架上受死,阿尔比恩这个脑门上插着铁钉的受伤士兵最终也亲手结束了自己的性命,但肉体凡胎的他只是徒然地受苦与受死,并不能若耶稣般还能复活,他的奇特的死亡方式,也是对战争残酷性的无言控诉。多克托罗曾评论美国"二战"小说的特点是"不具史诗性,而是讽刺的,具有鲜明的反战倾向,就像约瑟夫·海勒的《第二十二条军规》和诺曼·梅勒的那本'二战'后的名著《裸者与死者》(*The Naked and the Dead*)一样"。① 确实,梅勒、海勒、冯内古特等人的"二战"小说都把战争讽刺为愚蠢与荒唐的事情。而多克托罗自己创作的这本反映南北战争的《大进军》同样表明了鲜明的反战思想。

二、对黑人境遇的关注

南北战争中黑人何去何从是一个大问题。在《大进军》的第一部第一节,中尉克拉克就在完成一次粮草征集任务后对着众多被解放的黑奴心生忧郁:

> 他们不会成为有用的应征者。他们是个累赘。会没有东西给他们吃,而且没有给他们遮风避雨的地方。现在已经有大约一千多个黑人跟随着这支军队。必须把他们遣送回去,但是送到哪儿去呢?我们并没有把一个新政府留在我们的身后。我们一把火烧掉了乡村然后继续前进。他们很可能被重新抓住或者不——或者更差,因为游击队就骑马跟在我们后面。②

多克托罗还特写了由戴维斯将军带领的北方军在渡过埃比尼泽河后,砍断绳子、收起浮桥,把好几百黑人民众留在后面等死的场面。当时人群中发出巨大的哭

---

① David H. Malone, "Human Values in Twentieth Century Literature," *Neohelicon* 2(1983):67.
② 多克托罗:《大进军》,邹海仑译,北京:人民文学出版社,2007,第 12 页。

喊声,因为他们总被南方的叛军紧紧跟随,许多人只能绝望地尖叫、祈祷,并滑到水里游泳渡河。后来多克托罗还让林肯政府中的陆军部长埃德温·斯坦顿来萨凡纳会见谢尔曼将军,顺便道出该事件的后果:被遗弃的黑人有些被淹死,有些则被游击队屠杀了。谢尔曼对待被解放的黑人奴隶的方式是不鼓励他们和军队一起行动,他们被送回他们原来的主人家,或者被留下而成为游击队的牺牲品,至多是征召他们到军队当下等劳工。

面对斯坦顿的谴责,谢尔曼的应对策略是划分出一部分土地保留为黑人定居地。每个自由黑人家庭的家长将有权获得 40 英亩耕地,还有种子和农具,并将由一个监察官来决定地界并颁发土地所有权证明。谢尔曼意图制定并签署该文件,再将文件的副本交给斯坦顿部长。"我根本不是废奴主义者,谢尔曼想到,但是凭着这个诱饵我就让埃德温·斯坦顿和那些解放的黑人统统闭嘴,他们将待在这儿种他们那四十英亩地,上帝会帮助他们的。"[①]

这些描写首先暴露出的是黑人在南北战争时期的艰难困苦的处境。为了彻底毁灭南方的经济与军事基础,谢尔曼大军一路上不但摧毁所至之处的武器库和所有其他军事设施、铁路,还烧掉了许多种植园的豪宅。南方种植园主和邦联军队也毁灭了不少物质财富及生产资料,以免使之落入北方军之手(如珀尔的父亲种植园主约翰·詹姆森就在逃离庄园前枪杀了一些家畜,邦联军曾放火烧掉无法带走的大量棉花)。这些行为都给黑人的生活带来了重大影响——他们即使不愿跟随北方军,留在奴隶主逃离后的残破庄园也基本一无所有、难以维持生计,何况当时的战争环境根本无法让他们安居。随军似乎是他们的唯一选择,但是这些被解放的黑奴却被视为包袱、沦为"累赘"——于是也便有了北方军为了自己行动的快捷而抛弃尾随自己的黑人这样不人道事件的发生。

其次暴露出的就是对于"废奴主义者"的抨击。多克托罗让谢尔曼将军制定对策应付陆军部长,并让谢尔曼道出他自己并非废奴主义者,他的所为只不过是堵住部长与众多黑人的悠悠之口,这就揭露了统治者中一部分"废奴主义者"的真实面目。根据《美国黑人史》,在联邦军队向南推进时,成千上万的黑人都投奔到联邦军队这边来,但是联邦对黑人的政策既混乱又多变,导致黑人既挨饿又无处可去。联邦曾为黑人建立了一些营地,比如 1862 年,格兰特将军曾下令在田纳西州专门为黑人建了一个营地,让黑人在被放弃的种植园中有偿劳作。并且由于美国财政部与陆军部对于管理黑人权利的异议与争执,黑人处境更为艰难,"1864 年,一位联邦官员承认黑人营地中的死亡率是'惊人的','权威人士断定,在前两年中这个数

---

① 多克托罗:《大进军》,邹海仑译,北京:人民文学出版社,2007,第 102 - 103 页。

字不低于百分之二十五'"。[1] 但其实历史上真实的谢尔曼将军是极其痛恨并反对奴隶制的,当路易斯安那州在 1861 年宣布退出联邦时,时任该州亚历山大里亚军事学院督导的谢尔曼便毅然辞职;他还主张无情打击南方奴隶主的势力,他甚至向林肯建议"把战争进行到有足够的奴隶主、种植园主贵族被杀死时为止"。[2] 但是我们认为,多克托罗的虚构并非要有意"抹黑"谢尔曼将军的形象,相反,在《大进军》中的谢尔曼是一个既有冷酷一面但又不乏爱心与温情的人物,多克托罗的虚构旨在引起读者对南北战争时期奴隶制问题的关注,帮助读者了解黑人在当时的苦难境遇,让后人不忘历史,如此而已。

最后暴露出的则是黑人参军问题。斯坦顿指出谢尔曼拒绝征召黑人到他的军队中,除非是当下等劳工,他以为当劳工是使用他们的最好方式,并且他还认为黑人不会打仗。这些事实与言论都说明了当时黑人在许多联邦军队中受到歧视:随着《解放宣言》的颁布,参军的黑人迅速增加,但是他们不免在部队中遭到种族歧视。"最初,他们被当作劳工而不被当作士兵来发薪饷,金额也低于白人——黑人每月十块美元,而白人是十三块美元;黑人所得的赏金也较低,并且有许多白人军官故意只要他们担任战线后面的警卫工作和勤务工作。"[3]直到 1864 年 1 月 1 日,联邦政府才把薪饷调到相等。

《大进军》中还出现了一个因拯救谢尔曼将军而双目失明、几近失去生命的黑人卡尔文·哈珀。卡尔文被有北方军特许证的白人摄影师卡尔普先生收养并带着远行,一路为记录谢尔曼将军的大进军而拍照,但是他们不幸遇见了南方军白人士兵阿里。阿里逼迫他俩挖坑掩埋自己死去的同伴,卡尔普先生在挖掘过程中死亡,阿里便穿上卡尔普先生的衣服,怀揣卡尔普先生的手枪,乔装改扮成卡尔普摄影师,挟持着卡尔文继续前行。阿里这样做的目的是希望有朝一日能找到北方军将领谢尔曼将军并为其拍照,然后在拍照过程中枪杀谢尔曼,因为阿里是个忠于南方、为南方而战的南方军士兵。虽然阿里不曾把自己的打算告诉卡尔文,但是他有一次对着口袋里死去同伴的照片自言自语,说要找到谢尔曼并替他照相,这让无意间听到的卡尔文心生疑窦。卡尔文决定要阻止阿里这个南方叛军干出任何他想干的事,无论是什么事都不行,包括替谢尔曼拍照,因为照相是神圣的工作,他不能容许阿里那样的疯子亵渎摄影师的工作。在北卡罗来纳州的州法院外,阿里居然如愿以偿地碰到想与众将军一起拍照的谢尔曼,于是他指导各位将军如何摆姿势,甚

① 富兰克林:《美国黑人史》,张冰姿、何田、段志诚等译,北京:商务印书馆,1988 年,第 253 页。

② 陈海宏、杜晓德:《"三光政策"的发明者:威廉·特库姆塞·谢尔曼》,《山东师范大学学报(人文社会科学版)》2006 年第 5 期,第 88 页。

③ 福斯特:《美国历史中的黑人》,余家煌译,北京:生活·读书·新知三联书店,1960,第 291 页。

至还让卡尔文专门为谢尔曼将军安装了一个临时头支架。卡尔文立即借此机会提醒谢尔曼阿里并非摄影师，而只是一个疯狂的叛军，随即又再次警告旁边的蒂克上校这个可怕的事实。在两位将军作出应对举措之前，卡尔文突然瞥见阿里从应该放镜头的洞眼中伸出手枪的枪管，便立即扑到那个相机上，有效阻止了阿里针对谢尔曼的射击。卡尔文被子弹打中了双眼，两眼角膜被灼伤，鼻梁也被磕断了。谢尔曼安然无恙，上校则受了轻伤。

　　阿里自然是被处以死刑，受伤的卡尔文被交给军医雷德上校监管，将由雷德来决定什么时候卡尔文能够出席将决定他命运的官方听证会。卡尔文对自己的现状有着清醒的认识，他知道谢尔曼是这支军队的最高统帅，根本没工夫为自己作证，而那位受伤的上校因为有自己的伤，不可能成为一个有同情心的证人。卡尔文唯愿被遗忘并重归自己的生活，他对护理自己的珀尔等人说，自己唯一的机会就是他是个黑人，因为随着其他事情的发展，将军们会忘掉卡尔文这样的小人物，这是他唯一的机会——能重新平静生活的机会。所幸外表冷漠但内心善良的雷德在为卡尔文疗伤后放了他，珀尔及其男友等人则细心照顾他。接着多克托罗笔锋一转，写道南方邦联军的李将军已经投降，南北战争总算结束了，接踵而至的就是李将军投降后的第5天林肯总统的被暗杀事件。作家没有花费笔墨写林肯如何被刺杀，只描述了谢尔曼收到林肯被刺电报的反应。还有蒂克上校，这时他终于想起那个杀手摄影师的黑人助手了，原因是他觉得在如此短的时间内谢尔曼将军和林肯总统都成了暗杀目标，肯定是一场合谋的举动，应当审讯那个为摄影师干活的黑人。当然蒂克上校没能找到卡尔文，因为卡尔文自由后已离开军队前往华盛顿。

　　我们认为，多克托罗对黑人青年卡尔文形象与事迹的刻画，意在揭示黑人在南北战争中作出的英勇牺牲与巨大贡献：黑人侦察员为北方军搜集大量军事情报，黑人引路者带领北方军前进，黑人还照顾从南方逃出的北方军士兵，他们总是欣喜若狂地迎接北方军部队的到来，并且"三万七千左右黑人官兵在内战中牺牲了，死亡率比白人兵士高百分之三十五"。[①] 但是卡尔文以生命阻挡枪口的英勇行径根本就没有得到回报，谢尔曼将军似乎随即忘了这事，蒂克上校后来还怀疑他的清白。卡尔文所能做的，只能是隐身于黑人难民营中，期待早点与珀尔等人踏上回家之路。而黑人卡尔文所受的不公待遇是否也象征着南北战争期间黑人遭遇的众多不公正？

三、对珀尔形象的建构

　　《大进军》中令人印象最为深刻的无疑是女主角珀尔的形象。珀尔是南方种植

---

① 福斯特：《美洲政治史纲》，冯明方译，北京：人民出版社，1956，第367页。

园主约翰·詹姆森和一个黑奴的女儿。珀尔的母亲早逝,她第一次出场是在一个清晨,她父亲与后妈准备仓皇逃离庄园的时刻。在后妈马蒂的眼中,可怕的女孩珀尔在此全家忙乱之际却一如既往地傲慢,只是抱着两条胳膊靠着门柱而立,好像这个种植园是她自己的似的。生身父亲约翰在赶着马车离开时,只是淡淡地扫了她一眼。只有干了一辈子活的老黑奴罗斯科在经过珀尔身旁时,把一个东西扔在她脚下。等他们走远了,珀尔才挪动步子弯腰捡起罗斯科扔下的东西,是两个一模一样的 20 美元的联邦金币——罗斯科的终生积蓄。

　　生父的漠然与老黑奴对珀尔的挚爱由此形成了鲜明的对比。我们知道珀尔是个非常美丽的黑白混血女孩,但从外表来看,她就是一个纯粹的白人,她遗传了白人父亲的金盏花眼睛和高颧骨,有着麝香石竹花一样白的皮肤,不过这也没能为她招来父亲的一丝喜爱。珀尔曾对其他黑奴说只有罗斯科才是她的朋友,他就好像她的爸爸,在她饿了的时候从厨房拿东西给她吃。罗斯科还指导她在厨房、洗衣房或是田野干活,一直都关心照顾她。珀尔不能识文断字,她用心收藏着克拉克死前未发出去的信,仅能凭借信上写着与克拉克相同的姓判断这封信是写给他家人的,并且对于 Clarke(克拉克)这个姓的发音她也疑窦丛生:为何 c 和 k 看来是发同样的声音,而最后的字母 e 又有什么用呢?珀尔与克拉克交谈,她的发音及语法错误也一再证明了她的未受"教化"。珀尔不过是白人奴隶主占有女黑奴生下的一个私生女,却得不到生父的丝毫关爱。

　　珀尔这样一块美好而又未被雕琢、未受到教育、被生父抛弃的璞玉就是对当时美国存在的奴隶制的无言批判(17 世纪 90 年代,北美的黑奴制度实际已经形成,而美国的奴隶制则不仅剥削黑人,使黑人妇女蒙受性污辱也是司空见惯的事情),甚至她的洁白皮肤和美貌都是奴隶制罪恶的印证,因为在当时的美国:

　　　　在奴隶制后期,一个明显的趋势存在,那就是奴隶的肤色越来越白,显然,种植园奴隶主必须为此负主要责任。女黑奴遭性奴役是司空见惯的现象。一个女黑奴回忆,当她长到 13 或 14 岁时,她的主人,或主人的儿子,或监工,或所有他们中的什么人,开始用小礼物来贿赂她,如果贿赂达不到目的,她就被鞭打或挨饿直到顺从了他们的意愿。一个种植园主的妻子"发现让女仆免受她丈夫的淫乱的情欲的占有是不可能的,她丈夫是他种植园 1/4 奴隶的父亲"。……废奴主义者曾经在揭露奴隶制罪恶时说,每一个种植园都是一个奴隶主的妓院。①

---

① 黄虚峰:《美国南方转型时期社会生活研究》,上海:上海人民出版社,2007 年,第 88 页。

　　珀尔的后妈,种植园主约翰的妻子马蒂就是一个无法把握自己命运的角色,她嫁给比自己大得多的约翰,也曾在婚后度过了一段快乐时光,并育有两个儿子。但整个种植园的奴隶都知道她的床还不足以满足约翰老爷——约翰又和一个极漂亮的女黑奴南希生下了美丽高傲的女儿珀尔。但多克托罗没有描写约翰与南希之间的关系,没有描写约翰如何占有南希,在小说的开篇,南希业已死去。马蒂天性中有善良的成分,对于珀尔,"在这么多年里,有多少次她曾想要摸摸这个漂亮的孩子,有多少次她曾想要使她的生活更容易一些。但是约翰根本不想和她有关系,而顺着他是很容易的"。① 三言两语,却道尽马蒂温柔懦弱的性格和约翰自私冷漠的天性。毋庸置疑,万恶奴隶制的存在注定了混血的发生,也注定了奴隶主家庭中一些悲剧的产生。

　　老爷、太太逃离后不久,北方军中由克拉克中尉带领的粮秣征集小分队随即到达。在士兵们忙着寻找食物、宰杀家畜时,进入豪华大宅的克拉克吃惊地在阁楼上发现了一个不超过十二三岁的女孩,穿着一件连衣裙式长衣、光着双腿的珀尔正站在一面镜子面前,而一条带金线的漂亮红头巾裹住了她的肩膀,惊人地使她变成了一个庄严的年轻女人——珀尔在曾就职于白宫、来自美国东部的克拉克这位优秀军官面前的初次露面,居然是如此光彩夺目,甚至被神圣的光环笼罩。对珀尔形象如此刻意的塑造,彰显了多克托罗对其之厚爱。

　　克拉克在离开约翰·詹姆森家时鬼使神差般地调转马头,邀请珀尔和她同骑一匹马出发,马上的珀尔用胳膊紧紧地搂着他的腰,不禁潸然泪下。虽然珀尔不是第一个得到这种特殊待遇的黑人姑娘,但克拉克对她确实非常关照,他被这孩子深深地感动了,注意到她有一种与生俱来的高尚优雅的气质。"他想也许珀尔有一些非洲的皇家血统,否则那种理智的愤怒或者这种端庄华贵的气派,怎么会出现在她的身上呢?"②珀尔每天晚上在克拉克的帐篷内洗澡,克拉克则站在外面守卫,珀尔睡觉的帐篷紧挨着克拉克的帐篷。人们讥讽与议论了几天后也开始理解并保护珀尔。马隆中士给她拿来一套鼓手的衣服,克拉克说服珀尔穿上这套服装做一个少年鼓手,这样就能更安全地随军。然而好景不长,接下来的事我们都知道了,克拉克及其队员遇敌并被杀害。

　　悲伤不已的珀尔后来偶遇谢尔曼将军的军队,将军喜欢上"他",收留珀尔为他参谋部的一个少年鼓手。珀尔在军队中又认识了随军护士埃米莉·汤普森小姐,埃米莉认出珀尔是个女孩,开始教她做护理工作,把珀尔培训为上校军医雷德的又一个得力护士。珀尔的父亲约翰在萨凡纳因挑衅北方军士兵受重伤,被送到雷德

---

① 多克托罗:《大进军》,邹海仑译,北京:人民文学出版社,2007,第94页。
② 同上,第35页。

处抢救。这样，珀尔又与父亲和后妈马蒂重逢了。约翰一直昏迷未醒直至死去，悲伤的马蒂则缓慢地进入痴呆状态，但是珀尔此时却对她伸出了援手。她不计较马蒂从前对她的视而不见、漠不关心，照顾着虚弱的马蒂，并鼓励马蒂也成为对谢尔曼这支推翻奴隶制的大军的有用之人。

珀尔在一天深夜漫步时碰到了在宿营地哭闹的黑人小男孩戴维。戴维大约六七岁。他不知道自己的年龄，也不记得自己的父母，原本他在一户种植园主家做小厮，在北方军到达这户人家时，他在最后一刻夺门而出取得了自由。开始时，好心的记者普赖斯照顾了戴维一段时间，因为戴维撒谎，普赖斯就撇下他，但幸运的是珀尔在此刻看到了戴维，她从此和自己的白人男友斯蒂芬一起照顾他、带着他行军。

不仅如此，多克托罗还赋予珀尔"超乎寻常"的能力。在后妈马蒂发现了死去的大儿子（即珀尔同父异母的大哥）的尸体后，珀尔对斯蒂芬分析说，她的大哥和二哥从来都没分开过，因而既然看到了死去的大哥，那么二哥肯定就在周围的什么地方。她和斯蒂芬第二天一大早便赶路来到北方军营地的叛军战俘营，径直进去寻找二哥杰米，并在找到杰米后径直把他带走。在遇到看守与军官的阻拦盘问时，北方军护士打扮的珀尔和穿着陆军军医部队制服的斯蒂芬巧言应对，说他们是在执行上校军医的命令转移这个有传染病的战俘。马蒂和小儿子杰米团圆后，珀尔又指点他们如何回佐治亚的家，并从罗斯科给她的两枚珍贵金币中拿出一枚给后妈和二哥做路费——虽然两个哥哥从小就顽劣异常，甚至大哥还打过她这个妹妹的主意。

珀尔在军中对南北方伤兵一视同仁的照顾、对小男孩戴维的救助、对后妈和二哥等人不计前嫌的无私帮助，都彰显了多克托罗所推崇的人道主义精神。不仅如此，多克托罗还让珀尔对自己的身份定位进行思考和追寻，主要表现在珀尔对自己"冒充白人"行为的思考上。这种思考发生在一个特别的时刻，就是珀尔有了北方军白人士兵男友斯蒂芬之后。有一天晚上他们依偎在一起入睡，珀尔因月光而醒来，想到自己和男友之间的感情，进而想到自己离开故乡后的所作所为：

> 自从她离开那个种植园以来，除了使自己依附于白人，她都做了什么事情？从她被人举起来放在克拉克中尉背后的马鞍上那天起，还有随后，她甚至和谢尔曼将军本人呆在一起，将军喜欢上她，以为她是一个少年鼓手，再后来，她甚至通过汤普森小姐成了那位上校军医的护士，还有现在的斯蒂芬，她的活动都是作为一个白人，和白人们生活在一起，有一个白人后妈，并且身穿给白人北方军的制服掩饰起自己的黑人本质。①

---

① 多克托罗：《大进军》，邹海仑译，北京：人民文学出版社，2007，第 216 页。

可以说，貌似白人的混血姑娘珀尔为了能让自己在艰难时世生活得容易一些，有意无意地冒充了白人，并希望自己是纯粹的白人。她对自己洁白的皮肤引以为傲，因自己美丽的容颜看轻他人（她甚至敢于蔑视后妈马蒂）。在克拉克让她当鼓手的时候，她回答说："做鼓手我太漂亮了。而且我不是白人，我要是白人就好了。"①年仅15岁的她被白人士兵斯蒂芬喜爱和迷恋，令她暗中洋洋得意，但是珀尔始终无法忘记自己的混血儿身份和处境，她知道在大进军过程中她得到别人的照顾与帮助，很大程度上是因为别人把她当成了白人（至少刚开始是的）——一个美丽的白人女孩。比如谢尔曼将军喜欢她是因为把她当成了一个白人少年，一个与自己死去的儿子年龄相仿的白人少年，她在那个非常时刻在谢尔曼心里暂时代替了那个死去的儿子。谢尔曼将军的部下慢慢明了了珀尔其实是个黑人女孩，但是为了保护与安慰谢尔曼将军，部下们也一致保持缄默，不向谢尔曼吐露实情，而是默许珀尔继续"冒充"白人少年。

珀尔有意无意冒充白人的行为当然是因为种族主义思想在作祟。"在美国，自有黑白混血儿开始，冒充白人的现象就已经存在。"②黑白混血儿因其生理特征还有美国社会种族歧视的现实而无法完全认同黑人，许多黑白混血儿自以为是白人，有的把自己归属于黑人，还有的则清醒地认识到自己并非白人也非黑人，就如珀尔。但是毋庸置疑，与白人生活在一起、被不知情者视为白人的珀尔得到了许多生活便利，这使她能更好地生存。但也就是在那同一个夜晚，珀尔深深意识到自己从来都不是一个黑人姑娘，而现在也不像一个白人。心事重重的珀尔于是起身走到室外，当看到黑人宿营地中自己的众多同胞时，她不由得加大了对自己处境的反省力度：这支军队确实给了她一个遮风避雨的地方，但是除此以外还有什么呢？就好像她是一个家奴，从窗户里看着这些在田野里的黑人，而忘掉了她自己也是别人的奴隶。也就是在该营地中，她看到了哭闹无依的黑人小男孩戴维，于是当机立断把他带走，决定要在行军中让戴维和她与斯蒂芬在一起。"如果斯蒂芬·沃尔什想要和我结婚，他就要明白，虽然珀尔长得这么白，她有一天却可能给他怀上一个黑孩子，让他烦心。"③

多克托罗让混血女孩珀尔对自身身份进行思索，其意在于抨击建立在肤色基础上的种族歧视制度。在当时白肤色大行其道、黑人苦难深重的美国南方，珀尔在大进军时依附白人、下意识地掩饰起自己的黑人本质的行为当然不难理解，她对自

① 多克托罗：《大进军》，邹海仑译，北京：人民文学出版社，2007，第36页。
② 黄卫峰：《美国历史上的黑白混血儿问题》，《世界民族》2006年第5期，第51页。
③ 多克托罗：《大进军》，邹海仑译，北京：人民文学出版社，2007，第224页。

己将来即使与白人斯蒂芬结婚也有可能生下一个黑孩子的未卜前景的担心也在情理之中。这些都体现了作家多克托罗思想中的人道主义精神——人是生而平等的,依据肤色、阶级去判定人的高贵低贱和限制人的发展的行径是非常可笑与荒谬的,人道主义思想的内涵本就包括了应当反对种族歧视。

珀尔不仅具有美貌和人道主义精神,也是美国文学中独树一帜的混血人形象。美国作家笔下的混血人大多是受苦受难者。福克纳《八月之光》中外表白皙却被认为有黑人血统的乔·克里斯默斯无法搞清楚自己究竟属于哪个种族,也永远无从找到答案,最后选择用暴力反抗周围世界,自己同样也被狂热的种族主义者枪杀。黑人女作家内拉·拉森《越过种族线》中冒充白人的黑白混血儿克莱尔在 18 岁时与一名白人富商私奔而后结婚,婚后也如愿生下了一个白皮肤的女儿,但她始终无法真正踏入白人社会,并决定要回归黑人社会。故事的结局是她的身份终于被丈夫识破,面对丈夫痛苦的咆哮与质问,克莱尔镇定自若、立意回归,但她却从窗户边掉了下去,死在了哈莱姆那片黑人的土地上,如此般的"回归"方式终究是令人唏嘘的。菲利普·罗斯《人性的污秽》中的主人公科尔曼·西尔克,这个黑白混血儿为了更好地生存与发展而冒充白人进入白人主流社会,割断了与家族的来往及种族的联系,隐姓埋名地度过了几乎辉煌的一生。但在晚年,身为大学教授的他却被诬陷为种族主义者,并死于一场蓄意制造的车祸。而《大进军》中的珀尔却得到那么多人的帮助与善待,甚至还有谢尔曼将军的喜爱。多克托罗让她在军中学习到护士的技能,向后妈马蒂等人学习认字发音,实现从儿童到少女的成长;诚实可靠的白人士兵斯蒂芬深深爱上她,决意以后娶她,还为珀尔的未来作出规划,要送她上医学院读书。可以说,珀尔是一个比较幸运的混血人——甚至在她未被生父承认、母亲又业已逝去的那些日子,也有个忠诚善良的老黑奴罗斯科一直在指引和照顾着她。

综上所述,多克托罗在《大进军》中主要通过对残酷战争的批判、对黑人境遇的关注、对珀尔形象的建构彰显了人道主义精神,表达了人道主义情怀。当然小说中的一些其他人物身上也闪耀着人道主义光辉,如埃米莉·汤普森护士。埃米莉本是佐治亚州高等法院法官的女儿,接受过良好的教育。北方军到达米利奇维尔城时曾在她家驻扎一夜,她生病的父亲就在当晚悄无声息地死亡。惊慌失措的埃米莉出门求助,认识了上校军医雷德。雷德给予她善意的帮助,令她深深感动,于是在北方军离开该城继续行军、家中唯一的黑人女仆也相继离开后,孑然一身的埃米莉驱马前行追赶上北方军,成为雷德手下的一名得力护士。埃米莉同雷德一样,无论对方是北方人还是南方人,是军人还是平民伤员,他们都一视同仁、悉心照料。在与潜心于医学、性情孤僻的雷德产生感情纠葛后,埃米莉离开了医疗队,本来想回自己南方的家去,结果却留在了一个孤儿院照顾一群孤苦无依的孩子。战争改变了埃米莉的人生,使她失去了南方宁静的田园生活,她选择随军流浪,却在军中助人无数,美丽的她也成了南方军小伙子威尔的暗恋对象;她爱着多少有点古怪的雷德,却又能听从自己理性和家园的召唤离开雷德,最后又决意照顾孤儿院的孩子们。同为南方美女,不曾接受教育的珀尔纯真又带点野性,具有良好学识的埃米莉则成熟理性,但她们都具有可贵的人道主义精神,她们的外表与心灵皆异常美好。外表冷漠的军医雷德其实也是一个热情的人道主义者,人道主义精神甚至还体现在埃米莉的黑人女仆威尔玛身上……

第三节　《同化》中人道主义的胜利

如果说《大进军》中的人道主义多少有些沉重的成分,那么短篇小说《同化》则是一出因人道主义的胜利而成就的轻喜剧。《同化》的背景设置在当代的美国。年轻的洗碗工雷蒙一日突然被老板告知要提升他做餐馆服务员,他直觉其中有诈。果然这个外国老板是想让在美国出生的雷蒙与他的一个亲戚假结婚,以使那个欧洲女孩取得在美国永久居留的绿卡,雷蒙为此可得到一些报酬。雷蒙将此事与自己的哥哥利昂商量,利昂劝说雷蒙接受该交易,因为在这个出售自己的国度,出售自己做洗碗工也是出售,出售自己做别人名义上的丈夫也是出售,两者并无本质区别,更何况雷蒙还可以用酬金去读导演学校,更快实现做制片人的梦想。

雷蒙于是在老板的安排下飞往一个欧洲城市,见到了自己从未谋面的姑娘耶莱娜。他们一起去拍"结婚照",并在该市公职人员的见证下完成了法定的结婚程序,其间有个意味深长的细节描写:当"新郎"雷蒙该亲吻"新娘"耶莱娜时,耶莱娜却笑着转身跑向自己真正的男友那儿吻他去了。如此平常的一连串动作,表明的却是姑娘对自己男友的深爱。耶莱娜到美国后也在雷蒙所在的餐馆做侍者,她将在美国居留两年,之后再与雷蒙离婚,并与男友结婚,这样她与男友就可以都变成美国人了。

就这样雷蒙得到了了解同在餐馆共事的"妻子"耶莱娜的机会。金发碧眼白皮肤、身材修长的耶莱娜英文讲得不错,也很受餐馆客人的欢迎。雷蒙注意到耶莱娜有在晚上闲暇时到走廊用手机打电话的习惯,通话对象肯定是她的男友,有时她好像要哭——这可以从语音语调中推断出来,无论何种语言。雷蒙在每晚工作结束后都送耶莱娜回家,在路上询问她有关她家人的情况等问题,但是耶莱娜总是不回答,不过雷蒙仍坚持送她,站在街上看到她房间的灯打开后才会离去。接下来有个小插曲,雷蒙的哥哥利昂出狱了,并邀请雷蒙参加一个派对,雷蒙对老板说必须让耶莱娜和他一起参加该派对,这样她便可见到他的家人,万一被官方询问时也可回答得出相关信息。老板告诉耶莱娜时耶莱娜很不高兴,不过她还是勉强答应了,来接雷蒙的豪车配有专职司机,令耶莱娜暗暗掩饰她的惊奇,而当雷蒙盯着自己爱慕的耶莱娜细细打量时,耶莱娜突然间变得怒不可遏,她一把抓住雷蒙的领带把他拖到自己的跟前说:"听着!讨厌的雷蒙先生,你可以把鲍里斯拉夫玩弄于股掌之中,但我知道你脑子里想的是什么,并且我告诉你那事永远都不会发生,你明白了吗?永远!你搞清楚了没有?我的丈夫?永远!"①

面对咆哮且表示对他不屑一顾的耶莱娜,雷蒙的反应却相当冷静,他只是调整好领带回答说他也不喜欢她,但是如果她要求他履行一个丈夫的同房权的话那他还是会遵从的,这也是为了尊重他们神圣的结合。利昂家的舞会上有许多魅力四射的人,宾客也可谓国际化,提供的酒水小食非常精美,这一切让耶莱娜大开眼界且大为惊讶,她问雷蒙他怎会有一位这样的哥哥,而他自己却是一家饭店的侍者?雷蒙的回答是他爱他的哥哥,但不赞同哥哥的价值观。而利昂则利用请耶莱娜跳舞的机会告诉她自己的弟弟是个大学毕业生,在 4 岁时便能阅读的聪明人。接下来因为雷蒙的收入属于贫困线水平,为使耶莱娜顺利获得绿卡,律师建议她的亲戚鲍里斯拉夫成为耶莱娜的联合担保人,而耶莱娜和雷蒙"夫妻俩"也必须住在鲍里斯拉夫家,这样他们的纳税单就从同一地址寄出了,于是雷蒙又得到与耶莱娜共处同一屋檐下的机会。

或许是耶莱娜经过长时期与雷蒙的接触了解到雷蒙是个不错的人,或许是日久生情,她对雷蒙的态度开始缓和。一天上午,耶莱娜甚至询问雷蒙是否愿意和她一起去海滩,在海滩上他们有这样一席交谈:

> 雷蒙,你想揍我吗?
>
> 不。当然不。耶莱娜,说这话多奇怪啊。怎么了?
>
> 你做任何事都为我着想,但我却一直对你很粗鲁无礼。我活该挨揍。
>
> 不,我了解你的心思,耶莱娜。你什么都没安定下来。你新来到另一个国家。你松散地附属着它。我的母亲在死前告诉我她从来都没有习惯过美国,虽然她在这里度过了一生中的大部分时光。当然,每个人都不一样,但是要把你自己变成美国人是需要花时间的。
>
> 好吧,但如果不是你,那还是有人必须揍我的。也许是亚历山大。他知道怎么揍。
>
> 谁揍你?亚历山大?是你的男友吗?

---

① E. L. Doctorow, *All the Time in the World* (New York: Random House Trade Paperbacks, 2012), p. 67.

　　是的，从某种程度上来说。但是最好还是由你来揍我吧，雷蒙。①

　　雷蒙了解耶莱娜的性情与处境，不计较她对自己的冷淡甚至粗鲁，还以自己母亲的例子安慰她，深为感动的耶莱娜终于向雷蒙吐露自己的男友将会来美国，也许还必须揍她。此怪事的背后究竟有着什么样的内幕？深谙世故的利昂告诉弟弟这是因为如果耶莱娜挨揍，她便可用遭受家庭暴力的借口与雷蒙快速离婚，这样用不了两年，只要两个月耶莱娜的男友就可以和有绿卡的耶莱娜结婚了；而雷蒙所应做的就是立即离开住处以免遭陷害。但这次雷蒙没有听从哥哥的建议，他相信耶莱娜不会指控他，他甚至终于大胆开口对耶莱娜表白说自己爱她，从看到她照片的第一眼起就爱，他与耶莱娜之间的绿卡婚姻虽全由他人一手设计与包办，但这也是天作之合。

　　结果是非常令人惊喜和宽慰的，耶莱娜最终接受了雷蒙的爱情，她还听从雷蒙的劝告迅速离开那个对他们都已不再安全的餐馆。这不仅是因为她远在祖国、行为略显粗鄙的男友对她的感情日益变淡，还因为雷蒙对她持久不变的关心与照顾逐渐温暖了她的内心、逐步拉近了她与雷蒙之间的距离。雷蒙所承载的人道主义精神还使他拯救了自己——耶莱娜背后的男友及鲍里斯拉夫等亲戚一直都在计划着算计雷蒙，而雷蒙却不仅及时脱离虎穴，还终使自己徒有虚名的婚姻尘埃落定。

　　《同化》体现了作家多克托罗的人道主义精神，主要表现在他对当今美国繁荣社会中中下层人物的生活十分关注，并积极肯定了这些人物身上可贵的道德品质。男主人公雷蒙大学毕业，却没有钱去自己喜爱的导演学校进修，因为喜欢一家餐馆外国风情的招聘告示，便很偶然地成了这家餐馆的洗碗工。雷蒙的手因为长期被热水浸泡而开裂脱皮，他的收入处在贫困线水平，但他不愿向自己富有的哥哥求助，因为他的价值观迥异于黑道中人利昂。雷蒙的身上体现了多克托罗的道德观，也呼应了人道主义中对人必须取得道德方面的进步的要求。作家也同样关注力图移民到美国的匈牙利女子耶莱娜。雷蒙在照片上看到的耶莱娜是一个生气勃勃、摆着好看的姿势照相的女孩，现实生活中的耶莱娜则无暇玩乐，只是有条不紊地去执行自己的一系列严肃计划。她在自己亲戚开的餐馆勤勉工作，闲暇时刻则挂念着远在欧洲的男友，并刻意保持与雷蒙之间的距离。耶莱娜的身上同样也彰显着道德美。

　　《同化》赞颂男主人公雷蒙的人道主义精神，这种人道主义精神主要表现为爱、善和信任。爱与善有着的强大力量足以对任何良心没有完全泯灭的人产生影响，

---

① E. L. Doctorow, *All the Time in the World* (New York: Random House Trade Paperbacks, 2012),
　　p. 75.

世界文学中也有许多优秀作品描绘过人道主义精神的力量,就如《复活》中的忏悔贵族聂赫留朵夫,他偶然在法庭上遇见自己当年诱奸并抛弃过的玛丝洛娃,而今她沦落风尘随即又被错判。聂赫留朵夫受到震撼并开始为自己赎罪,他为玛丝洛娃奔走上诉,在上诉失败后又陪她流放西伯利亚。玛丝洛娃为他的行为所感动,重新爱上了他,但为保全聂赫留朵夫的名誉而嫁给另一个革命者。他们的精神最后都走向了"复活",品行都得到完善。《悲惨世界》更是彰显了道德感化的力量,其中米里哀主教对行窃的冉阿让宽容对待,竟然彻底改变了冉阿让的后半生,使他成为一个自律自强之人,而转变后的冉阿让甚至还感化了一直追捕他的警探沙威。美国犹太作家马拉默德的《店员》中诚实、善良、勤劳的犹太老店主莫里斯生活拮据,却竭尽全力帮助周围的穷人。他接纳曾抢劫过自己小店、打伤过自己的劫匪弗兰克做店员,他早已认出弗兰克就是劫匪却佯装不知,也不深究弗兰克盗窃店里现金的行为。莫里斯重病住院时弗兰克终于向莫里斯忏悔,并在莫里斯去世后回小店苦心经营、照顾莫里斯的妻女,最后还皈依了犹太教。莫里斯对身边之人无条件的爱与宽容不仅使恶行斑斑的弗兰克洗心革面,而且使自己成为人性完美的典范。多克托罗是生长于美国的犹太作家,"评论家杰克逊·J.本森曾指出,美国文学向有道德和讽喻的指向,这个传统一直负载着一种广泛的人文主义的价值体系,它关注的是人的精神解放和在人际关系中人对爱、信仰和尊重的需求"。[①] 多克托罗继承了该文学传统,并使美好的人性、高尚的价值观念最终获得胜利——雷蒙用自己的双手辛勤工作,却又不忘自己要深造并成为制片人的梦想;他关心、照顾、容忍着耶莱娜,每日护送她回家保证她的安全。雷蒙的美好人格终于激发出耶莱娜人性中的善,使她不愿成为陷害雷蒙的帮凶,向雷蒙暗示自己男友等人的阴谋;雷蒙一直对耶莱娜充满信任,当哥哥提醒他耶莱娜等人为尽快取得绿卡而可能使用欺诈手段时,雷蒙回答说耶莱娜绝不会无端指控自己。他用自己的爱、善及对耶莱娜的信任与尊重感化了对方,改变了他与耶莱娜之间互为陌生人的关系,并终于成功获得耶莱娜的芳心。在小说的结尾,利昂见到了手牵手、幸福的雷蒙和耶莱娜,便高兴地为弟弟和弟妹开酒祝福。小说虽然没有描写,但我们可以想见耶莱娜的原男友亚历山大、亲戚鲍里斯拉夫等人的反应,真是机关算尽太聪明,反倒是赔了夫人又折兵。

第四节　多克托罗人道主义思想的意义

　　多克托罗是一位极具正义感、关注社会公正与道德正直的作家。他的许多小

---

① 祝平:《索尔·贝娄的肯定伦理观》,《外国文学评论》2007年第2期,第33页。

说通过对种族歧视、政治、战争、纳粹大屠杀、人性等问题的思考展现了人道主义精神:《但以理书》不仅重新审视了著名的罗森堡案件,抨击了麦卡锡主义在美国的横行及其造成的普通人的悲惨命运,又在结尾让但以理代表父母宽恕了当年出卖父母的牙医——该牙医其时已成了一个因告密导致精神异常的老人;《拉格泰姆时代》对美国社会中的种族歧视、贫富差距、劳资矛盾问题予以暴露,让黑人音乐家科尔豪斯·沃克严惩白人败类、捍卫黑人的尊严,令犹太移民"爸爸"历经苦难后终于获得物质和爱情上的双重成功;《比利·巴思盖特》不仅通过偶然进入黑帮的少年比利之眼揭露黑帮的罪恶,也让良心未泯的比利意外获得黑帮头目藏匿的大笔财富,并最后成为一位从常春藤名校毕业的美国陆军少尉;《上帝之城》让曾屠杀犹太人的纳粹党卫军军士在暮年被一个前《时报》记者意外撞死,虽然该军士侥幸逃脱了军事法庭的指控,却还是不能老死家中,这是不忘纳粹大屠杀的多克托罗在作品中对于纳粹的复仇;《大进军》对战争、种族歧视、人性等进行审视,抨击战争与种族主义的罪恶,使美丽且具美德的黑白混血女孩珀尔最终拥有一个深爱她的白人男友及美好未来;《霍默与兰利》中的都市隐士霍默与兰利虽然特立独行、离群索居,被主流社会视为异类并受到不公对待,但他们的生命中也出现过一些同情并帮助他们的人,其中法国女记者杰奎琳挽救过霍默的生命,她建议霍默写作,令霍默人生的最后阶段因写作而充实;短篇小说《同化》中爱与善战胜了人性中的冷漠与恶;《孩子,死了,在玫瑰园中》中联邦调查局特工莫洛伊令一桩在白宫玫瑰园中发现了死孩子的案件真相大白,为了伸张正义,他敢于"威胁"白宫并辞职,结尾也暗示了正义必将胜利;等等。我们可以看到,在多克托罗的绝大多数小说中,罪恶总有得到清算的一天、美德总会得到回报与嘉奖、爱与善有着极其强大的力量、绝望中也常蕴含着希望,总体来说这些作品洋溢着一种积极乐观的色彩。

多克托罗在作品中大力弘扬人道主义精神,这也是他本人的个性气质所致。他是一位收获良多奖项与荣誉的美国犹太作家,一位"国宝级"的文学大师,也代表了一代美国知识分子的良心。在本书第一章第三节"文学应独立于权力"中,我们已经了解多克托罗曾著文对其认为不合格的总统里根及老布什进行多次批评,他指斥里根对萨尔瓦多内政的干涉及恐怖手段的实行,他列举老布什否决的一系列救助弱势群体的提案(包括提高工人每小时最低工资的、扩大失业人群福利的、补助贫穷妇女流产费用的条款等),他亦曾尖锐指出小布什总统发动伊拉克战争是对美国国家身份的滥用。对于犹太人的苦难及纳粹大屠杀,他固然念念不忘,日本的侵华与侵朝及篡改历史教科书的事实也使他义愤填膺。在《奥威尔的〈1984〉》中,多克托罗说:

近来日本教育部决定发给日本小学生的历史课本在一定范围内必须修

订,即书中提及日本在 20 世纪 30 年代对中国和朝鲜的入侵和军事占领的那
部分。把日本对那两国的行为称作"侵略"的词都改成"前进",改成这样一个
更为中性的军事用词,这样就显示不出谁对谁做了什么事。实际上,即使以
20 世纪的标准来看,日本的军队在 1937 年至 1945 年在亚洲本土所犯下的暴
行也是触目惊心的。对此类暴行的指称已经被粉饰了。此外,在那些日子里
被征服的韩国人民反对日本殖民主义统治的起义如今在日本教育部修订好的
课本中被指称为"暴乱"。①

多克托罗从一位作家的良知出发,对日本教育部以任意玩弄、置换语词的方法
篡改本国教科书,企图掩盖自己侵略中国与朝鲜的历史罪行之行径进行揭露。他
亦写过《炸弹》一文,说"正是对个体生命的扭曲认识,使日本指挥官对战俘和中国、
朝鲜、缅甸等国被侵略的人民异常凶残。他们为修筑泰缅铁路就曾让十万劳工劳
累至死"。② 多克托罗的人道主义精神不局限于一国之隅,他并不只专门为犹太人
的苦难呐喊,他尊重人类的尊严和生命,认为人与人之间应该建立相互友爱的关
系,任何一个民族都无权对其他民族肆意压榨、迫害与杀戮;他的爱是面向整个人
类的,这种爱促使他批判世界上的一切丑恶现象,促使他向往自由平等与正义,促
使他在作品中既引领人们勿忘历史、反思历史,又对人类的现世幸福及未来命运进
行积极思考与行动。这也便是多克托罗人道主义思想的重要意义。

另外,我们知道,人道主义也是存在主义一杆较为鲜明的旗帜,存在主义在肯
定对"人"的关心、肯定"行动"和"自由"等方面均继承了西方资产阶级人道主义的
固有传统,存在主义与人道主义在精神原则上有契合与相通之处。而从多克托罗
的许多富含人道主义精神的作品中亦可见其对一些存在主义作家(主要是萨特和
加缪)思想的响应:《但以理书》从不同角度重新审视罗森堡案件,把被美国政府加
上间谍罪名的罗森堡夫妇写成冷战时期深受迫害的小人物,并用同情的笔触描写
其后代所遭受的苦难,被许多学者认为是一部政治小说,这种通过作品对美国社会
重大事件进行表态的做法实际上响应了萨特的"介入"说;《大进军》中的一个显著
特色就是对人性的审视与剖析,如谢尔曼将军既能关心照顾充当少年鼓手的珀尔、
因为对手邦联军将军哈迪 16 岁的儿子战死沙场而真诚哭泣、平时与士兵称兄道
弟,又能对在一次战役中损失了 2 500 名士兵感到无所谓,这令人想起加缪在《局外
人》中对人性的细致观察——默尔索因为行为不合习俗,又不肯说谎迎合审判自己

---

① E.L. Doctorow, *Jack London, Hemingway, and the Constitution: Selected Essays, 1977 - 1992*
　　(New York: Random House, 1993), p.64.
② 多克特罗:《创造灵魂的人:多克特罗随笔集》,郭英剑译,南京:译林出版社,2010,第 155 页。

的人,恼羞成怒的众司法人员便妖魔化其不拘小节之行为,最终还把默尔索这个
"异端"彻底消灭;多克托罗对战争苦难的审视与加缪的《苦难的卡比利》异曲同工;
等等。多克托罗的人道主义思想及创作呼应着他所敬爱并深受其影响的萨特和加
缪两位存在主义大师的思想和作品,再次证明了人道主义是存在主义的一种强有
力的表现形式、存在主义与人道主义的紧密联系。

第五章

多克托罗与诺曼·梅勒思想与作品中的存在主义比较

通过对多克托罗一系列具有存在主义因素的小说的解读,我们已对其作品中的存在主义内涵有了较深入的了解,然而美国文学其实有着源远流长的存在主义传统:在美国 19 世纪作家霍拉肖·阿尔杰(Horatio Alger)的小说中,一些贫苦的孩子总能因运气和勇气而成功,但阿尔杰的小说中同样也弥漫着死亡和绝望;迈克尔·莱西(Michael Lesy)的非小说《威斯康星死亡之旅》(*Wisconsin Death Trip*)中萦绕着霍桑所谓的"黑暗的力量";霍桑和梅尔维尔的作品同样充斥着存在主义的气息;而非裔美国人经历的存在主义的痛苦在许多美国黑人作家(如埃里森、赖特)的小说中都得到了反映;美国现当代作家罗森堡、梅勒、贝娄、罗斯、多克托罗等人的作品均有鲜明的存在主义色彩;等等。

与多克托罗一样,诺曼·梅勒也是极其优秀的美国犹太作家,在其长达 60 年的写作生涯中,他共创作了 40 多部作品,梅勒曾获得一次美国国家图书奖,两获普利策文学奖,2005 年被授予美国文学杰出贡献奖(Medal of Distinguished Contribution to American Letters,多克托罗则在 2013 年获此殊荣)。梅勒曾任国际笔会美国分会主席等职,他思想活跃,曾接受过无政府主义、马克思主义和存在主义思想、观念的影响,但存在主义是其多数作品的一个鲜明特色,他本人在现实生活中也是一位重视行动的存在主义者;其作品内容亦丰富多彩,美国对"二战"及越南战争的参与、20 世纪 60 年代美国的反文化运动、肯尼迪总统的竞选与遇刺、杀人犯加里·吉尔摩的生平故事、阿波罗 11 号的登月等美国社会的重大事件均留存于梅勒的作品之中。梅勒与多克托罗一样都是关注美国现实社会、把敏锐目光投向大千世界与芸芸众生的文坛巨擘,他们的作品均深度诠释与演绎了存在主义。

诺曼·梅勒于 1957 年发表的论文《白色黑人:关于希普斯特的粗浅思考》("The White Negro: Superficial Reflections on the Hipster")被许多人称为美国存在主义者的宣言书,因为梅勒在该文中塑造了一个"白色黑人"——美国存在主义者"希普斯特"的形象。还有学者认为存在主义进入美国小说的长期过程可分为两个阶段:"第一阶段是受欧洲式存在主义影响的阶段,第二阶段是受美国式存在主义影响的阶段。这两个阶段的重要分期标志是一九五七年诺曼·梅勒的《白色

黑人》(The White Negro)在《异议》杂志上的发表。"①由此可见该文的重要性。但
是美国存在主义小说中的主人公形象全都是"希普斯特"式的吗？

　　并且选择梅勒作为多克托罗的比较对象更是因为他们年龄相近、有着共同的
种族背景（梅勒与多克托罗均是生长于美国的犹太裔美国著名作家），梅勒还多次
声称自己是一个存在主义者（详见本书第五章第二节），并且是与萨特等无神论哲
学家不一样的存在主义者。② 而我们知道，多克托罗对萨特、加缪是充满认同
感的。

　　因此，在本章，笔者力图将多克托罗与诺曼·梅勒的存在主义思想、具有存在
主义色彩的作品进行比较研究，以期窥见美国当代文坛中存在主义文学更完整的
风貌，同时加深读者对存在主义视域下多克托罗小说的理解。

第一节　美国文学与存在主义

　　正如乔治·科特金在《存在主义的美国》一书中指出的："在萨特首次说出'存
在主义的'一词前，美国的存在主义思想史业已开始。"③"存在主义的思维模式长
久以来一直深植于美国的思想和文化中。"④美国存在主义先驱包括乔纳森·爱德
华兹、赫尔曼·梅尔维尔、威廉·詹姆斯、艾米莉·迪金森、爱德华·霍珀等作家或
艺术家。美国人最初接触存在主义是在20世纪20年代末，20世纪30年代神学家
和翻译家沃尔特·劳里（Walter Lowrie）把著名丹麦哲学家克尔凯郭尔的作品译
介入美国，使克尔凯郭尔的存在主义思想（克尔凯郭尔一直被认为是存在主义的先
驱）为美国人知晓、在美国得到成功普及。沃尔特·劳里64岁才开始学习丹麦语，
却在去世前翻译了克尔凯郭尔的15部著作，还出版了一部自己撰写的克尔凯郭尔
传记。因为劳里的努力，当时有许多美国人，包括小说家桑顿·怀尔德、画家马
克·罗思科等，都对克尔凯郭尔式的痛苦和内倾性入迷。

　　两次世界大战对存在主义在美国的传播起了最重要的促进作用。"一战"时，
虽然美国远离战场并从中大发战争财，但美国人目睹了空前的大屠杀和死亡，与欧
洲人一样感受到了"上帝已死"和传统价值体系的崩溃，体验到了深重的失望和迷

---

① 王齐迠:《存在主义与美国当代小说》,《外国文学研究》1979 年第 4 期,第 12 页。

② J. Michael Lennon, *Conversations with Norman Mailer* (Jackson: University Press of Mississippi, 1988), p. 213.

③ George Cotkin, *Existential America* (Baltimore: The Johns Hopkins University Press, 2003), p. 6.

④ 同上,第 2 页。

惘情绪。"迷惘的一代"的出现典型地反映了这种时代情绪,他们也欣然接受了存在主义的观点。"二战"后,美国虽然在资本主义世界获得了霸主地位,但美国人也更加清楚地看到了战争的残酷与荒谬,更何况 20 世纪 50 年代中期后,美国遭遇到国内外的种种挑战和危机:1949 年苏联原子弹的试验成功,打破了美国的核垄断,西欧和日本的经济迅猛发展,美国有失去优势地位的危险;美国在朝鲜战争中战败,越南战争则使美国在经济和政治方面遭受更严重的损失,令美国实力大减;越南战争遭到了极大的抗议和抵制,青年学生成为大规模反战运动的主力;1947 年,时任美国总统杜鲁门签署"忠诚调查令",要求对联邦政府雇员进行审查,后来该方案又波及社会各界,令举国上下人心惶惶,这种对美国共产党的赤色恐惧最后由臭名昭著的参议员约瑟夫·麦卡锡在 50 年代推行的"麦卡锡主义"发展到顶点;美国南北战争结束百年后,黑人依然在种族歧视下贫困地生活在美国社会的底层,这导致了 20 世纪五六十年代如火如荼的黑人民权运动;等等。这一切都使美国社会各阶层的人们在"上帝已死"的现实中深切地体会到了痛苦、孤独、绝望等情绪,也促使他们谋求能在思想与行动上得到指引以适应时代与环境。这样的生存体验使得探讨了众多"生活课题"(比如"焦虑、死亡、虚假的自我和真正的自我之间的冲突、芸芸众生中无名无姓的人以及对上帝死去的体验")的存在主义哲学取代了实用主义和分析哲学在美国的主导地位,成为美国人的"哲学新宠"。①

　　并且"二战"后,萨特、加缪等法国存在主义大师对美国的访问也大力促进了存在主义在美国精英和大众文化中的传播。萨特曾于 1945 年和 1946 年两度访美,而在此之前,他为美国读者撰写的第一篇介绍存在主义基本要素的文章《活着的巴黎:沉默的共和国》("Paris Alive: The Republic of Silence")已由林肯·科尔斯坦翻译并发表在 1944 年第 12 期的《大西洋月刊》上。萨特第二次访美时曾到耶鲁大学、哈佛大学、普林斯顿大学、哥伦比亚大学等大学演讲,宣扬其存在主义思想。萨特志同道合的亲密伴侣、女存在主义作家波伏瓦也于 1947 年访美,被《纽约客》杂志称为"最美的存在主义者"。波伏瓦同年在《纽约时报》发表了《一位存在主义者看美国人》("An Existentialist Looks at Americans"),她亦曾在《时尚芭莎》杂志发表了《纯属私人》("Strictly Personal")一文向美国读者介绍萨特的思想和个性。1946 年,加缪访问美国,在哥伦比亚大学做了一次题为《人类的危机》("The Human Crisis")的重要演讲,该演讲主要阐述了加缪自己温和的政治主张及反抗哲学。总的来说,相比萨特与波伏瓦,加缪因其含蓄内敛的个性受到更多美国知识分子的欢迎。

---

① 巴雷特:《非理性的人》,杨照明、艾平译,北京:商务印书馆,2004,第 8—9 页。

当时美国介绍存在主义的刊物可谓众多,包括《纽约时报》《党派评论》《时代》《生活》《大西洋月刊》《政治》《时尚》《时尚芭莎》等。其中,《党派评论》成为宣传存在主义的机关刊物,仅在 1946 年那一年,《党派评论》就发表了萨特小说《恶心》中的两章和《反犹太者的画像》、加缪《西西弗神话》中的摘录、让·热内和波伏瓦作品的选译等。《党派评论》还发表了一些纽约知识分子评论存在主义的文章,如威廉·巴雷特的《让-保罗·萨特的才能和事业》、德尔莫尔·施瓦茨的《荒谬的意义》等,1941 年到达美国的汉娜·阿伦特也于 1946 年在《党派评论》发表《什么是存在哲学》、在《国家》发表《法国存在主义》向美国民众详细解说存在主义。

美国的出版社在普及存在主义方面亦功不可没。哲学图书馆出版社(Philosophical Library)于 1947 年出版了萨特的《存在主义》(*Existentialism*)、于 1949 年出版萨特的《什么是文学?》(*What Is Literature?*)和让·瓦尔(Jeal Wahl)的《存在主义简史》(*A Short History of Existentialism*);1948 年,硕肯出版社(Schocken Books)出版了萨特的《反犹主义者和犹太人》(*Anti-Semite and Jew*)一书;20 世纪 50 年代,美国出版社更是出版了许多萨特、加缪和波伏瓦的代表性著作,如 1956 年萨特的《存在与虚无》被译成英文由哲学图书馆出版社出版;1962 年,海德格尔的《存在与时间》在美国被翻译出版。这就促使许多美国人加深了对存在主义的理解。这里有必要提一下萨特作品在美国的主要译者黑兹尔·E.巴恩斯(Hazel E. Barnes),她不但成功翻译了萨特的《存在与虚无》等重要作品,自己也撰写了论述存在主义的著作,如《人道主义的存在主义:可能的文学》和《存在主义伦理学》,"她有力帮助了存在主义在 20 世纪 60 年代的大学生中得到普及"。①

20 世纪 40 年代到 60 年代,美国本土有关存在主义的文章和著作可谓层出不穷:纽约大学哲学教授及《党派评论》编辑威廉·巴雷特于 1947 年发表了《什么是存在主义》这篇介绍存在主义的通俗文章,他在 1958 年出版的《非理性的人》从现实、历史、理论等方面对存在主义进行了考察和诠释,对克尔凯郭尔、尼采、海德格尔和萨特 4 位存在主义的主要代表人物作了专题研究,是一本流传甚广的研究存在主义的优秀著作。巴雷特和阿伦特均对海德格尔极为推崇。1948 年,玛乔丽·格雷纳(Marjorie Grene)出版《可怕的自由:对存在主义的评论》一书,该书主要论述的是海德格尔和萨特的作品。拉尔夫·哈珀(Ralph Harper)于同年出版《存在主义:人的理论》。曾在德国跟随胡塞尔和海德格尔学习的库尔特·莱因哈特(Kurt Reinhardt)于 1952 年发表《存在主义的反抗》。约翰·怀尔德(John Wild)在 1955 年出版的《存在主义的挑战》也是一本美国存在主义的重要著作,虽然该作

---

① George Cotkin, *Existential America* (Baltimore: The Johns Hopkins University Press, 2003), p.154.

指出了存在主义的一些局限,但怀尔德坚持认为"存在主义实际上可能把哲学体系和西方世界从灭绝中拯救出来,而这些灭绝是由极权主义导致的"。①

1956 年,沃尔特·考夫曼编著的《存在主义:从陀思妥耶夫斯基到萨特》同样大获成功。乔治·科特金在《存在主义的美国》中说:"20 世纪 60 年代的美国大学生几乎人手一本书页折角了的沃尔特·考夫曼的《存在主义:从陀思妥耶夫斯基到萨特》。"②科特金在该书中提及当时深受存在主义影响的美国人包括吸血鬼故事畅销书作者安妮·赖斯、诗人及小说家玛吉·皮尔西、民权运动家罗伯特·摩西,当然也包括他自己。科特金说:"从加缪、萨特还有波伏瓦那儿我得知无论要本真地生存有多么困难,那种真诚行动的尝试还是非常有价值的。"③科特金还对存在主义作出了这样的理解与诠释:

> 存在主义就是经受灵魂的黑夜,当时存在的孤独变得明显、我们的信心体系遭受了重大打击。存在主义就是遭遇那样的时刻,那时自命不凡的逻辑系统摇摇欲坠,星期日牧师的文雅布道无法触及人的心灵。存在主义与人自身是有限的这种意识奋力对抗,并与如霹雳惊雷般的知道我自己会死,我的死将是我自己的、别人无法体验这样的事实奋力抗争。在这样一些时刻,抽象的东西变成了具体的东西。就如小说家卡森·麦卡勒斯所指出的:"死亡一直是相同的,但每个人都以他自己的方式死亡。"存在主义就是意识到,面对所有这些黯淡现实,我们应该行动。尽管意识到我们令人震惊的自由会带来恐惧和痛苦,恐惧和痛苦又会拖住我们前进的脚步,但我们还是应该为我们的生命负责。我们应该重新创造世界。最后,存在主义就是要与加缪的西西弗一道悲剧性地接受存在是有局限性的这样的现实,然而却又兴高采烈地呼出生命的气息,在每一次把石头推上山顶时都欢欣鼓舞。④

还有神学家保罗·约翰尼斯·蒂利克则是一位基督教存在主义者,他的主要著作有《系统神学》《存在的勇气》《新的存在》等。贝蒂·弗里丹于 1963 年出版的《女性的奥秘》一书则表现出与波伏瓦《第二性》内容上的极大关联性。1960 年和1971 年,纽约还出版了《简明存在主义词典》和《存在主义新辞典》。

综上所述,在"存在主义"一词被创造出来之前,美国的存在主义思想史和文化

---

① George Cotkin, *Existential America* (Baltimore: The Johns Hopkins University Press, 2003),
　 p.144.
② 同上,第 1 页。
③ 同上,第 2 页。
④ 同上,第 3 页。

史业已开始,而存在主义于 20 世纪 40 年代到 70 年代在美国的繁荣发展,亦深深影响了好几代美国人,改变了许多人的生活。就如科特金,他写下《存在主义的美国》以详细论述存在主义与美国的不解之缘及其在美国的发展史,并满怀深情地在导言部分回顾自己在 20 世纪 60 年代末上大学时接触了存在主义,想搞明白加缪代表作《局外人》的含义,说自己喜欢加缪甚于萨特,加缪的反抗哲学打动了他,令他觉得反抗确是面对荒诞境遇所应作出的正常反应。还有科特金对于萨特等人本真生活、真诚行动的理解与赞许,都说明了存在主义的魅力和积极作用——存在主义很大程度上是一种倡导直面惨淡人生、积极行动与本真生存的哲学。

　　"美国存在主义的传播和发展,对美国战后文学的发展产生极大的作用,几乎每位作家的作品都带有一定的存在主义色彩。"①存在主义思想在许多美国作家的作品中确有鲜明的表现,如霍桑、爱伦·坡、梅尔维尔、惠特曼、赖特、埃里森、贝娄等,当然也包括多克托罗和梅勒。

第二节　对欧洲存在主义的不同接受

　　诺曼·梅勒是公认的在作品中大力表现了存在主义的美国犹太作家。与多克托罗一样,他生长于美国,作品数量众多而又体裁、风格多变。但为其带来最高声誉的则是他的非虚构小说。

　　他曾接受过多种思想、观念的影响,但存在主义却是他许多作品中的一条主线。梅勒多次声称自己是存在主义者,在多次访谈中、在非虚构小说《总统文件》中我们都可见"存在主义"一词的出现,他在 1972 年出版的一本书就叫作《存在主义的使命》。他把在《夜幕下的大军》中向五角大楼进军示威游行的自己的行动看作存在主义的行动,他认为自己拍的电影《狂野之旅》(*Wild Go*)是存在主义风格的,他甚至在《超人来到超市》一文中把肯尼迪总统称为"存在主义英雄",在绝笔之作《论上帝:一次不寻常的对话》中把上帝称作"存在主义上帝"。

　　"梅勒承认自己对海德格尔和萨特的作品都读得不多。对于在蒂利克、邦赫费尔、雅斯贝尔斯、马塞尔作品中勾勒出来的基督教存在主义他更是知之甚少。"②但这并不妨碍梅勒成功建立起自己对存在主义的认识体系。他的存在主义思想集中表现于他在 1957 年发表在《异见》(*Dissent*)杂志的一篇文章——《白色黑人:关于

① 史志康:《美国文学背景概观》,上海:上海外语教育出版社,1998,第 243 页。
② George Cotkin, *Existential America* (Baltimore: The Johns Hopkins University Press, 2003), p. 185.

希普斯特的粗浅思考》上,该文后来被编选入梅勒的自选集《为我自己做广告》中,"被许多人认为是美国存在主义者的宣言书"。① 那么,其中的内容到底为何会在当时引起巨大的反响呢?

一、对"希普斯特"的塑造

《白色黑人:关于希普斯特的粗浅思考》(以下简称《白色黑人》)以引用卡罗琳·伯德(Caroline Bird)发表于 1957 年 2 月《时尚芭莎》杂志上的文章《生于 20 世纪 30 年代:不迷惘的一代》("Born 1930: The Unlost Generation")中关于希普斯特的描述开篇,伯德认为希普斯特是十足的"问题儿童"(enfant terrible,难管教而又淘气、言行肆无忌惮的小孩),与他的时代相应,他试图用隐匿的方法向遵奉习俗者报复。希普斯特认为这个社会企图用它自己的形象来造就人,所以其主要目标便是要置身于社会之外。希普斯特服用大麻,因为大麻给了他无法与那些古板守旧之人共同分享的体验。作为那个时代独有的极端不守习俗者,报纸上经常报道他的违法犯罪、他的无结构的爵士乐和他带有情绪的咕哝言辞,而他却因此对那些墨守成规者产生强大的神秘吸引力。

Hipster(希普斯特),原本指的是"二战"前后在美国出现的一批颓废青年,他们对现实不满,身着奇装异服,疯狂爱好爵士乐,经常吸食大麻或其他毒品,言语之间常充斥俚语与嘲讽。他们可能是爵士音乐家、罪犯、流浪汉,也可能是收入与社会地位较高的电影演员。马蒂·杰泽(Marty Jezer)曾在《黑暗时代:美国 1945—1960 年间的生活》(*The Dark Ages: Life in the United States 1945 -1960*)一书中对希普斯特作出解说:"凯鲁亚克和金斯伯格所在的从 20 世纪 40 年代中期到 20 世纪 50 年代早期的希普斯特世界,是一场没有意识形态、难以归类的运动,它更多的是一种姿势而非一种态度,一种从不试图解释为什么的'存在'方式。……古板守旧者寻求安全、欺骗自己、默从政治。希普斯特却彻底地反传统,寻求生命的意义,等待死亡……希普斯特意味着波希米亚人、少年犯和黑人的结合。"②杰泽与伯德一样都指出希普斯特是不遵守社会习俗的不羁者,他们站在古板守旧之人的对立面,会服用大麻之类的毒品,不过杰泽却赋予希普斯特更积极的人生态度——他们不仅反传统,也"寻求生命的意义,等待死亡",可谓"向死而生"地活着。杰泽还认为希普斯特身上兼具波希米亚人、黑人和少年犯的特征,这就意味着艺术家与罪犯气质、反传统与反抗精神在希普斯特身上融为一体,并且希普斯特的"存在方式"也是别具一格的。

---

① 龚翰熊:《20 世纪西方文学思潮》,石家庄:河北人民出版社,1999,第 340 页。
② 参见 https://en.wikipedia.org/wiki/Hipster_(1940s_subculture).

我们再回过头来看《白色黑人》中的希普斯特。在引用伯德的文章后,梅勒阐述了当时美国存在主义盛行的时代背景:"二战"时的集中营和原子弹夺去无数人的生命,给活着的人同样带来巨大创伤;在社会中,人们的个性受到压制,思想和个性的缺乏其实可能意味着人将注定作为一个巨大统计系统中的一个数码死去。"在该系统中,我们的牙齿数量被统计,头发数量被保存,但是我们的死亡本身将默默无闻,不受重视,未被注意。这种死亡失去了我们选择严肃行动后可能得到的一种结果本身所带的尊严,只是在毒气室或被辐射污染的城市中死于一个突然出现的什么人的手中。"①面对这样荒谬无意义的死亡,梅勒认为人们只有两种选择,要不就是顺从,压制自己的创造和叛逆本能苟且偷生,要不就是成为一个美国的存在主义者,即"希普斯特"(梅勒在此把美国的存在主义者称呼、等同为希普斯特)。梅勒指出希普斯特与平庸守旧之人的绝对对立,还有在现实生活中的人所必须作出的选择:一个人要么成为希普斯特,要么成为因循守旧之人;要么成为反叛者,要么就墨守成规;要么成为美国蛮荒西部的拓荒者,要么成为一个陷入美国社会极权主义组织的平庸细胞。

我们知道,"二战"刚结束,美国便提出了"国内安全问题",担心国际共产主义会渗透美国。美国在 1947 年便出台了《塔夫脱-哈特利法案》对工会严加控制管理,还颁布了"忠诚调查令"大面积审查联邦政府雇员。1950 年至 1954 年间,疯狂的"麦卡锡主义"把反共运动发展到了顶峰,其间出现了著名的罗森堡案件等冤案,甚至美国原子弹之父罗伯特·奥本海默(Robert Oppenheimer)也成了被迫害对象,被指控为与共产党人合作、包庇苏联间谍等,因 158 名科学家联名抗议才得以幸免于难。美国统治阶级力图以国家意志摧毁个人自由,用强硬与恐怖手段进行极权主义专政。梅勒认为这一切导致"生活在美国的每个毛孔都散发出恐惧的恶臭,我们忍受着集体神经崩溃的痛苦"。② 因而,在这样的苍凉时代,人们需要在成为平庸守旧者与希普斯特之间作出非此即彼的选择。

梅勒接着指出一个极权主义社会要求人有十足的勇气,如果人打算成为一个人,几乎每一种不合常规的举动都需要非凡的勇气。因为黑人已经在极权主义和民主的边缘生活了两个世纪,所以希普斯特的源泉是黑人,这不是偶然事件。希普斯特在美国生活的下层出现,但他们也有自己的文化先驱,如劳伦斯、亨利·米勒和韦尔海姆·赖希(Wilhelm Reich),而最主要的则是海明威。"梅勒从劳伦斯、米勒和海明威那里为希波斯特人格寻求依据,必然增加了希波斯特人格的文化深度,

---

① Norman Mailer, *Advertisements for Myself* (Cambridge: Harvard University Press, 1992), p. 338.
② 同上。

同时为希波斯特成为新文化的代表确立了现实基础。"①

美国的黑人因其肤色问题备受种族主义者的歧视,生活得卑贱艰辛,即使在南北战争结束近百年的 20 世纪 50 年代,黑人的生存条件依然没有多大改善,甚至连基本的生命安全都无法得到保障,就连他们在街上闲逛时暴力都有可能突然从天而降到他们身上。因此他们知道生活即战争,而希普斯特则吸收了黑人的"存在主义神经元"(existentialist synapses),实际上,美国的存在主义者希普斯特可被认为是一个白色黑人。这里必须提出的是:"'白色的黑人'不是黑人,他们叫嬉泼斯特,是追求黑人的生活方式并在实际生活中时时处处以黑人为榜样的白人,尤以中产阶级白人居多。"②梅勒接着对如何成为一个真正的存在主义者提出要求:"要成为一个存在主义者,一个人必须能够感受到他自己——他必须知道自己的欲望、自己的愤怒、自己的痛苦,他必须意识到自己的失望的性质并知道如何才能满足自己。……要成为一个真正的存在主义者,一个人必须是信仰宗教的(萨特诚然是与之相反的),一个人必须有自己的'目的'感——不管这目的是什么目的。以行动的必要性作为信仰指导的生活指的是具有这种见解的生活:存在的基础是追求,结局是有意义的,但是是神秘的。"③

梅勒在此提及法国存在主义大师萨特的无神论观点,其实梅勒在访谈中曾多次对萨特"点名",并声明自己与他的差异和自己对萨特的不认同。譬如在 1971 年的一次访谈中,梅勒也讲述了自己对萨特的态度,他说:"我是一个存在主义者……我非常钦佩萨特,但是他的立场是生活是荒谬的,而我们则认为它是有意义的。对我来说生活是有意义的,但是在计划中的每件事都可能让我们把事物看成是荒诞的。我们是截然不同的。他是个无神论者而我不是。"④在 1975 年的一次访谈中,他说:"在所有的哲学中,存在主义以最大的敬畏处理经历:它说在我们经历事物之前不能给经历分类。我们能够发现事物真相的唯一办法就是让我们自己接受经历的实际情况。同时,由于像萨特一样的无神论哲学家的原因,存在主义经常趋向荒谬,依循萨特的手段,我们好像带着目的行动,即使我们知道实际上没目的。而那已变成美国存在主义的总概念。但那不是我的概念。我是个相信世界上有上帝和

---

① 张涛:《论诺曼·梅勒的"白色黑人"理论》,《济南大学学报》2009 年第 1 期,第 47 页。张涛在本文中将"希普斯特"译为"希波斯特",还有学者在自己的研究中将"希普斯特"译为"嬉泼斯特""希泼斯特"等,除直接引用这些学者的研究外,本文统一使用"希普斯特"。

② 杨昊成:《论〈白色的黑人〉的精神品格与写作动机》,《当代外国文学》2011 年第 1 期,第 136 页。

③ Norman Mailer, *Advertisements for Myself* (Cambridge: Harvard University Press, 1992), p.341.

④ J. Michael Lennon, *Conversations with Norman Mailer* (Jackson: University Press of Mississippi, 1988), p.192.

魔鬼在进行战争的存在主义者。"①可见虽同为存在主义者,梅勒却一直在宗教信仰方面秉持着与无神论者萨特相反的态度,梅勒是属于基督教存在主义者阵营的。梅勒认为真正的存在主义者必须满足两个要求,第一就是必须"信仰宗教"。梅勒认为无神论者视死亡为虚无,只渴望更多的生命力,(有神论的)神秘主义者则选择了"向死而生",对死亡怀着一种重视与尊敬的态度,所以死就是神秘主义者的体验而非无神论者的。并且"神秘主义者对于死的可能性的内心体验就是他的逻辑。存在主义者也是这样的"。② 梅勒从而就为自己笔下的希普斯特定下了信仰宗教的有神论者的属性。

　　梅勒认为真正的存在主义者必须满足的第二个要求则是必须积极行动。他说"要成为一个存在主义者,一个人必须能够感受到他自己",并且还"必须意识到自己的失望的性质并知道如何才能满足自己"。这其实就是号召人不要麻木不仁地生活,不要沦为一个极权社会中的平庸细胞,只有保持清醒的意识和自己的个性,一个人才有可能积极行动改变自己,而"行动",我们都知道这是存在主义者极其重视的元素,唯有通过切实的行动,人才能造就自己的本质。

　　接下来梅勒又把希普斯特与精神变态者联系在一起,他说希普斯特是一个"哲学的精神变态者"(philosophical psychopath)。当然不能把精神变态者和"精神病患者"(psychotic)混为一谈。后者是合法的精神错乱,而精神变态者则长期坚持反社会的态度和行为,并不存在精神病病症。当前美国社会中已有一大群精神变态者,包括许多政治家、作家、音乐家、妓女、同性恋者等;精神变态者已经在许多方面对文化产生了相当大的影响。如果精神变态者"有勇气"杀人的话,"那是出于净化他的暴力的需要,因为如果他不能去除他的恨,他就无法爱,因为愤恨自己的懦弱,他无法消除对自我的仇恨,他的生命也因此凝固"。③ 梅勒认为希普斯特利用暴力杀人是有勇气的表现,也是为了净化自己的需要,希普斯特爱的能力是建立在以暴力铲除自己愤恨事物的基础上的,这种对暴力的推崇显示了梅勒存在主义中不合理的成分,也体现在梅勒的文学创作中——像小说《一场美国梦》(*An American Dream*)和非虚构小说《刽子手之歌》都对希普斯特式的主人公如何"合情合理"地实施暴力进行了描写与解释。

　　希普斯特是信仰宗教者,但是希普斯特的上帝又是怎样的呢? 梅勒指出希普斯特相信上帝就存在于他肉体的感觉之中,这个上帝"就是大写的它,是能量、是生

---

① J. Michael Lennon, *Conversations with Norman Mailer* (Jackson: University Press of Mississippi, 1988), p.213.

② Norman Mailer, *Advertisements for Myself* (Cambridge: Harvard University Press, 1992), p.342.

③ 同上,第 347 页。

活、是性、是力量、是瑜伽的'生命能量'、是劳伦斯的'血'、是海明威的'好的'、是萧伯纳的'生命力';大写的它,上帝,不是教堂中的上帝……"。① 由此可见,美国的存在主义者希普斯特所信仰的上帝并非人们在教堂里对之虔诚膜拜的上帝,而是他自己及他自己的欲望。梅勒在《白色黑人》中不仅鼓吹暴力将希普斯特的暴力行为合理化,对于性也大加颂扬。他声称爵士乐是一种情欲高潮的音乐(music of orgasm),又说情欲高潮是精神变态者的疗法,限于篇幅,此处不再展开。而梅勒对自己笔下希普斯特的肯定与喜爱又可以用文中的一段话来说明:"希普斯特能够把我们交还给我们自己,不管个人暴力行为的代价如何,希普斯特是对粗野之人的肯定,因为它需要人性中的原始激情,以便使人相信个人的暴力行为远比国家的集体暴力受到人们的喜爱;它确实令人相信,人类可能会把暴力行为想象成是为成长做准备的精神净化,而这种想象是极具创造性的。"②

    究竟何谓"个人暴力"和"集体暴力"? 梅勒曾经在一次访谈中作出过解释,他说:"我在《白色的黑人》里说的是个人的暴力是集体暴力的解毒剂,正如集体暴力是个人暴力的解毒剂。我所构想的集体暴力是到处蔓延的恶劣建筑、超级公路、冰冻食品、生活单调。这一切正在将敏感的贫民窟的儿童变成罪犯。……这些工业产物使我们与环境隔绝,我称之为集体暴力。你不必把人们关进集中营使他们失去人性,你在大街上就可以做到——而我们也的确在这样做。不仅在美国,在世界各国都如此。二十世纪正在经历大规模的使人丧失人性的最特殊的时期。"③

    综观《白色黑人》,我们可以发现,梅勒认为 20 世纪 50 年代的美国是国家意志凌驾于个人意志之上的、集体暴力蔓延的极权主义社会,在这样的环境中,一个人如果想成为一个真正的人,而非该社会肌体中的一个平庸守旧的细胞,就应该成为一个汲取了黑人的勇气与"存在主义神经元"的白色黑人希普斯特,即美国的存在主义者。梅勒认为:要成为切实的存在主义者就必须信仰宗教(梅勒并不赞同法国存在主义大师萨特的无神论观点),积极行动,但是希普斯特的上帝通常就是他自己及他自己的欲望;因为希普斯特是"哲学的精神变态者",所以就有对他人诉诸暴力(比如杀人)的可能,而杀人是需要勇气的,勇气无论如何也还是值得称赞的;希普斯特杀人是出于净化自己暴力的需要,是为了得到情感宣泄和精神净化,并可能由此走向成长。并且这种个人暴力行为的性质可谓不如国家的集体暴力行为恶劣。梅勒通过《白色黑人》为美国的存在主义者画像,直呼美国的存在主义者为希

---

① Norman Mailer, *Advertisements for Myself* (Cambridge: Harvard University Press, 1992), p.351.
② 同上,第 355 页。
③ 鲁亚斯:《美国作家访谈录》,粟旺等译,北京:中国对外翻译出版公司,1995,第 25 页。

普斯特,对希普斯特的行为提出要求,为希普斯特可能实施暴力的行为进行解释开脱。对这样一个颠覆性的美国存在主义者希普斯特形象的塑造,既表明了梅勒的反极权主义思想(其实在 1948 年的《裸者与死者》中梅勒已流露出对美国在"二战"后社会走向的担心,他担心美国会开展极权主义统治),也是梅勒的信念使然,梅勒曾经说:"我总是被一种信念所束缚,这种信念就是要在我们时代的意识中制造一场革命。"①我们可以这样理解:这篇《白色黑人》是梅勒对美国社会发出的一声呐喊,他号召美国人民成为通过勇敢反叛、积极行动来改变专制社会的希普斯特。

在 1961 年的一次访谈中,梅勒又对他钟爱的希普斯特作了解说,他要求把希普斯特看成至少是与一位既有趣又严肃的年轻国会议员一样的人。他说:"我就是一个希普斯特,一个中年的希普斯特。"②并说:"希普斯特是这样一个人,无论他多么复杂或多么简单,无论他多么正直或多么邪恶(其实正直和邪恶这样的词也没有多大意义),他仍是个重视自己的身体甚于自己的思想的人。"③所以我们不妨说梅勒笔下的美国存在主义者希普斯特重视自己的感官本能、注重感性甚于理性。梅勒在 1965 年发表的小说《一场美国梦》及 1979 年的非虚构小说《刽子手之歌》的主人公均是希普斯特式的角色,后面将详细论之。梅勒还说希普斯特每时每刻都在与人或与己竞争。希普斯特竞争是"为了获得更多的存在。他不能享受正常的社会权益。他是一个真正的无产者,一个精神上的无产者。……这些无产者认为他们是好人,他们对于他们自己、对于他们了解的人、对于世界、对于存在、对于永恒都有远见。并且他们相信他们的视野是敏锐的、非凡的,他们也希望别人知道这一点。他们想支配这个世界,他们中的每一个人都是这样的"。④ 梅勒对希普斯特的特性作出如此多的解说,在言辞中充满褒扬与肯定,并声明自己也是一个希普斯特,这一切都说明了他对自己塑造的白色黑人——美国存在主义者希普斯特形象的深爱。

梅勒还多次发表对萨特其人其观点的评论,他把萨特归于与希普斯特相对的"古板守旧之人"(the square)的阵营中,他说萨特"是按计划行事的,他告诉我们该做什么。他谈到本真,但是对于本真时刻的特征,他从未提供给我们任何线索"。⑤ 梅勒接着阐述了自己对于"本真时刻的特征"(the quality of an authentic moment)的理解:"我认为本真时刻就是我们对意义的审美感、神学感、基督教会

---

① Norman Mailer, *Advertisements for Myself* (Cambridge: Harvard University Press, 1992), p.17.

② J. Michael Lennon, *Conversations with Norman Mailer* (Jackson: University Press of Mississippi, 1988), p.43.

③ 同上,第 44 页。

④ 同上。

⑤ 同上,第 41 页。

感、垮掉一代的极度刺激感、希普斯特的酷感全部汇集在一起的时刻，那是西班牙斗牛中的最后一剑，在那个时刻，一个人会觉得争论任何事都没什么用，因为那就是事物真实存在的方式，我们应该行动。本真时刻是诚的时刻。"①"本真"是存在主义哲学的重要范畴，是存在主义个体的特征。"一个人要真正成为本真的，就要认识到一个人的个体性，反之亦然。……回避选择的人，甘愿成为人群中的一张脸或者官僚机器中一个齿轮的，就不能成为本真的人。"②海德格尔最早赋予"本真"存在主义哲学的含义，而后萨特又从海德格尔那里借用了这个词。每个存在主义者对本真都有着自己的理解。虽然萨特不曾描述本真时刻到底指的是什么样的时刻，但这其实也不足以成为梅勒批评萨特、把萨特归为"古板守旧之人"的借口——这一席话给人比较明显的感觉倒像是梅勒对萨特的挑战，或许这也是"影响的焦虑"的后果。

二、对传统阵地的固守

在本书第一章第五节，我们提到多克托罗 1948 年上大学时学习的是哲学专业，当时也是存在主义盛行的时期。20 世纪 40 年代法国存在主义大师萨特、加缪和波伏瓦的访美促进了存在主义在美国的发展，当时存在主义在美国不仅是一种风尚（当时有许多年轻人身着"存在主义者服装"）、被用来指称某种特定的音乐和绘画，还是非常重要和流行的哲学。多克托罗学习萨特、海德格尔、加缪和胡塞尔的著作，并声称存在主义观点令自己信服、激起了自己的认同感，存在主义对于他个人及他所有的作品都非常重要。

我们因为现实的荒诞而有了更强烈的是非观和愤怒感，而多克托罗又指出这种愤怒在涉及行动主义或战斗时又是一种最有成效的情感这一事实。正因为义愤填膺，所以人类历史上才会有风起云涌、形式各异的反抗行动，才有可能震慑、消灭邪恶，令充满不公正的世界不会彻底异化为荒原。多克托罗还特别指出存在主义不悲观。存在主义哲学因为提请人们认识世界、认识人生的荒诞与恶心、关注人的痛苦与焦虑情绪、认识到人在世上经常处于孤立无援的境地，经常会被误认为是一种悲观、非理性的哲学。像我国就有学者（特别是 20 世纪 90 年代之前的相当一部分学者）认为，"这种哲学，实际上是主观唯心主义的世界观、不可知论的认识论、极端个人主义的人生观和乔装打扮的宿命论的大杂烩。当然，存在主义强调'荒诞'等观点，也是资本主义社会混乱、矛盾、面临无法摆脱的危机的现状在人们头脑中

---

① J. Michael Lennon, *Conversations with Norman Mailer* (Jackson: University Press of Mississippi, 1988), p.41.

② 弗林:《存在主义简论》,莫伟民译,北京:外语教学与研究出版社,2008,第 221 页。

反映的产物，它们表现了中产阶级知识分子对这种现实的厌恶、不满、绝望以及一种无政府主义的反抗情绪"。① 而美国的著名存在主义者威廉·巴雷特也曾为存在主义"鸣不平"，他在其名著《非理性的人》中说："存在主义往往未被很好地研究就被当作危言耸听，或仅仅是'心理分析'、一种文学创作方法，当作战后的绝望情绪，虚无主义，或者当作天晓得是别的什么东西而遭到摒弃。"②

　　但是多克托罗声称存在主义绝对不悲观，并认为存在主义身负建构公正的世界的重任，并希望由此获得生活的意义及找到上帝。多克托罗曾在《上帝之城》中借笔下人物之口指出《圣经》文本的矛盾和荒唐、《圣经》故事都是虔诚的欺骗，说上帝存在于《圣经》之外，应当在外部世界中追寻上帝。并且在他的多部作品中，多克托罗都向对于人间苦难（比如纳粹大屠杀）不闻不问的上帝发出了呐喊和提出了疑问，多克托罗与"反有神论"者加缪的存在主义宗教观基本是一致的：加缪不信上帝、谴责上帝的冷漠无为，但又声明自己并不因此就是无神论者；多克托罗虽也不信上帝、不遵守宗教习俗，但又因受家庭环境（多克托罗的长辈分成无神论者和有神论者两大阵营）的影响，也会被一些虔诚的宗教氛围、纯真的宗教崇拜打动，并也从未声称过自己是无神论者。

　　多克托罗评论存在主义绝对不悲观，认为其承担着建构公正世界的职责，而且荒诞感"实用""令人鼓舞"，这些揄扬都表明了多克托罗对欧洲存在主义的欣赏。确实，在《拉格泰姆时代》《霍默与兰利》等小说中，我们清晰可见"自为"的存在的作用、荒诞世界与人生的展示、人为了"本真"地存在作出的选择和抗争、对"存在先于本质"的演绎与肯定、对反抗哲学的嘉许；在《上帝之城》等作品里，我们看到了似同加缪小说中发出的对于上帝的呼喊；《大进军》与《同化》对人道主义进行讴歌，是对萨特声明"存在主义是一种人道主义"的有力诠释与回应……面对欧洲（特别是法国）存在主义涌入美国的时代潮流，多克托罗表现出一种积极学习的态度（他学习萨特、海德格尔、加缪和胡塞尔的著作），并有意识地从萨特和加缪的存在主义小说中取得写小说的初步经验。这一切都说明了多克托罗是欧洲存在主义在美国的较忠实的接受者，与梅勒创立白色黑人希普斯特（即美国存在主义者）的形象、挑战萨特的权威与观点的行为相比，多克托罗认同着萨特和加缪的见解，固守着传统的欧洲存在主义阵营。

① 陈慧：《西方现代派文学简论》，石家庄：花山文艺出版社，1986，第 141 页。
② 巴雷特：《非理性的人》，杨照明、艾平译，北京：商务印书馆，2004，第 8 页。

第三节　迥异的"反抗哲学"代言主体

作为深受存在主义影响的作家,多克托罗与梅勒均在作品中塑造了奋力反抗荒诞世界与人生的系列主人公形象,但是两位大家在选择典型的"反抗哲学"代言人方面却有明显的差别:梅勒让自己笔下的"希普斯特"(即"白色黑人")成为反抗主体,多克托罗则选择美国少数族裔黑人和犹太人发出反抗的最强音;"白色黑人"倚重暴力凶杀手段进行反抗,黑人和犹太人的反抗方式则相对多元。我们先看梅勒小说中"白色黑人"的反抗。

一、"白色黑人"的反抗

梅勒在发表论文《白色黑人》之后,相继创作了一些反映"白色黑人"反抗行动的小说。梅勒作品中的白色黑人包括《一场美国梦》中的罗雅克、《刽子手之歌》中的加里·吉尔摩、《我们为什么在越南?》(*Why Are We in Vietnam?*)中的 D. J.、《夜幕下的大军》中参加反越战游行示威的梅勒自己(其时的梅勒具有浓厚的白色黑人气质)、《奥斯沃尔德的故事》(*Oswald's Tale*)中的奥斯沃尔德。笔者在此主要以《一场美国梦》及《刽子手之歌》为例诠释梅勒小说中的白色黑人形象。

首先来看《一场美国梦》。小说主人公罗雅克是"二战"英雄,他得到罗斯福总统夫人的青睐,年仅 26 岁就当选国会议员。但是前途无量的罗雅克离开政坛的速度与其当选上议员的速度一样快,因为他明白政治不适合自己,他的分裂人格(外表是个精力充沛的电视要人,内心却会时常浮现恐惧心理)使他难以持续从政。

急流勇退的罗雅克后来成为一名存在主义心理学教授、电视名人、作家。他与一位显赫家族的女继承人黛博拉结了婚,只因矛盾反复的心理,离开政坛十几年的罗雅克还是暗存着返回政坛的雄心。他希望有一天能竞选参议院,但这"如果没有黛博拉家族广博的关系是不可能着手进行的"。[①] 然而美丽的黛博拉却最终成了他的梦魇,他不曾从岳父家获得一分钱财,反而要辛苦负债供养奢靡浪费的妻子。在他们 8 年的婚姻生活中,性格怪异、狡诈、强悍的黛博拉喜怒无常,她给予丈夫为数不多的柔情,更多的是在精神上控制与压迫罗雅克:她动辄出手打人并一直对感情不忠,她嘲笑侮辱罗雅克的勇气与人格,把对自己爱恨交加的罗雅克玩弄于股掌之中。终于在一次因黛博拉挑衅而起的冲突中,罗雅克为应对妻子对自己的猛烈撕打,听从自己内心不肯罢休的欲望,"防卫过当"地扼住了黛博拉的喉咙,卡死了

---

① 梅勒:《一场美国梦》,石雅芳译,南京:译林出版社,2001,第 16 页。

妻子。

更令人惊异的是罗雅克杀死妻子后的表现:他并不急着叫警察,反而听从一种神秘力量的指挥进入妻子女佣的房间,与其发生了关系,然后回到现场把死去的黛博拉推出10层楼高的窗外制造妻子跳楼自杀的假象,方才报警。我们认为,此时的罗雅克已充分彰显出《白色黑人》中所刻画的希普斯特的形象特征了。首先,杀死黛博拉的行为是罗雅克在潜意识指挥下力图结束自己"经常很不快活""是一场战争"的婚姻的切实行动。罗雅克曾这样描绘妻子对他的伤害以及自己在婚姻中的感受:"一个小洞进行无数次穿刺后可以成为大洞。黛博拉擅长拿针刺洞,但她从不会在同一地方连刺你两下。(除非这地方已经发炎溃烂。)因此我恨她,是的,我真恨死她了,可是我的憎恨像是一只鸟笼,它锁住了我的爱,我不清楚我是不是有力量摆脱枷锁。与她的婚姻是我的自我的支架,去掉支架,我也许就成了一堆烂泥。当我的自我跌入情绪低谷时,好像她是我可以摆上桌面的惟一成就。因为我最终成了黛博拉·考林·曼加拉维狄·凯利以婚姻形式生活在一起的那个男人。"①黛博拉对罗雅克的无情伤害使他满心怨愤,而罗雅克自己也非内心异常强大独立的男性,为了在势利的社会更好地立足发展,他自愿在陷入婚姻牢笼后却不自拔,因为黛博拉业已成为他的成功标志。但是多年的忍让终于堆积爆发出来,罗雅克终究被激发出自身隐藏的希普斯特人格,在关键时刻令理性让位于内心的强烈欲望,用暴力形式向打压伤害自己多年的妻子复仇——掐死了她。

其次,杀死黛博拉还意味着摧毁了邪恶。罗雅克承认自己身上也存在险恶因素,比如他初次勾引黛博拉就是当初以为通往总统宝座的入口处就在黛博拉的心里,但是与黛博拉的相处经历告诉他黛博拉的心底有狡诈,蛇一般的狡诈。他对自己妻子的许多情况一无所知,妻子死后他才知道黛博拉的女儿居然是黛博拉与其父凯利乱伦的产物,黛博拉为了避免生活得乏味竟然还去做间谍……黛博拉也曾说过自己是邪恶的化身,邪恶是强大无比的。如此来说,黛博拉其实就是邪恶的象征,罗雅克杀死黛博拉也就杀死了邪恶。我们知道在《白色黑人》中梅勒提出希普斯特如果"有勇气"杀人的话,那是出于净化他的暴力的需要,因为如果他不能去除他的恨,他就无法爱。那么,罗雅克这个白色黑人(即希普斯特)杀死暴戾的妻子黛博拉也便是为了以暴力形式有效宣泄自己的情感,使自己得到精神净化。正因如此,罗雅克在杀死妻子后并不痛心后悔,反倒是比较镇定。他先是陷入与黛博拉之间一些往事的回忆,而后观察现场,作出不马上叫警察的决定,继而又听从一种神秘力量的指引来到妻子女佣的房间,他毅然决然又不乏杀气的神情震慑了狡黠的女佣,令她顺从地与他发生了关系。罗雅克对女仆的性征服其实也是他潜意识中

①　梅勒:《一场美国梦》,石雅芳译,南京:译林出版社,2001,第16页。

对黛博拉的又一次反叛和挑战,即使黛博拉刚才已经死去。《一场美国梦》描述了女佣在接待罗雅克与黛博拉最后一次见面前的表现,在罗雅克眼中,这个年轻的德国女佣"一定在年方五岁时就开始在柏林的废墟里过着有趣的生活,因为她的眼睛能捕捉住每一个细节"。① "近来她常常对我露出笑脸,笑容中夹杂着嘲讽般的同情以及暗示着有重要情报相告的诡秘,要是我很有钱,会让她的舌头吐出真情的。"②但是罗雅克从不曾想要令这个狡猾的女佣开口吐露自己妻子的秘密,其中很重要的一个原因可能是其对女佣的人格不无憎恶。后来罗雅克也终于了解到这个颇有心计的女佣实际是罗雅克岳父凯利的地下情妇,被凯利派来监视桀骜不驯的女儿黛博拉。女佣企图利用自己无意中获取的一些秘密要挟凯利娶她,实现自己攀龙附凤的美梦,这也便是一个外国下层女子的美国梦吧。

报警后的罗雅克镇定应对警方的调查审问,虽然不能蒙骗过警方,但警方迫于"上面"的压力还是放了他。小说中不曾明言,但我们可以推测出幕后的施压者绝对是美国社会中权力、金钱、罪恶等各种社会势力的化身凯利,因为凯利在罗雅克被释放的当天午夜让罗雅克去见他。在会见中,罗雅克敢于对杀人不眨眼的凯利承认自己杀了黛博拉,凯利声称即使罗雅克谋杀了黛博拉也没有太大关系,但罗雅克必须参加葬礼,否则人人都会坚信罗雅克是凶手。凯利貌似是在袒护女婿,其实是要他归于自己的阵营、听从自己的操控。要求被一再拒绝之后,凯利逼迫罗雅克在30层楼的阳台的3边栏杆上面散步,栏杆只有1英尺宽,总体长度则超过了70英尺。罗雅克别无选择,只得克服内心的巨大恐惧,在寒风与冷雨中一步一步走到了终点。怎料凯利还不肯放过罗雅克,他突然举起雨伞想把罗雅克戳离栏杆,但是罗雅克迅猛地作出了反击,夺过雨伞用劲把凯利打得蜷缩在地,然后理智地快速离开了现场。这一幕幕触目惊心的场景当然是梅勒苦心设计的,正如钱满素先生所言:"作者打算用罗杰克的边缘处境象征着个人在资本主义制度下的生存条件,唯有凭着勇气和决断,人才可能通过行动争取到存在的权利。"③

我们知道白色黑人希普斯特是美国的存在主义者,存在主义者关注自己的生存处境,有着敏锐的存在感受(加缪与萨特所谓的"荒诞""恶心"感觉便是最有力的例子),就如梅勒在《白色黑人》中提出来的,"他必须知道自己的欲望、自己的愤怒、自己的痛苦"。罗雅克就是一个对自己认识颇深的人,离开政坛、拥有大学教授等头衔、成为女继承人丈夫的罗雅克因为婚姻生活的不如意和总是被频繁出轨的妻子蒙蔽欺骗而觉得自己最终是个失败者,痛苦愤懑的他产生了自杀之念,并且他知

---

① 梅勒:《一场美国梦》,石雅芳译,南京:译林出版社,2001,第19页。
② 同上。
③ 钱满素:《从美梦到梦魇:诺曼·梅勒的〈一场美国梦〉》,《读书》1983年第1期,第91页。

道自己心里长期存有杀人之念。一晚，罗雅克在鸡尾酒会后独自站在阳台，道出了自己的存在感受：

> 那个时刻，我独自站在阳台上敞开了我的内心深处，俯视着萨顿楼，注视着我消化过的食物和酒的精灵从我五脏六腑里吐出来的那般模样，这时的我只是一种原始的存在，裂缝像地质断裂层一样穿透自我的铅、混凝土、木棉以及皮革，自我是毁坏的绝缘体，我感觉到自己的存在，荒诞不经！我感觉到我内部的灯光在转换，像蒸气一样在自我的碎石上方浮动，而细小的神经林在跳跃，散发着臭气，闻起来完全像一颗腐烂的牙齿，恶气熏天……我审视着自己的存在——那是一片可爱的光亮以及腐烂的神经……①

犹如萨特在《恶心》中表达主人公存在于世界上体会到的恶心、荒谬感受一样，梅勒也在《一场美国梦》中描写了男主人公罗雅克对于自己存在的深切体会，在夜阑人静时对着月亮思索的罗雅克感觉到自己荒诞不经的存在，由于厌恶自己困顿的生活现状，他感觉自己体内的神经已经腐烂，然而又闪烁着希望的光亮，之所以称这片光亮是"可爱的"，是因为罗雅克的心底还存在着要改变自己处境的愿望和决心。我们知道，为了争取更好的生存状况及生存权利，存在主义者会积极行动。而罗雅克就是一个典型的白色黑人存在主义者：为了与荒诞不经的存在抗争，他使用了暴力手段，罗雅克终究以杀人这种暴力形式杀死无情压制自己的妻子，结束了如梦魇般的婚姻，也摧毁了自己对于妻子的依赖性；他以性暴力形式征服女佣，令狡猾的女佣不得已站在自己这一边共同应付警察的调查；他坚决拒绝岳父凯利对他的拉拢，鼓起非凡的勇气在高楼的危栏上行走以挫败凯利的挑战，最后又在凯利亲自向他下毒手时勇猛反击继而逃之夭夭。这些重要行动转变了罗雅克的人生轨迹，雄辩地说明了行动的积极意义。

罗雅克亦是一个经由暴力走向成长、用暴力捍卫自己真爱的希普斯特。在黛博拉死去的当晚他偶然结识了清秀且气质脱俗的夜总会歌手彻莉，彻莉来自贫困的南方小镇，她有过复杂痛苦的生活经历，但依然保持着纯真的性情。罗雅克与她一见如故，他们之间产生了真挚的爱，彻莉的前黑人歌星男友曾挑衅并持刀威胁罗雅克，罗雅克克服自己的恐惧，把出言不逊的对方打得溃败而逃。小说的结局是罗雅克在打败凯利后即刻赶往彻莉的住处，却只见到被殴打得不成样子的彻莉的最后一面，而彻莉的前男友当时也已被人打死。孑然一身的罗雅克最后驾车离开了美国，因为罗雅克明白他的个人暴力是无法与强大的国家暴力抗衡的，所以他干脆

---

① 梅勒：《一场美国梦》，石雅芳译，南京：译林出版社，2001，第 11 页。

抛弃了自己曾经向往的跻身社会最上层的美国梦,踏上了去危地马拉和尤卡坦的漫长旅程。

　　但是"白色黑人"的反抗更淋漓尽致地体现在《刽子手之歌》一书中。《刽子手之歌》是一部以真人真事为基础写成的非虚构小说,一部长篇巨著,梅勒凭借此书再次获得了普利策文学奖。1976 年 7 月,美国犹他州普罗沃市相继发生两起枪杀案,一个名叫加里·吉尔摩(Gary Gilmore)的假释犯在接连两天中杀死了两个与自己素昧平生的无辜青年———一位加油站服务员和一名汽车旅馆经理。吉尔摩在 10 月被判死刑,11 月初时他表示放弃上诉,并希望自己的死刑能按期(当年 11 月 15 日)执行。但是一些团体和个人以及他的母亲出于不同的动机与想法一再插手吉尔摩的案件,导致行刑日期一再被延迟,直到 1977 年 1 月 17 日吉尔摩才被枪决,而他的死刑打破了美国整整 10 年的无死刑记录。

　　吉尔摩逐步引起世人关注的原因是他放弃上诉、弃生求死的坚定愿望,他因此而全国闻名,甚至被收录进 1977 年第 1 期《时代》周刊,被《时代》周刊列为 1976 年的新闻头面人物之一。吉尔摩生平故事的专有权所有者、对吉尔摩及其女友和亲属等人进行了多次采访并积累了大量录音和文字资料的拉里·希勒邀请著名作家诺曼·梅勒撰写一部吉尔摩生平故事的纪实作品,梅勒对这项工作投入了大量时间精力,不仅认真阅读了所有资料,进行了几百次采访,还在写作过程中与一名叫杰克·亨利·阿博特(Jack Henry Abbott)的囚犯通信两年(因为 1977 年阿博特主动写信给梅勒,表示愿意以切身经历向他提供监狱生活的材料)以帮助写作这部《刽子手之歌》。梅勒说:"阿博特在《行刑者之歌》的创作中给过我许多帮助。就某种意义来说,这帮助是很难描述的。"①阿博特是个 30 多岁很有文学才华的罪犯,而他所受的教育几乎全部仰仗在狱中阅读的大量文学与哲学书籍,爱才惜才的梅勒为了感谢阿博特就帮助他出书,1981 年 6 月由兰登书屋出版的《在野兽的腹腔中》(In the Belly of the Beast)即阿博特的书信选编。与此同时,阿博特也在梅勒及其朋友的担保下假释出狱,梅勒还照顾他并安排他的生活,岂料阿博特积习难改,出狱不久后又杀人潜逃,最后重新入狱。梅勒因为此事也一度成为众矢之的。

　　《刽子手之歌》全书第一章写的是加里·吉尔摩的表妹布伦达一家担保吉尔摩出狱,并把他接到了自己家中。小说开篇是一个非常温馨的画面,写的是布伦达对童年时在乡下姥爷家的农场与表哥吉尔摩一起玩耍场景的回忆。当时的吉尔摩才 7 岁,是个不大讲话又很懂礼貌的帅气小男孩,但是这个仅比布伦达大 1 岁的小表哥在 14 岁没上高中时就被送进了少年管教学校,后来又陆续被关押在俄

---

① 鲁亚斯:《美国作家访谈录》,粟旺等译,北京:中国对外翻译出版公司,1995,第 19 页。

勒冈州和伊利诺伊州的监狱,而后者是一座关押危险罪犯的一级警戒监狱。布伦达在与吉尔摩的通信中发现表哥的智力相当发达,画画的水平也很高,吉尔摩对监狱状况的抱怨令布伦达心生恻隐,于是在丈夫、父母还有妹妹的支持下,布伦达下定决心担保吉尔摩出了监狱,此时的吉尔摩已经 35 岁了,她安排吉尔摩与自己的父母弗恩和艾达(即吉尔摩的阿姨和姨夫)同住,让吉尔摩在弗恩的鞋铺学修鞋谋生。

由于在监狱里消耗了过多光阴(年仅 35 岁的吉尔摩在监狱里前后共待了 18 年),吉尔摩对外部世界可谓茫然无知,小说中有个布伦达带吉尔摩去购物中心买裤子的细节,吉尔摩告诉布伦达说自己从来没到过这种地方,简直叫人晕头转向。吉尔摩的眼光紧随着年轻姑娘,竟然不知不觉走到喷泉的水帘下面使得衣服几乎全湿透;还有他不知如何购物的情形:

> 在平纳购物中心的牛仔裤柜前,他默默站了好一会才说:"嗨,我不知道怎么买。应当你自己动手从货架上取下裤子,还是叫别人拿给你呢?"
>
> 布伦达真为他难过。她说:"你自己看好后告诉售货员。如果你想试穿,也是允许的。"
>
> "不要预先付钱吗?"
>
> "噢,不用,可以先试穿。"她说。①

吉尔摩喜欢年轻姑娘,渴望有个家,渴望和其他人一样生活,所以他与姨夫的助手的妹妹尼科尔一见钟情也非意外之事。尼科尔当时只有 19 岁,却已经历了 3 次婚姻,生了 2 个孩子,有数不清的情人,认识吉尔摩时她正单身。也许在一些人眼中尼科尔不过是个低贱女子,但是小说逐步展现了尼科尔童年时的不幸遭遇,她如孩子般天真的气质、她既温柔又倔强的性格、她对吉尔摩真挚热烈(既理智又疯狂)的爱情,使得读者最终会感觉到尼科尔不过是一个普通的尘世中的女孩子。而尼科尔与杀人犯吉尔摩的爱情则没有丝毫下贱之处,反而很耐人寻味。

出狱之初的吉尔摩曾有较好的表现,在鞋铺他能很快学会修鞋的技术,后来到一家工厂做工时也不失为一名合格的员工。但梅勒也不避描写吉尔摩的恶习。吉尔摩没有耐性,在牌桌上会耍滑头赢牌友的钱;他有时谈吐不文明、没礼貌、缺修养,曾在电影院旁若无人地大声评论影片;结识不久的姑娘玛吉不肯见他,他就用撬杠把玛吉车子的挡风玻璃砸得粉碎;他经常行窃还四处张扬;在工厂做事的他开始经常偷懒、请假,他吹嘘自己曾在监狱替向他求救的小伙捅了一个黑人 57 刀;还

---

① 梅勒:《刽子手之歌》,邹惠玲、司辉、杨华译,南京:译林出版社,2008,第 24 页。

有一次也是为了替朋友复仇,他把一个家伙用铁锤锤成了傻瓜。如果说最后这两件事都算是吉尔摩为朋友"两肋插刀"的"义气之举"的话,那么吉尔摩向布伦达夫妇讲的另一件事则令人心寒——吉尔摩有个崇拜自己的罪犯富古,富古请吉尔摩为他在后脖颈上刺上玫瑰花苞,但吉尔摩却给他刺了个光屁股的小人,后来他又把刺青改成更加丑陋的三头公鸡。富古认为吉尔摩是因大麻才神志不清,哪里知道吉尔摩是有意恶作剧,最后再也不敢相信任何人的富古自己把刺青图案改成了一条响尾蛇。吉尔摩说对于此事,有时自己也觉得不是滋味,觉得自己可恶,肯定不得好报,可是又忍不住⋯⋯可以说梅勒令人信服地描绘了一个在监狱中关押多年、习惯使用暴力、沾染了恶习,然而又良心未泯的年轻罪犯的肖像。

在吉尔摩杀人入狱之前,尼科尔和吉尔摩曾度过了一段非常快乐的时光。他们两情相悦,把对方的名字纹在自己身上,一起对着流星许愿。然而好景不长,吉尔摩经常偷窃啤酒之类东西的恶习令尼科尔十分反感,她认为吉尔摩这种行为是在拿他们的一生幸福去冒险,吉尔摩也会对尼科尔动粗,最后尼科尔觉得自己应该和吉尔摩分开,并确实这样做了。他们交往的时间是2个月。

似乎正是因为与尼科尔分手,吉尔摩才在相继两天内制造了两起命案,被枪杀的詹森是一名品行端正、性格温和的青年,但是吉尔摩用枪抵住他的脑门连开了两枪使他当场毙命,留下了年轻的遗孀和出生不久的孩子。第二位被害者是一名汽车旅馆经理,同样是一位信仰摩门教、勤奋顾家的年轻丈夫,他死时妻子还怀着身孕。并且,吉尔摩与他们均素不相识。布伦达协助警方及时把吉尔摩逮捕归案,于是,吉尔摩在假释后没几个月又被担保他出狱的布伦达重新送回了监狱。

吉尔摩开始时试图否认自己的罪行,但最终他坦白了罪行,在警察问他为何要杀人时,他说自己不知道,没有理由。说这句话时他显得很平静,看上去好像马上要哭出来似的。他说自己虽不愿死,但为此自己应该被处死。尼科尔前去探监,却使得她与吉尔摩之间的爱情复燃,吉尔摩写给她一封信,信中说:

> 以我过去的经历,我对你给我的那种真诚坦率的爱没有一点心理准备。我所习惯的是谎言与敌意、欺骗与卑鄙、邪恶与仇恨,它们是我的栖身之地,它们造就了我这个人。我用猜忌、怀疑、恐惧、仇恨、欺骗、嘲弄、自私和虚荣的目光看这个世界。所有无法接受的东西,我都当作合情合理的东西全部接受下来了。看看这间污秽不堪、令人作呕的牢房吧,我知道我只属于这种潮湿肮脏的地方,我还能到什么地方去呢?⋯⋯在魔鬼与上帝之间,我大概离魔鬼更近些,这不是件好事。在邪恶与美德两者之中,我大概对邪恶更熟悉些,这也不是件好事。我希望对人公平,对自己也公平。我愿意偿还自己欠下的债(不论

付出什么代价）。这样，我身上将不再有污点，也不必终日做贼心虚、担惊受怕了。①

我们认为，吉尔摩对警官的坦言已表明了他具有存在主义者的品行，吉尔摩是地道的"白色黑人"，即希普斯特，他进行了暴力杀人的行动，也不无悔意，并最终决定自己应为此受死——他选择了承担责任，并且随着小说的展开，他一直都在坚决捍卫自己的这个选择。吉尔摩的这封信（还有许多其他写给尼科尔的信）似乎表明了他莫名杀人的动机是尼科尔离开了他，无从发泄自己心中的巨大失落和痛苦、无法忍受真爱丧失的吉尔摩因此犯下了抢劫与杀人的两桩罪行。吉尔摩在信中和言语中经常提及上帝与魔鬼——小说中的吉尔摩一直是个相信灵魂会投胎转世的有神论者，而有神论者也是"白色黑人"希普斯特的重要特征之一。

在本章第二节我们已经提到梅勒声明自己不是无神论者，而是个相信世界上有上帝和魔鬼在进行战争的存在主义者。但梅勒的信仰其实也有一个转变历程，在 1975 年的一次访谈中，他说："在过去的很多年间我曾是个无神论者，因为我不能接受至善全能的上帝仅是平静地注视着人类所能想象到的各种苦难却不能做些什么，甚至不能提供将来的因果报应的观念。……对我来说似乎唯一的解释就是上帝并不是那么全能：他只能尽力而为。"②"重要的是这种上帝并非全能、魔鬼也并非全能的观念。更确切地说，我们作为上帝和魔鬼之间的调停方式而存在。"③梅勒最终从无神论者转变成为一个信仰上帝与魔鬼并存于世、上帝与魔鬼均非全能的有神论者，还指出人在上帝与魔鬼之间存在，上帝与魔鬼彼此之间进行交战、难言胜负，而人既可能被上帝也可能被魔鬼掌控——梅勒曾说过："我觉得正如耶稣基督受到上帝的奖励一样，对于希特勒来说，他是受到了魔鬼的诱惑，再也没有比这更好的解释了。"④

所以我们也不妨说吉尔摩就是个被上帝与恶魔争夺的人，但魔鬼似乎在关键的时刻掌控了他，使他在少年时期突然性情大变——《刽子手之歌》写吉尔摩的母亲贝西回忆吉尔摩性情大变是从全家搬进一幢美丽但是闹鬼的房子后开始的，搬家后，吉尔摩开始梦见鬼怪、满嘴脏话、喜好打架——但是这不是我们要重点讨论的问题，我们必须关注吉尔摩一家失去那幢房子的过程和结果：当时吉尔摩的父亲已经去世，母亲贝西在餐厅打杂收入不高，因为房子已连续 6 年没交税，市政当局

---

① 梅勒：《刽子手之歌》，邹惠玲、司辉、杨华译，南京：译林出版社，2008，第 303 页。

② J. Michael Lennon, *Conversations with Norman Mailer* (Jackson: University Press of Mississippi, 1988), p.212.

③ 同上。

④ 奥黑根：《海明威，希特勒，上帝和我》，《译林》2008 年第 2 期，第 187 页。

打算没收房子以抵偿税款。摩门教徒贝西便向摩门教会求助,希望教会能帮她保住房子,但是"拥有土地,经营银行,并且控制着政治家"①的富有的摩门教会并没有帮她,贝西最后搬进了一间闷热狭窄的活动房,靠救济金度日。小说通过吉尔摩弟弟的老师格雷斯回忆当时在监狱中的吉尔摩对此事的反应:"那天,当贝西告诉他她已经彻底失去了房子时,他勃然大怒,把摩门教会臭骂了一通。多年后,格雷斯回想起他当时那副怒气冲冲的样子,在心里说:'我敢打赌,他杀死那两个小伙子之前一定知道他们是摩门教徒'。"②在摩门教派的根据地犹他州,摩门教徒因其独特气质也比较容易识别,因此可以说吉尔摩杀人的举动其实是潜意识中对于摩门教世界的反抗与复仇。吉尔摩因摩门教会冷酷对待家人的请求以致自己全家人失去栖身之所变得对世界更加充满愤恨,他对尼科尔说的"我所习惯的是谎言与敌意、欺骗与卑鄙、邪恶与仇恨"表明他的生命中爱的极度匮乏;在吉尔摩第一次进少年管教学校时,少年管教学校并没有履行好管理改造少年犯的责任;每一座监狱中的犯人都经常满口污言秽语,犯人的生活条件恶劣,一些狱规不近情理,有的警卫会折磨自己看不顺眼的犯人,监狱里黑人因犯占多数并常强奸白人。从应当学习、应该得到指导的少年时期开始,吉尔摩几乎一直在坐牢,直到35岁才被假释出来,出来不久即犯下抢劫和杀人罪,这一切就如小说中的一位剧作家所说的,吉尔摩这个案子"向公众揭示了我们监狱制度在改造罪犯方面的彻底失败。你瞧,那家伙这倒霉的一辈子就这么被关进去、放出来,变得越来越坏,竟从偷汽车发展到持枪抢劫。这是强有力的批判"。③

　　梅勒自己也曾对吉尔摩杀人的原因作出过解说:"摩门教是社会的缩影。他们非常重视干净、秩序、纪律,因而是社会的缩影。对于吉尔摩来说,他出狱了,但发现要生活在一个古板的世界里是非常艰难的,摩门教可能成为他新的看守。那可能是他的部分杀人原因。还有旧的家庭怨恨。他的母亲一辈子是个摩门教徒,失去了自己的房子,她一度去摩门教会求助请他们帮她保住房子,但最后他们没有。吉尔摩不是个在做决定前会调查复杂形势中的细节的人,所以有理由相信他对摩门教会任凭他们失去房子这件事很恼火。这些都是吉尔摩杀人的因素。"④

　　因此吉尔摩的杀人行为也可以被视为希普斯特以暴力反抗社会的表现,不过当然吉尔摩对社会的反抗主要是他从事的另一场战役,"吉尔摩的根本战役是与想处死和不想处死他的那些权势的战役——那些想处死他的庞大社会权力和那些想

---

① 梅勒:《刽子手之歌》,邹惠玲、司辉、杨华译,南京:译林出版社,2008,第961页。

② 同上,第474页。

③ 同上,第626页。

④ J. Michael Lennon, *Conversations with Norman Mailer* (Jackson: University Press of Mississippi, 1988), p.237.

把他的刑罚改成终身监禁的庞大社会权力"。① 我们知道放弃上诉、"一心求死"的吉尔摩本来希望死刑能在当年 11 月如期执行，但一直拖到第 2 年的 1 月他才终被枪决。这期间的两个月就是各种有着不同目的与想法的团体和个人为吉尔摩该被判死刑还是无期徒刑争吵不休、互相交锋的两个月。不想让吉尔摩死的首先是吉尔摩的两名律师埃斯普林和斯奈德，他们由法庭指定无偿为吉尔摩做辩护，他们的心态是这样的："普罗沃市已经好久没有发生一级谋杀案了，这桩案子既可能使一个年轻律师在其同行中声望倍增，也可能使他颜面扫地。"②但令他们丧气的是他们觉得当事人吉尔摩虽然似乎想活，却对案件采取不合作态度：不愿装作有精神疾病、不肯在证人席上装作自己杀人后很悔恨等。可笑的是在吉尔摩辞退这两位违逆自己心意的律师后，他们仍要为吉尔摩上诉，并声称这完全是为了被告吉尔摩的利益。美国公民自由联合会和全国有色人种协进会这两个组织也想方设法阻挠对吉尔摩执行死刑。吉尔摩犀利地指出前者"一会儿呼吁鼓励堕胎——其实那也是扼杀生命，一会儿又在反对死刑。……不管三七二十一把我的事情变成了一件个人私事"。③ 至于后者，吉尔摩认为它逾越了权限，因为他是白人，他的事不该归有色人种协进会管。还有一些认为吉尔摩该死的人，比如，"为了竞选，新任首席检察官鲍勃·汉森正不遗余力地鼓吹死刑。他，以及其他许许多多保守派人士，显然想利用加里的求死意愿来达到他们自己的政治目的"。④ 主张吉尔摩应死和不应死的两大力量把当事人吉尔摩的感受和意愿抛在一边，在两个月间不断交锋，上演了一出出荒唐的闹剧。

面对这样的情形，吉尔摩采取了彻头彻尾坚决反抗的态度。他决意接受严厉的死刑惩罚，决意带着尊严去死，他屡次强烈抗议，他说："我已经完全接受了对我的判决，我一生都在接受对我的判决。在这种事情上，我不知道还有什么别的选择。但当我真的接受判决时，人人都跳出来和我争辩。看来人民，特别是犹他州的人民，赞成死刑，却又不想执行死刑。……美国公民自由联合会的那帮人不过是什么事都想插手而已。我不认为他们这辈子真的干过什么实事……"⑤吉尔摩也不让情人尼科尔和母亲、弟弟插手这件事，不想让他们挽救自己的生命。在生命的最后阶段，他还尽力补偿自己曾经伤害过的人，比如他决定送 500 美元给曾经被自己砸过挡风玻璃的姑娘，但他决意不再苟活于世，并且这个决心无可更改。最初吉尔

---

① J. Michael Lennon, *Conversations with Norman Mailer* (Jackson: University Press of Mississippi, 1988), p.238.

② 梅勒：《刽子手之歌》，邹惠玲、司辉、杨华译，南京：译林出版社，2008，第 378 页。

③ 同上，第 855 页。

④ 同上，第 878 页。

⑤ 同上，第 701 页。

摩的死刑是被定在杀人后的 4 个月,但是 5 个月后他的案子还在被许多人利用和操纵,于是他便服下远高于致死量的毒药自杀,因为他不愿别人一再支配他的命运。被救活后的吉尔摩也一直未改变过心意,直至最后被枪决。在死刑被执行之前狱长问他是否还有什么要说的,吉尔摩犹豫片刻后只说了一句:"让我们开始吧!"他的声音干脆果断,没有发颤,也不沙哑。

梅勒在描写吉尔摩这个不同寻常的罪犯时显然也带有痛惜之情。吉尔摩智商超群,他的绘画水平极高,并颇具文学修养,而这一切又几乎全靠自修。梅勒让书中人物把吉尔摩的自杀行为与海明威的自杀联系起来,认为他们都不想回避自己一生中最大的冒险,就是死亡。梅勒还说:"生命的复杂性,以及内心与诸多小神和魔鬼的较量会使你心力交瘁,到某个临界点时,你的灵魂就不想再苟活了。……我想那些选择自杀的人是因为他们觉得如果不那样做,他们的灵魂将会先于身体死去。加里·吉尔摩就是一个绝好的例子。为什么他如此求死呢?因为他希望他的灵魂能在监狱中终结,并坚信自己的灵魂会因此而得到进一步的净化。"①梅勒曾在《白色黑人》中提出希普斯特利用暴力杀人是"有勇气"的表现,也是出于净化自己的需要,后来又说吉尔摩自杀也是为了净化自己。梅勒笔下的吉尔摩相信因果报应、灵魂可以净化、灵魂可以转世,并积极行动、不惮使用暴力,也为此承担责任,是梅勒笔下又一个典型的"白色黑人"希普斯特形象。

二、少数族裔的反抗

与梅勒苦心经营以白色黑人为主体的反抗形象相反,多克托罗在作品中常令美国社会中的少数族裔黑人及犹太人成为光彩夺目的反抗主体,并且这些反抗者也不一味依靠暴力凶杀手段进行反抗,他们的反抗形式相对来说更为多元化。

我们知道,多克托罗的《上帝之城》是一部拼贴式的小说,其中包括了 10 多个不断提到的形象和事件,除了宗教主题之外,犹太人对纳粹的不屈反抗是该书又一个重要主题。小说描述了"二战"期间在立陶宛的犹太人居住区(即 Ghetto,有学者将其音译为格托)内犹太人的悲惨生活。故事的陈述者是一个犹太小男孩,在德国人入侵、驱逐犹太人之前他与均为高级知识分子的父母一起幸福地生活,然而德国人的到来摧毁了犹太人的一切,他的父母被诱捕杀害,犹太人的学校被关闭,犹太人的人身自由受到极大限制,许多犹太人还被无端杀害或成为德国人的免费劳动力。小男孩从此被改名为耶和书亚,对外身份是一个犹太老裁缝的孙子,并成为居住区的犹太人委员会指定的小信使,任务主要是为委员会送口信和放哨。

耶和书亚对委员会的第二把手巴尔巴内先生充满了无限敬意,因为他不仅处

---

① 列侬、徐贞:《梅勒主义的兴起:诺曼梅勒访谈录》,《英语广场》2015 年第 3 期,第 121 页。

理犹太人的日常事务,而且还竭尽所能记录下纳粹的罪恶档案。巴尔巴内在收到从各种渠道得到的消息之后,总是暗地里用意第绪语把这一切都详尽地记下来:

> 每当巴尔巴内先生收到报告时,他或者把告诉他的一切都一字不漏地写下来,或者让讲述的那个人写一个证词。他记了一本日记,里面有发生的所有事,以及相关的文件记录、最新的规定条款、处决执行令、死亡者的情况、委员会会议的备忘录、由臭名昭著的指挥官施密茨签署的命令、被放逐人的情况、口述实录、载有工作细节的身份文件——所有可以想象得到的项目都进入了他记的这本历史……他发誓要记下我们作为被俘者的每天每个时刻所发生的一切,他以自己的韧性和机敏把一切记录下来,作为永久的记录,对人类极为重要。[①]

巴尔巴内先生的记载是如此详细,以至于曾对犹太人进行大规模屠杀的纳粹党卫军军官施密茨的信息也被他做成了一份完整档案,其中包括施密茨的出生日期和地点、其父母的名字、上的学校、参加纳粹党的日期、参加党卫军的日期、当军官的委任状,甚至还包括一张施密茨本人相当清楚的黑白照片。诸如此类的重要文件最后终于辗转被保留下来,在多年后由耶和书亚的女儿打开重见天日,并且归为美国政府所有,而律师则非常有把握地认为这将促成美国政府驱逐施密茨一案的重新开审(隐瞒自己在"二战"期间经历的施密茨在战后一直居住在美国,法庭曾因缺少证据未能对他成功指控),当然还有许多其他的前纳粹疑犯也会因此而曝光,无法逃脱历史的审判……耶和书亚在多年后对女儿说即便是现在他还可以闭上眼睛在心目中看见巴尔巴内先生的笔迹,那种整洁的意第绪语,那仿佛缝在纸页上的一行行针脚的字迹。我们知道一个民族的语言文字是凝聚该民族的有力武器,是该民族独特显著的标识之一,是该民族用来记载民族历史文化的独特武器。就如毕生坚持用意第绪语创作,以使意第绪语与犹太传统与习俗永远鲜活的美国犹太作家辛格一样,多克托罗让巴尔巴内用意第绪语记录纳粹的罪恶史也是别有深意的。"巴尔巴内在犹太居住区里仍坚持用意第绪语记录大屠杀,则不仅表现了犹太性语言的历史语义,而且也揭示出了犹太性语言所言说的犹太身份。"[②]

而这些珍贵的纳粹罪恶材料的成功转移则有赖于小信使耶和书亚等人。耶和书亚描述了他将文件带离居住区的方法:他的头发被染色以便看起来不像犹太人,

---

① 多克特罗:《上帝之城》,李战子、韩秉建译,南京:译林出版社,2005,第 109 - 110 页。
② 李顺春:《E. L. 多克托罗小说中的大屠杀后意识与犹太性》,《当代外语研究》2013 年第 6 期,第 58 页。

包在油布里的材料被胶带条贴在他的胸口和背上,出了居住区后他必须像老鼠一样在一个废弃的高架管道内部爬行,而后走过偏僻的河岸,最后到达一个公交车站。由于他会立陶宛语,还有一张假身份证,背包中有整套的学校课本,所以耶和书亚一趟趟地送出文件,却从未引起警察或德国兵的怀疑。耶和书亚的最后目的地是一个小天主教堂,在那儿有一个好心的神父冒险一次次接收巴尔巴内的文件并把它们收藏起来。我们知道在当时的情形下,巴尔巴内先生不可能公然对抗纳粹,所以他就在管理日常事务外秘密地记录历史。他告诉耶和书亚自己不得不成为一个历史学家,他知道自己所记录的材料有朝一日会成为起诉、清算纳粹罪行的有力证据,记录历史也是一种强有力的厚积薄发的反抗方式,虽然不知何年这些材料才会替犹太人伸张正义。

　　巴尔巴内在记录历史外同样也尽力为保全犹太人的生命而战。当德国人开始输掉"二战"时,他们就变本加厉地迫害与杀掉犹太人,被派到德国人工事里干活的犹太人总是有去无回。在这种情况下,巴尔巴内协助犹太人游击队偷偷转移出了居住区内的 200 多个犹太人(在多克托罗的笔下,犹太人游击队是一支骁勇善战、令德国人也知晓其厉害的队伍),而他自己则是绝对不能离开的,耶和书亚不愿离开居住区,最终他们和其他居住区犹太人一起被德国人送上了应是开往纳粹建造的犹太人集中营的火车。小说暗示耶和书亚是纳粹大屠杀的幸存者,而巴尔巴内先生最后则不知所踪、杳无音信。

　　《上帝之城》中给人留下深刻印象的还有犹太老裁缝对纳粹指挥官施密茨的反抗。老裁缝斯瑞波尼茨基是一个失去所有亲人的孤苦老人,他照顾失去父母的耶和书亚,两人共处了一段短暂的时光。老裁缝的手艺绝佳、名声在外,以至于当时的德国党卫军少校施密茨也向他订做了一套新军服。帅气的衣服完工并被穿到少校身上后,少校即刻就要带着司机离开,对于老裁缝要求付工钱的请求只报以大笑。此刻的老裁缝突然皱起了眉头,对少校说他还得剪个线头,却猛拉住翻领用剪刀从衣服上剪下一大块布片。"'你自己缝吧,贼!'裁缝尖叫道,'贼,贼就是你,你就是贼,你们所有人,盗贼,偷走了我们的工作,偷走了我们的生活!'。"①

　　裁缝当场被少校的司机殴打,最后半死不活的裁缝还被吊死在满满一广场的市民面前,纳粹以此来"杀鸡儆猴",但是与老裁缝相处甚久的耶和书亚却看见临死前的老裁缝对纳粹的轻蔑:"就在他们要踢开他脚下的凳子的最后一刻,斯瑞波尼茨基先生似乎从他痛苦的恍惚中醒来了,他抬起了头,我确信是这样,他清楚地看见了眼前的情景,为场面的宏大而得意,并为此做出了神气的样子。"②耶和书亚也

① 多克特罗:《上帝之城》,李战子、韩秉建译,南京:译林出版社,2005,第 89 页。
② 同上,第 94 页。

非常理解老裁缝的反抗行动,他确信:

> 他的剪刀里有那种力量,让他去刺指挥官。在那一刻我认为他就是那么做的,他太愤怒了。从那以后我的结论是,他一定明白如果他杀了那家伙,他会给居住区带来怎样的灾难。所以你明白了吗,他所做的都是自我牺牲,他的反抗是有节制的,精巧和准确得就像他的裁缝手艺。①

无论是犹太人游击队对德国纳粹的以血还血式的暴力对抗,还是巴尔巴内先生、小信使的无声反抗,抑或是老裁缝对德国军官公然进行的有理性、有节制的反抗,都表明了在纳粹铁蹄下生存的犹太人之不屈不挠的抗争精神。他们的反抗方式是多种多样的:巴尔巴内先生表面与德国人斡旋却暗暗挽救了几百条犹太人的生命,他以意第绪语记录纳粹罪恶档案,让无言的文字成为潜伏的斗士;小信使耶和书亚纵然时常食不果腹,却机警努力地一次次完成传递信息的任务;老裁缝因为德国军官对自己的无赖无耻行径用剪刀刺向了对方,考虑到居住区其他犹太人的生命安全却又只剪破了对方的新军装而已。在刑场上的老裁缝依然对德国人充满蔑视,"他所做的是'自我牺牲',以其牺牲的仪式救赎了格托中其他犹太人,故其行为超越了'单纯的死亡',从而上升到宗教的或精神的救赎层面"。② 在此我们要对多克托罗小说《拉格泰姆时代》中同样"有理有节"地进行反抗的一位主人公作一个回顾,就是其中的黑人音乐家沃克(详见本书第二章第二节),他为反抗白人种族主义者对其的污辱逐渐走向了暴力反抗的道路。但是沃克的暴力反抗同样是有节制的,他最终接受了黑人教育家的劝解,不再执意要肆意侮辱他的白人以命抵罪,也不再继续以暴力手段进行报复,在确保跟随自己行动的黑人青年们安全撤离后,独自一人迎接了自己意料中被白人警察枪杀的死亡——因为他明白黑人在反对种族歧视、获取与白人平等的生存权之路上还有着漫长的旅程,他能做的只能是在一定范围内有理性、有节制地反抗。

多克托罗的半自传体小说《世界博览会》讲述居住在纽约的第三代犹太移民儿童埃德加于 20 世纪 30 年代的成长经历。甚至在这样一部娓娓道来的童年回忆录中,多克托罗也不忘让男孩埃德加在主观想象中对希特勒进行反抗与复仇。埃德加经常收听广播节目,知晓法西斯的罪恶,于是他幻想能变成隐形人飞往德国,找到希特勒居住的地方把他杀了。然后再杀掉希特勒所有的将军和大臣。德国人会

---

① 多克特罗:《上帝之城》,李战子、韩秉建译,南京:译林出版社,2005,第 94 页。

② 李顺春:《E.L.多克托罗小说中的大屠杀后意识与犹太性》,《当代外语研究》2013 年第 6 期,第 57 页。

发疯般地企图找到这个看不见的复仇者，而他则会在他们耳边轻柔仁慈地说话，德国人则会因此以为这是上帝在说话。以如此方式让笔下的美国犹太小男孩代表犹太人向希特勒反抗并在臆想中杀死希特勒，表明了身为美国犹太人的多克托罗对于纳粹强烈的复仇与清算其罪行的愿望。

　　笔者在研究中发现，多克托罗作品中的少数族裔（主要指犹太人和黑人）主人公均是才貌兼具、聪明勇敢且极具反抗精神的人物：《拉格泰姆时代》中令人瞩目的为捍卫黑人正当权利反抗到底的黑人沃克的相貌、举止与风度无可挑剔，他的黑人妻子萨拉的美貌令人震惊；《拉格泰姆时代》中的犹太人一家三口也是懂得如何把握生活与命运的外形极佳之人；《大进军》的主角黑白混血女孩珀尔有着洁白的皮肤，容貌可谓惊为天人，且又非常聪慧，而她早亡的黑人母亲生前是个极其漂亮的女黑奴；《世界博览会》中的犹太男孩埃德加全家俱是好相貌的聪明人；《上帝之城》中犹太女孩莎拉的美貌与智慧令白人神父倾慕不已，最后他们幸福地结合在一起；等等。在这些作品中，甚至许多稍纵即逝的配角犹太人和黑人也都相貌堂堂、心地仁厚、刚毅果断。相比之下，多克托罗小说中的许多白人形象则无如此炫目的光彩，这也是身为美国犹太作家的多克托罗有意为之吧。他为美国社会少数族裔（主要是黑人和犹太人）描绘出如此光彩夺目的形象，刻画出众多给人留下深刻印象的、可歌可泣的、可爱的少数族裔反抗人物，主要原因之一是多克托罗自己也是美国少数族裔的一员，不曾忘却少数族裔的历史，关心少数族裔的命运，因而也着力塑造这样一些璀璨的少数族裔（特别是他们中的反抗者）形象。

　　原因之二则是小说家多克托罗本是关注社会公正及道德正直的"激进的犹太人文主义者"（radical Jewish humanist），他对于被评论家们称为"激进的犹太人文主义者"颇为自豪，甚至告诉一位采访者说："如果我不属于这个传统，我一定要申请加入它。"①多克托罗还对何谓人文主义作出过详细的解释，他说："人文主义指的是道德、伦理问题无需依靠对一个超自然的中介的信仰。其意思是说，人类的问题终须由生活在地球上的人来解决，天堂里是没有良方可寻的。所有社会都必须以务实的原则，从根本上来看待其不完美之处，并努力实现普遍的公正，只有社会的某些阶层获得公正是不行的。"②少数族裔（主要指犹太人和黑人）在历史上经常遭受不公正待遇，而"命定是自由"（萨特语）的人为了本真地生活、实现自己的本真个性当然会奋力反抗，"激进的犹太人文主义者"多克托罗当然也会在自己的作品中让少数族裔对自己所遭受的不公进行反抗、复仇。

---

① Douglas Fowler, *Understanding E. L. Doctorow* (Columbia: University of South Carolina Press), 1992, p.1.

② 陈俊松：《栖居于历史的含混处：E. L. 多克特罗访谈录》，《外国文学》2009 年第 4 期，第 88 页。

　　而同为美国犹太作家的诺曼·梅勒则不像多克托罗、索尔·贝娄、马拉默德、辛格等许多犹太裔美国作家那样具有深厚的犹太情结,"他曾公开表示'我从来没有说过我不是犹太人,但是我从来没有从这个身份吸取过任何力量'"。① 他的作品中少数族裔可以说是湮没无闻的或至多是不重要的,甚至是不光彩的小角色:比如《裸者与死者》中那个急于抛弃自己犹太人身份以融入美国主流社会的犹太士兵罗思;《鹿苑》塑造了两个反面犹太人物,一为精明且粗俗的好莱坞电影大亨泰皮思,一为向美国政府出卖自己"有反共倾向"同仁的艾特尔;《一场美国梦》中的黑人歌星沙戈虽然不乏独立人格,但他粗俗且外强中干,在与主角白人罗雅克的对峙中被打得落花流水。正如乔国强先生曾经指出的:"梅勒作品中的人物主要是美国社会中享有特权的白人。尽管小说中也不乏犹太人物和反映与犹太人相关的故事情节,但是,梅勒却故意避免让这些人物及故事情节在作品中占据中心地位。"②究其原因,也正如乔国强先生所说的:"梅勒在形式上更喜欢场面宏大,人物众多,情节芜杂交错;在内容上则倾向于写具有普遍意义的社会问题,而不愿在写这些问题时过于彰显个人的民族文化身份。"③美国著名评论家阿尔弗雷德·卡津(Alfred Kazin)则指出:"很明显,与崇尚忍耐、赎罪、谦逊的犹太传统相比,梅勒属于另一种激进的个人主义的犹太传统,'梅勒属于那些不懈追求的个人主义犹太作家,对他们来说,除了成为一个'个人',别无他求'。"④

　　梅勒确实是一个才华横溢、特立独行、惊世骇俗的美国犹太作家,他是哈佛大学的高材生,一生曾结婚6次,曾在自己家中的晚会中刺伤自己的第二任妻子阿黛尔,曾帮助有才华的杀人犯杰克·亨利·阿博特出书并假释出狱,是纽约市长的竞选者、吸毒酗酒者、业余拳击手、电影制作者及演员、玛丽莲·梦露的爱慕者、女权主义者的敌人、反越战游行的参加者……他的个人生活毋庸置疑是丰富多彩的,甚至令人瞠目结舌;梅勒又是多产多变的文学大师,在60年的创作生涯中,他写了不下40部各种题材的作品,包括小说和非虚构小说、新新闻体的报道、访谈、书评、杂文、电影剧本、诗歌、戏剧等。梅勒虽是美国犹太作家,但他关注当代美国重大社会问题及现象(他写自己曾参加的"二战"、曾参与的反越战游行示威及与女权主义者的论战,写美国对越南的侵略及登月的成功等),写作兴趣和范围也极其广阔(他还曾为玛丽莲·梦露、毕加索、杀手写传记,写希特勒的早年生活,写当代好莱坞,也

---

① 季水河、陈娜:《〈裸者与死者〉中的犹太身份意识解析》,《外国文学研究》2012年第1期,第54-55页。

② 乔国强:《美国犹太文学》,北京:商务印书馆,2008,第510页。

③ 同上。

④ 张涛:《诺曼·梅勒的存在主义宗教观》,《安徽农业大学学报(社会科学版)》2013年第2期,第100页。

写古埃及），以作品记载、反映时事的速度亦非常之快。梅勒是立意要在自己时代的意识中制造一场革命的作家，而非像多克托罗那样对美国历史频频回首。多克托罗写作了反映美国南北战争、19世纪70年代的美国西部和纽约、"一战"前夕美国的"拉格泰姆时代"、20世纪30年代的大萧条的众多作品，这些作品背景所处的年代在多克托罗成长之前（多克托罗于1931年出生于纽约）。虽然多克托罗也写反映自己所经历的年代的作品，但总在时间上滞后良久：1971年创作的《但以理书》回顾1953年美国的罗森堡案件，2009年的《霍默与兰利》写美国20世纪上半叶著名的纽约隐士科利尔兄弟的故事，2014年的《安德鲁的大脑》写一个经历了"9·11"事件的普通美国人的不幸遭遇等。多克托罗总在多年之后以一种回望的姿态描写自己所处时代的历史与人物，总待时事沉淀成历史再来观照思考，这实则反映了他爱好写美国过往、思索美国历史的写作风格。

综上所述，同为在美国生长的优秀犹太裔美国作家，梅勒在小说中按照自己在论文《白色黑人》中铸就的美国存在主义者希普斯特的形象，塑造了以"白色黑人"为反抗主体的存在主义英雄人物，这不仅是作家利用小说对自己文论观点进行具体阐释的行为，也是不曾具有犹太情结的梅勒立意要写当代美国在时代意识中制造革命的写作宗旨；至于多克托罗，他"自己说他的世界观主要来自他的犹太传统，不过他的犹太传统的定义并不确切"。[1] 但是我们可以从多克托罗对被称为"激烈的犹太人文主义者"的自豪中，从他在小说中对犹太人及黑人形象的反复塑造与褒扬中，从他作品里描写的犹太人移民的艰辛、被纳粹大屠杀的惨绝人寰的经历中，从他对犹太人的安息日、成人礼及家庭生活的叙写中，深切地理解多克托罗是一个具有浓厚犹太情结，但也看到犹太教的弊端因而对之持有清醒态度的犹太作家——但是这绝不妨碍他珍视自己民族的历史与文化，以及刻画光彩照人的犹太人及黑人这些美国社会中的少数族裔形象。

第四节　对"临界境遇"的不同观照

乔治·科特金在《存在主义的美国》中指出："内战通常被存在主义者们指称为'临界境遇'。"[2] 何谓"临界境遇"（boundary situation）？首先我们必须了解"境遇"之含义。正如学者鲁路所言："要搞清什么是临界境遇，首先要搞清什么是一般意

---

① 董鼎山：《道克托罗的犹太激烈主义》，《读书》1986年第11期，第126页。

② George Cotkin, *Existential America* (Baltimore: The Johns Hopkins University Press, 2003), p.14.

义上的境遇。所谓境遇(Situation),就是人生活于其中的现实。它包括经济的、政治的、文化的现实条件,因而境遇覆盖了人生在世的方方面面。正如雅斯培尔斯所说:'境遇意味着一种不仅是自然法则性的,而更是有意义的现实'。"①

如此看来,境遇(或者说"情境")指的就是人生活于大千世界所遭遇的现实,而德国存在主义哲学家雅斯贝尔斯则对"临界境遇"或"临界情境"(德语为Grenzsituationen)进行了具体的论述:

> 我们始终处于情境中。情境变化着,机遇出现着,若它们被错过,就不再现。我可以自己设法改变情境,但有情境保留其本质,即使其瞬间现象变得不同而且其压倒性力量笼罩在雾霭中:我肯定要死,我必须受苦,我必须斗争,我屈服于偶然,我不可避免地陷入罪孽。我们实存的基本情境,我们称为临界情境(Grenzsituationen)。这意味着,这是些我们无法逾越、无法改变的情境。②

雅斯贝尔斯这一席话表明,人是始终处于境遇中的,有的境遇可以被人为改变,但有的境遇却令人无可奈何、无能改变,比如人必有一死的命运、人必须在世间忍受苦难、人不得不努力抗争、偶然性竟然左右了人事的结果……诸如此类的境遇便是雅斯贝尔斯所谓的临界境遇。临界境遇具有无法逾越、不可改变的特性,因而带给世人极大的痛苦与困扰,也成为存在主义作家们喜好描写的境遇——因为临界境遇激发人的行动,促使人作出选择,使人物彰显出自身的本性、表现其真实的存在状况。

战争便是存在主义作家笔下典型的临界境遇。因而诺曼·梅勒于1948年出版了《裸者与死者》,该书被认为是美国作家描写"二战"的最佳作品;多克托罗于2005年创作的《大进军》描写美国南北战争时期的社会生活,该作为多克托罗夺得了第二次美国笔会/福克纳小说奖。这两部收获盛誉的战争小说均无意对战争场面进行繁复详尽的描写,书中也不曾出现对英雄及其勇气与智慧的讴歌,但两部作品却都对战争环境下的人性进行了审视,展现了战争对个人命运的影响与伤害。不过《裸者与死者》侧重描写的是军队中狂热的"裸者"与如幻影般无足轻重的"死者",对人的(权力)欲望、人性的某些特点(如丑恶、软弱)、战争的荒诞本质等作出了深刻的剖析与揭示;《大进军》则意在描摹南北战争中北方军推进之时对民众生活与命运的影响,从而对那段美国历史进行有力的表现,同时也展现了各阶层军民(比如将军与士兵、奴隶主与奴隶)形形色色的人性。

---

① 鲁路:《自由与超越:雅斯培尔斯对生存的阐明》,北京:中央编译出版社,1997,第78页。
② 雅斯贝斯:《卡尔·雅斯贝斯文集》,朱更生译,西宁:青海人民出版社,2003,第10页。

一、狂热的"裸者"与幻影般的"死者"

梅勒曾在1948年接受《纽约星报》(*New York Star*)采访时向记者讲述了他在"二战"期间的经历及其与《裸者与死者》的写作之间的关系。1943年冬,从哈佛大学毕业仅6个月的梅勒应征入伍,成了炮兵部队的一名测量员。不久后,梅勒去了菲律宾的莱特岛,被分配到一个步兵团的情报部门工作,先做打字、判读航空照片等工作,而后希望亲历战争的梅勒申请调往侦察排,侦察排附属于一个部署在大山之中的团,山中同样也驻守着日本敌军,知情后的梅勒对自己所作出的决定非常后悔。每日背着沉沉的背包在菲律宾的骄阳下巡逻,梅勒饱尝了疲劳、恐惧还有腹泻的滋味(这些感受后来也被写入《裸者与死者》中),之前立意要行动与冒险的雄心早已消失殆尽。梅勒说自己亲眼所见的战斗并不多(应是出于当时"二战"已将近结束的原因),但他亲闻许多军事行动,再把它们与自己所经历之事一起加工整合,便构成了《裸者与死者》中所描述的一系列事件的基础。梅勒了解战略战术的重要来源是军事期刊《步兵日报》(*Infantry Journal*)。

为了逃避训练及其他的烦恼之事,梅勒最后当了一名炊事兵,并获得T/4级别(T/4 rating)的臂章。他曾对抗上司中士长,对其直言自己对他的看法,也拒绝收回自己所说的话,不料中士长把此事报告给上尉,上尉命令梅勒道歉,因为距离回家只有一个星期了,所以梅勒就勉强自己道了歉,就如《裸者与死者》中的侯恩少尉所做的一样。道歉后的梅勒哭泣恼火了一晚上,看到了臂章对自己的重要性,看到了自己被军队腐化的程度,也看到了自己长时间来行动的软弱无能。而读者也分明可从《裸者与死者》中的侯恩等人身上看到梅勒的这种心理感受。

《裸者与死者》描述了"二战"期间美军如何攻占日军在南太平洋驻守的一个虚拟小岛安诺波佩岛的故事,并着重描写了一个在该岛执行任务的美军侦察排的经历。小说的名字"裸者与死者"常引起读者的争议,国内学者对于"裸者"(the naked)的理解以译者蔡慧的解释为代表,她说:"'裸者'固然可以理解为'人性已经暴露到赤裸裸的地步',又何尝不可以理解为'感到精赤条条、无遮无掩、任人摆布、毫无保障'?"①但是梅勒对于何谓"裸者"却有明确的解说,他明白指出:"裸者指的是狂热分子,迷恋幻象的人。"②笔者正是依据梅勒的解释,把小说中的主要人物划分为"狂热的'裸者'与幻影般的'死者'",力图描摹出这"两者"在战争这种临界境

---

① 梅勒:《裸者与死者》,蔡慧译,南京:江苏凤凰文艺出版社,2015,第823页。

② J. Michael Lennon, *Conversations with Norman Mailer* (Jackson: University Press of Mississippi, 1988), p.7.另,"狂热分子"的原文是the fanatics,指(对宗教、政治等)的狂热分子、盲信者(笔者注)。

遇下激发出的人性的缺陷或闪光点,并对其中原因作出探究。《裸者与死者》中的卡明斯将军、克洛夫特上士、达尔生少校自然属于对权力有着异样狂热与迷恋的"裸者",并且卡明斯和克洛夫特还对部下有着极强的控制欲,一旦遭遇即使是微小的反抗都会穷凶极恶地镇压与报复。"死者"主要指在荒诞战争中作出无谓牺牲、生命如幻影般转瞬即逝的侯恩少尉、侦察排列兵威尔逊和罗思。

卡明斯将军仪表堂堂具有统帅之才,但是却心机深重、心胸狭窄,个性隐晦、变幻莫测,他的笑脸无法掩藏他性格中的生硬冷漠,他的眼睛透出的只是一派凶光。卡明斯的性格特征主要通过他对其副官侯恩少尉的"教导"与持续的打击迫害显示出来。哈佛大学毕业的侯恩出生于上流社会的豪富门第,却与自己所属的阶层格格不入,非但不肯继承父亲的工厂企业,对于虚伪的世俗环境亦抱着一种反抗拒绝的态度。珍珠港事变前一个月他报名参了军,在军中他遇见了卡明斯将军,将军让他成为自己的副官,并竭尽全力用自己的一套理论诱导有才学的侯恩成为自己的心腹与同道。军队中军官与士兵的待遇悬殊:当官的睡帆布床、吃饭有人伺候,士兵却常睡地铺,蹲在地上吃饭;一次所谓的"平均分配"中38名军官享受的鲜肉配给量竟然等同于180名士兵的所得量。具有人道主义精神的侯恩会就诸如此类自己所看不惯的事生气、发表评论,也敢于讥讽、驳斥比自己军阶更高的其他军官的恶俗言行,但这却使将权力奉为圭臬的将军日益对他产生厌弃之心。将军曾对侯恩说:

> 你给我什么样的人都好,只要在我手下待的时间长了,我就非要叫他感到害怕不可。部队中固然有所谓欺凌士兵的事件,可这样的案子不闹出来便罢,一闹出来,当事的士兵反而会愈加感到自身位卑职小。……军队要治理得好,像梯子那样一级畏惧一级是必不可少的,一定要把军队里的每一个人都纳入这样一把梯子。俘房营里的俘房、逃兵,还有新兵训练营里的新兵,凡此各色人等,在军队中僻处一隅,纪律就必须相应加强。对上级心存畏惧,对下级意有不屑,什么时候大家都达到了这样的境界,军队就可以发挥最大的威力了。①

卡明斯将军还曾对侯恩说:"你要是把这场战争看作一场大革命,那你就是误解了历史。这场战争实际是一场权力集中。"②将军对于自己军中士兵所遭遇的不公与欺凌安之若素,甚至认为这是震慑士兵、管理军队的有效方式,他推崇"一

---

① 梅勒:《裸者与死者》,蔡慧译,南京:江苏凤凰文艺出版社,2015,第196-197页。
② 同上,第197页。

级畏惧一级"的梯子理论,以为这样可以稳固军队的金字塔根基、令高高在上的当权者更有效地发号施令。卡明斯的权力论还包括:"将来的道德规范只有一条:就是权力第一。谁不能适应这一条,谁就活该倒霉。权力,有个最大的特点,就是只能由高处顺流而下。中途万一遇到小小的逆流,那就只有加大力量向下冲击,务必把一切阻梗彻底铲平。"①我们不得不承认将军对权力特点的解释非常形象,并且无视人权的将军还滥用了自己的权力一步步地把侯恩推向了屈辱与死亡的境地。

侯恩之"失宠"始于他对将军在言语中的一次顶撞,将军不允许部下对他有一丝的不敬,所以当即令侯恩向自己行军礼以示警告;将军看出侯恩不满自己对鲜肉作出的不合理分配,就故意安排他去做一些琐碎的杂事,或为难他去完成难以完成的分外之事,但他终究无法令倔强的侯恩乖乖就范,干脆把侯恩调到经常执行危险任务的侦察排当排长。侦察排中有一个权欲熏心、心狠手辣的克洛夫特上士,他一直以侦察排的领导人物自居,对新上司侯恩妒恨交加,为此他设下圈套,不让已探知日军情况的尖兵马丁内兹把情况告诉侯恩,终令带队的侯恩死于伏击他们的日军的子弹之下。

梅勒曾在《总统文件》中指出极权主义"扼杀人的个性、多样性、异见、极端可能性和浪漫信念,模糊人的视野、泯灭人的本能、抹杀人的过去"。②卡明斯将军就是一个典型的极权主义者,他貌似平等地对待侯恩,但一有机会就会把侯恩从自己的木偶提线上甩下来,摆出将军的派头教训他,让侯恩领悟自己的仆役地位。侯恩曾未请示将军而坐着听将军训话,这也能令将军勃然大怒,卡明斯不满侯恩的"不够机灵"与犟劲儿,便搬出大套理论"教诲"他,怎奈侯恩已经看清了军队体制及将军的真面目,非但不改换观念成为官僚机器上一个听话的螺丝钉,还不时地向将军进行微弱的反抗。如此"桀骜不驯"、充满"异见"的侯恩便成了将军立意要拔去的眼中钉、肉中刺,他故意派遣毫无相关经验的侯恩去危险的侦察排工作,侯恩到了侦察排后不久便在无谓的侦查行动中白白死去,将军的第一反应竟然是感到了微弱游丝的那么一丁点儿快意。

梅勒始终认为极权主义是一种道德疾病,而"艺术的最终目的就是要增强人的道德意识,小说则是最佳的、最具有道德力量的艺术形式"。③在《裸者与死者》中,梅勒正是通过卡明斯和克洛夫特这两个对权力顶礼膜拜并疯狂追逐权力、不择手

---

① 梅勒:《裸者与死者》,蔡慧译,南京:江苏凤凰文艺出版社,2015,第368页。

② Norman Mailer, *The Presidential Papers* (New York: G. P. Putnam's Sons, 1963), p.184.

③ J. Michael Lennon, *Conversations with Norman Mailer* (Jackson: University Press of Mississippi, 1988), p.36.

段地滥用权力的"裸者"形象,向世人揭露了极权主义者的丑恶嘴脸和穷凶极恶,提请人们对极权主义采取警觉与反抗的态度,呼唤人们明辨是非、遵守社会道德规范。小说中还有一个蠢材"裸者"达尔生少校(卡明斯和克洛夫特不用说还是极其聪明的),他的本职工作是负责指挥作战与训练,这使才能不足的达尔生深以为苦,幸而卡明斯总爱大权独揽、插手他的工作,他也便如释重负地恭敬执行将军的指令,要知道达尔生虽有自知之明却依然做着升官的美梦呢。将军一次因事临时离开小岛,达尔生偏在此时接到了令他大伤脑筋的军事情报。无奈的他硬着头皮独立指挥,在指挥中也发现了自己的方案可谓漏洞百出,没想到最后的结果是美军打死了日军的统帅,端掉了日军的巢穴,取得了决定性的胜利,使得不久后归来的卡明斯将军还必须假惺惺地向达尔生道贺。这也是《裸者与死者》中一桩可笑的荒诞事件吧。然而更荒诞的事却是,就在胜利的当天,被兴奋的美军总部忘记的侦察排还进行了一次累断脊梁、付出惨重代价的侦察活动。他们必须翻越高不可攀的穴河山顶峰,潜入敌后侦察情况。其间身体瘦弱、精疲力竭的犹太士兵罗思在力图跳过路上一个 4 英尺宽的缺口时坠下了悬崖,而侦察排中另一个士兵威尔逊也在中弹 2 天后死去,死前他经历了 40 多个小时的高烧、昏迷、干渴、腹部断续流血的痛苦。两个侦察排士兵苦苦地用担架抬着威尔逊及自己的装备,却最终还是在湍急的河流中把威尔逊的尸体给弄丢了。

　　侦察排在这次异常艰苦的任务中损兵折将(死了侯恩、罗思、威尔逊 3 人),这些"死者"宝贵的生命如幻影般转瞬即逝、毫无价值,他们只是对战争抱着狂热态度、对权力膜拜之至的"裸者"任意摆弄丢弃的棋子。而这次任务成功与否对整个战役毫无影响,死亡和艰苦只沦为可笑的虚无。并且他们终究也没能爬上顶峰,因为意欲与穴河山一决高下的克洛夫特碰到了一个马蜂窝,奇大的毒黄蜂疯狂地追逐着队员们拼命蜇他们,令他们丢枪弃包、夺命狂奔,他们终究还是没能翻越大山。黄蜂而非强敌的出现令侦察活动中断、成为泡影,这也使小说的荒诞色彩达到了顶峰。

二、战争烟尘下纷繁人性的展示

　　多克托罗的《大进军》描绘的战争场面不多,甚至比《裸者与死者》还要稀少,也没有一个细致的、近距离的两军交火场面的描写。《大进军》是一本采用了全景视野的小说,书中人物众多,描述的是南北战争时北方军总司令谢尔曼率 6 万余联邦大军从佐治亚州到北卡罗来纳州进军的过程。在进军过程中,南北方军不断交火,谢尔曼还推行"三光政策"对南方种植园及城市设施与建筑进行毁灭性的破坏以彻底挫伤南方的元气,最终使北方取得了胜利。大进军改变了所有南方人的命运,在大进军过程中有许多被解放的黑奴及少数白人跟随着谢尔曼的队伍一起前进。多克托罗便利用南北战争这种临界境遇,将战争作为一个大背景来探讨其对时人生活与命运的影响,探讨他们面临恐惧、危险,甚至死亡时的反应,在有力重现历史之外展示了纷繁的人性。

为谢尔曼的大进军首当其冲地猛烈冲击的当然是南方种植园奴隶主。小说中描述了3种类型的奴隶主。平素收拾得干净利落、主宰了亚特兰大社交季节的女奴隶主利蒂希亚在大军到来之前带着细软仓皇逃窜到萨凡纳。利蒂希亚曾在亚特兰大的家中接待过还是青年军官的谢尔曼,因为对谢尔曼的恨,她出现在接待萨凡纳当地民众的谢尔曼的接待室中,向谢尔曼扔出了一个缀满小珠子的钱包,谢尔曼迅速地躲开才未成为一个战争阵亡者。利蒂希亚的结局不言而喻。利蒂希亚的外甥女婿约翰同样是个种植园主,他也带着家人(但丢弃了与一个黑人女奴的私生女珀尔)和值钱物品逃到了萨凡纳,他因为寄存在萨凡纳一个仓库中的私人物品有被北方军充公的风险而蛮横地挑衅北方军士兵,并因此受重伤而死。令人印象最为深刻的是一个不曾逃离家园,反而镇定等待北方军到来的不知名老奴隶主,他指令一个奴隶带着北方军粮秣征集队队员去谷仓取粮食及挑选牲畜,并把自己家中所有的黑奴都集中起来当着队员们的面训话:

> 你们想和这些北方佬走,你们就这么干吧。那面——他指点着——有整整一支他们的军队,而且他们都是盗贼。他们都是乞丐。你们看见这些家伙现在绕到后面去,正像一群猎狗一样嗅来嗅去的没有? 他们骑马到这儿来,不是因为他们知道你们在这儿等着呢,根本不是,先生,他们来是为了我的粮食和我的东西,为了我的牲畜,我的马匹和我的骡子。他们来是为了他们的盗贼脑瓜想要捞到的任何东西。所以你们跟他们去吧,去吧,你们如果走了我正好摆脱了,因为他们会想方设法地照顾你们。你们全靠你们自己了,上帝救救你们,因为我不会那么干了。你们将再也不会有主子来照顾你们了。当你们的大限到来的时候,不会给你们一个基督徒的体面葬礼了。根本不会了,先生。你们将比那些流浪的犹太人强不了哪儿去,在世界上连躺下放自己脑袋的地方都没有,除非他倒下死在一个什么地方的阴沟里,让乌鸦替他收尸。所以你们就走吧,去接受它吧,你们的这种自由。也许上帝会怜悯你们这些黑鬼的灵魂。①

老奴隶主的这番话中充满了对北方军的鄙夷和蔑视,他称呼他们是盗贼和乞丐,只想从自己家中白白拿走东西,这也是当时许多不劳而获的南方奴隶主的典型

---

① 多克托罗:《大进军》,邹海仑译,北京:人民文学出版社,2007,第186-187页。

心理。不仅如此,老奴隶主还对家奴发表了一通演说,警告和诅咒想离开他家的黑奴会死得不得其所,而他的这些话确实也对奴隶们起到了震慑作用,最后他的 50 多个衣衫褴褛的黑奴中仅有 5 个选择了自由、选择与北方军一起离开,从中可见这个南方种植园主对他的奴隶的精神控制力量的强大和可怕。在南北战争前,南方的许多州都从法律上明确了种植园主对黑奴的所有权,所以奴隶主们无法容忍北方军来解放他们这些既能干田地里的活也能在家伺候他们的“私有财产”。为了更好地统治管理奴隶,种植园主们根本不让他们接受任何教育,这个老奴隶主为了避免家奴的流失就欺骗恐吓他们,居然还收到了不错的效果。但是即便是如此狡猾的奴隶主也无法蒙蔽所有奴隶的心灵,继 5 个成年黑奴选择了自由之后,他府第的门突然被打开了,一个黑人男孩猛地冲了出来、跑下台阶、跑向了即将离开的北方军,这个不知自己父母与年龄的小男孩戴维原来是这家替老奴隶主打扇轰苍蝇的小厮,在他冲出这所房子的那一刻,他已决定了他的生活属于他自己。冷酷狡猾的奴隶主毕竟还是无法控制所有的家奴,无法扼杀他们向往自由的天性及选择自由的切实行动。但是紧接着的一个插曲是种植园主家的一个白人女人从房间里怒气冲冲地走了出来,她的手中拿着一条专门抽奴隶的鞭子,她用它朝着黑孩子挥舞,一个北方军士兵恰巧挡住了她的去路,因而她就在盛怒之下猛抽了这个士兵,结果又引出一场自取其辱的闹剧……

可以说,南方的种植园主在南北战争的冲击下都被激发出了人性中的邪恶,无论是利蒂希亚费尽心机的复仇、约翰蛮不讲理的挑衅,还是老奴隶主一家对奴隶的恐吓与鞭打,都是邪恶自私人性的表现,因为这场解放黑奴的战争会使这些坐享其成的奴隶主失去活的奴隶资产,丧失从奴隶劳动中获取的惊人财富,他们于是负隅顽抗到底。而这些奴隶主人性恶的根源当然就是万恶的奴隶制。但是种植园主约翰的妻子马蒂可算是奴隶主阶层中的一个例外。马蒂虽然对丈夫与黑女奴的漂亮私生女珀尔倒也不曾厌弃,甚至有时还想让珀尔的生活容易点,但是约翰对私生女很冷漠,她也便依顺着他对珀尔视而不见了。约翰带她逃离种植园不久后死去,这时她也与在北方军中做护士的珀尔意外重逢了,珀尔照顾伤心得终日昏睡的后妈马蒂,并鼓励她振作起来为提供她们吃穿的北方军队效力,马蒂也便听从了珀尔的话,开始为军队做力所能及的护理工作。珀尔的美好人性使她完成了对马蒂的人性救赎,唤醒了马蒂天性中的善良成分(珀尔人性的美与善主要体现在她对南北方军伤兵一视同仁的照料、对小男孩戴维的救助、对后妈和二哥等人不计前嫌的无私帮助上,详见本书第四章中“对珀尔形象的建构”部分)。所以马蒂虽然因丈夫亡故患上了慢性痴呆病,一个做南方军的儿子也战死了,但多克托罗还是让珀尔帮助马蒂找到了另一个儿子,马蒂母子终于走上了还乡路,这也是作家对笔下人物的一种奖惩方法的体现吧。

《大进军》中的黑奴们也表现出纷繁的人性。约翰的老黑奴罗斯科在随同约翰离开种植园时把毕生的积蓄——两个面值10美元的联邦金币偷偷扔给被主人抛弃的私生女珀尔,在把主人送到萨凡纳不久后选择了离开主人。罗斯科毋庸置疑是个心地善良、对主人忠心耿耿,却毫不奴颜婢膝,又敢于追求自己想要的生活的人。但还有两个黑奴杰克和朱巴尔则平素从不关心珀尔,等到在北方军中见到珀尔时还污蔑珀尔如同《圣经》中的荡妇耶西别一样,要把她带走以免丢白人老爷的脸。不过小说中的黑奴也就这两个形象较为负面(书中还描写了其他黑奴),这一切勾勒出多克托罗对黑人的总体认识,以及作家对黑人群体基本持同情、肯定与赞赏的态度。

不过小说当然花费了更多的笔墨塑造军官与士兵的形象,描摹了多名官兵的故事与人性。谢尔曼将军就是多克托罗惨淡经营的一个主要人物。多克托罗曾在2006年接受采访时说他非常认真地对待《大进军》中的真实人物,南北战争中的谢尔曼将军非常吸引人,他也读过谢尔曼将军的回忆录,谢尔曼是个不错的作者。这些都说明了多克托罗作为一个作家对笔下历史人物认真负责的描写态度。而《大进军》中的谢尔曼无疑具有复杂的人性。他有善的一面,也有残忍或者说"恶"的一面。谢尔曼真心喜爱并照顾着充任少年鼓手的珀尔,对手邦联军将军哈迪16岁的儿子战死沙场也令谢尔曼流下了真诚的泪水,他还写信慰问对方。谢尔曼总爱穿邋遢的军服、以身作则地分享普通士兵的艰苦,但他的领导风格却又那么"玩世不恭",在行军中对士兵们打招呼、说话像个伙伴,但是却对损失那么多士兵感到无所谓。[①] 他只是对此结果有着片刻失望,接着就投入了对下一步战略的考虑。在占领亚特兰大之后,谢尔曼假装不认真看那些近于阿谀的贺电,他说着特别优雅的自贬之辞却又不由得发出自鸣得意的大笑。谢尔曼把被解放且跟随他大军的黑奴视为累赘,会把黑奴送回给原主人,或抛弃他们使他们成为南方军的牺牲品,至多是征召黑奴到军队当下等劳工。而谢尔曼手下的基尔帕特里克将军则骁勇善战,既好色也有用情专一之时,在真诚爱上一位南方美女并被其抛弃后伤心不已。这样的一些将军形象令读者感觉他们是充满人性的"人",而非高不可攀的"神",也令小说更加异彩纷呈。而小说中的士兵群像也是可圈可点,限于篇幅,此处不再赘述。

多克托罗和梅勒均选取了战争这种人们无法改变的临界境遇,描写人物在该境遇下作出的选择与行动;又都侧重于描写战争中的非战争生活,对人物的人性作出了深入的剖析。梅勒的《裸者与死者》有力地描写军队中狂热崇拜权力的"裸者","裸者"的强大欲望与邪恶人性造成了他们的反抗者及一些无辜者的死亡,令

---

① 多克托罗:《大进军》,邹海仑译,北京:人民文学出版社,2007,第65页。

其成为生命如幻影般转瞬即逝的"死者"。多克托罗的《大进军》是一本全景式的小说，但主要描述的是战争如何改变人们的生活与命运，在有力表现这一段美国内战史之外，也展现了当时社会各阶层人物的复杂人性，批判人性的丑与恶，讴歌人性的美与善，并使美德有报。多克托罗与梅勒对于欧洲存在主义的不同接受、对于笔下不同类型的"反抗者"的选取、对于临界境遇同中有异的观照首先说明了美国的存在主义当然与欧洲的存在主义不尽相同："美国的存在主义应不仅仅是欧洲思想传播的个案研究。"①其次，两位大家的存在主义文学创作也代表了美国文学的两种存在主义倾向：美国本土中的"希普斯特"式存在主义与受欧洲（法国）影响较深的存在主义，这两种类型的美国存在主义文学并无优劣之分，而是如春兰秋菊，清芬各异。

---

① George Cotkin, *Existential America* (Baltimore: The Johns Hopkins University Press, 2003), p. 9.

第六章

结　语

　　相对于同为美国著名作家的诺曼·梅勒、托妮·莫里森、约翰·厄普代克等人来说，获得美国文学诸多奖项并是诺贝尔文学奖候选人之一的 E. L. 多克托罗在中国的被研究"热度"并不高，研究角度也相对狭窄，与其文学成就和地位颇为不称。笔者以多克托罗的小说作为研究对象，不仅是出于对其人其作的敬仰与热爱，也是为了弥补这一缺憾。多克托罗于 2015 年 7 月病逝于美国纽约，令笔者希望有朝一日得见大师的愿望成为泡影，本书因此也成为一个敬仰多克托罗的作者对这位文学大师表示敬意与纪念的一种特殊方式。

　　本书以存在主义角度为切入点研究多克托罗的小说，阐释了多克托罗小说中的自由与选择、荒诞与反抗、人道主义等主题。笔者以为，存在主义的一些观点具有永恒的宝贵价值与启示意义，比如萨特对于"自在"存在与"自为"存在的划分、对于"存在决定本质"和"存在主义是一种人道主义"的呐喊鼓励每一个有识之士把自己变成英雄而非懦夫，他还呼吁尊重人的价值、尊严、权利及推进人与人之间的和谐共处、人类社会的共同发展；萨特对于异化的人际关系的认识（"他人就是地狱"）是犀利而真实的；加缪对于"荒诞"的深刻认识与感受以及提出的"反抗"对策永远是逆境中的人的精神动力与智力支持；海德格尔认为人应该"向死而生"，在对死的"畏"中体验"本真"的生存给人醍醐灌顶之感……存在主义并非如一些学者认为的那样是一种悲观绝望的哲学，它的深刻内涵与积极意义激励了许多人，包括作家多克托罗和笔者。

　　审视多克托罗与诺曼·梅勒思想与作品中的存在主义，我们可以发现，梅勒主要通过《白色黑人》来宣扬他的存在主义思想。他这篇被许多人认为是"美国存在主义者的宣言书"的论文描绘与塑造了他理想中的美国存在主义者"希普斯特"的形象：注重感性、颇具勇气、积极行动、反抗极权和平庸社会、力图本真生活、获取更多存在的精神无产者。梅勒屡次声明自己与萨特的差异：他说萨特是无神论者而自己却不是；他说萨特属于与希普斯特相对的平庸守旧之人之列，而自己则是一个纯粹的希普斯特。梅勒对法国存在主义大师萨特的评论有着些许在哲学上"弑父"的况味，梅勒对欧洲的存在主义可谓进行了大刀阔斧式的美国式"改造"，梅勒也因此成为美国存在主义文学的著名代表之一。

　　笔者在查阅资料时发现,学界关于美国存在主义的论述通常是对美国具有存在主义色彩的作家及其部分代表作的介绍,其中梅勒是一个屡被提起与铭记的作家,而多克托罗则相对被忽视甚至遗忘。以国内学界为例,以"美国存在主义"为研究对象的论文为数寥寥,学者们注意到了美国绝大多数犹太作家和黑人作家作品中的存在主义色彩(当然一些白人作家的作品中也蕴含着存在主义,比如厄普代克),在论及存在主义在犹太文学上的映射之时,学者们几乎都不曾忘却梅勒的身影。① 更有论者依据梅勒的作品归纳美国存在主义的特征为:美国的存在主义深受弗洛伊德影响、具有浪漫主义的特征、表现了特有的无政府主义的破坏性、接受了黑人道德观和世界观等。② 但这其实是对"美国存在主义"以偏概全的概括,是把梅勒式存在主义的特点等同于美国存在主义全貌的行为——在对美国存在主义文学的认识问题上,我们绝不能被梅勒"一叶障目",只见梅勒《白色黑人》这样的"美国存在主义者的宣言书",而不见其他美国作家作品中的存在主义特色,比如拉尔夫·埃里森、索尔·贝娄、菲利普·罗思、哈罗德·罗森堡、多克托罗等,他们作品中的存在主义并非都与梅勒同出一辙,特别是多克托罗。

　　相对于梅勒,多克托罗可以说是固守着欧洲存在主义阵营的美国存在主义作家。梅勒式的存在主义带有浓厚的个人主义色彩,其中也不乏不合理的成分(比如对暴力的推崇与鼓吹),而多克托罗的存在主义小说则继承了欧洲存在主义中一些积极的思想观念,主要表现为对萨特和加缪部分存在主义思想的接受与发扬。

　　多克托罗小说的存在主义内涵对萨特、加缪的接受最突出地表现在其对"自由"的诠释和追求,以及对"荒诞"与"反抗"的极尽描摹上。身为美国犹太裔作家的多克托罗虽然生长于纽约,不曾经历过"二战",也不曾经历过千百年来犹太人普遍经历过的颠沛流离与苦难,但他始终不忘犹太民族的历史与磨难,始终希望包括犹太人、黑人在内的世上所有的人均能获得自由、获得平等的生存条件和发展机会。不过多克托罗小说中的"自由"主要还是对萨特呼吁人应当自由选择、积极行动以铸就自己的本质和人性的响应。萨特曾在《存在主义是一种人道主义》中宣称"人是自由的,人就是自由"。萨特还认为,因为自由选择后总是要担负连带的责任和结果,所以人会恐惧并逃避自己命定的自由,会对自己说谎、对自己掩盖真情,即"自欺"(也译作"不诚"),如此般来逃避自由,使自己免于烦忧。多克托罗在作品中着意塑造了一些把握"自由"、勇于选择、拒斥"不诚"的主人公形象,主要体现在《拉

① 可参见王齐迊的《存在主义与美国当代小说》,汪小玲的《二战后的美国文学:存在主义小说》、方笑君的《存在主义:当代美国犹太文学的创作主题》。
② 唐宏:《解析诺曼·梅勒作品中的"美国存在主义"哲学思想》,《学习与探索》2003 年第 6 期,第 103 - 105 页。

格泰姆时代》中的黑人音乐家沃克、犹太人"爸爸"和白人"母亲"身上,他们或选择坚决用暴力反抗自己所遭遇的不公,或弃绝以往的无产者身份改弦易辙融入主流社会,或选择在精神和物质上取得独立自主。他们是决不回避自由、积极行动、敢于负责、本真生活的典范。

多克托罗的祖父就是因为无法忍受当时俄国犹太人内外交困的荒诞生活移民到美国的,而多克托罗也曾多次撰文抨击美国总统的荒诞政策(包括取消美国穷人的福利及对国外的武装干涉等),他还指出日本人在教科书中对侵华侵朝事实的荒诞篡改,而"纳粹大屠杀"、两次世界大战等惨绝人寰的事件毋庸置疑达到了荒诞的顶点——荒诞在过往将来、在社会人生的各个角落都是无所不在的。荒诞会令人产生忧伤之感,但多克托罗也说过荒诞感是非常实用的,荒诞也会催生人的愤怒情感,而这种愤怒在涉及行动或战斗时又是一种卓有成效的情感,因而荒诞也是不乏积极意义的。《霍默与兰利》与《大进军》写尽了人生、世界、战争的荒诞,也肯定了主人公们面对荒诞奋起反抗的精神与行动,肯定了他们作出的自由选择。

多克托罗也通过自己或平实或光怪陆离的写作风格(前者如《霍默与兰利》,后者如《上帝之城》)为美国的存在主义文学添加了一种别样的风采,他作品中平实与明晰的风格令人想起加缪在《局外人》中的写作手法;而他在《上帝之城》中运用后现代主义手法(详见本书第一章第四节)的做法,也是为推动美国当代存在主义文学发展而作出的一种努力。多克托罗的存在主义小说为美国的存在主义文学增添了一道亮丽夺目的风景线——在论及美国存在主义文学的代表时,E. L. 多克托罗是一个绝对不能被忽视或遗忘的名字。

多克托罗在自己的多部小说中思索存在、诠释自由、展现荒诞、肯定反抗,其对荒诞现实所导致的忧伤情感及抗争精神的抒写直抵人心深处。多克托罗对于人与上帝关系的探询、他如加缪般的"反有神论者"的态度以及他在小说中对于人道主义的推崇都显示了作家悲天悯人的人道主义情怀。他一直是一位积极入世、如萨特般的"介入"作家,他以自己的作品表达了对存在主义的认识及对无神论存在主义的诸多认同。

多克托罗在根本上属于忠于传统叙述的作家。除了向萨特、加缪的存在主义小说学习之外,他还非常喜爱海明威、霍桑、梅尔维尔、福克纳、菲茨杰拉德、马克·吐温等作家,并在一定程度上受到他们的影响。[①] 他一直否认自己是一位后现代主义者,但是为了给传统小说注入新的活力,他也在小说中使用了一些后现代主义

---

① Christopher D. Morris, *Conversations with E. L. Doctorow* (Jackson: University Press of Mississippi, 1999), p.214.

手法,这也使得多克托罗的小说更为绚烂多彩。多克托罗小说公认的一个特点是将历史与虚构完美结合,他小说的叙事艺术有继承更有创新。他是美国当代文坛一位独具特色的优秀作家,亦是当之无愧的知识分子典范、我们时代的杰出作家。

参考文献

[1] ADAMS J T. The Epic of America [M]. Boston: Little, Brown and Company, 1931.

[2] ADKINS C K. Slavery and the Civil War in Cultural Memory [D]. Harvard University, 2014.

[3] BALTER B. American "I-deologies": The Personal and the Political in the Post-Vietnam Novel [D]. The City University of New York, 2008.

[4] BEALER T L. "Something Which Abrogates": Eros, the Body, and the Problem of Liberation in Twentieth-century American Literature [D]. University of South Carolina, 2008.

[5] BECK S. Margin Walkers [J]. New Criterion, 2009(3):27 - 32.

[6] BENDER P. E. L. Doctorow's Ragtimes [J]. School Library Journal, 2002 (5):165.

[7] BOYER E R. Reading "Ragtime": A Postmodern American Economic Novel [D]. Syracuse University, 1984.

[8] CASCHETTA M B. A Line of E. L. Doctorow [J]. Mississippi Review, 2014(1):60 - 92.

[9] CHARLES J. On Writing on Events: Genre, City, and History in the New York Novels of E. L. Doctorow [D]. University of Essex, 1999.

[10] COPELAND M W. Art and Actuality: Studies in the Rhetoric of Fact and Fiction in the Novel [D]. University of California, 1978.

[11] COTKIN G. Existential America [M]. Baltimore: The Johns Hopkins University Press, 2003.

[12] CRANMER M N. Rewriting Tragedy: Postmodern American Fiction (1968 - 1990): Vonnegut, Doctorow, Ozick and O'Brien [D]. University of Sunderland, 2006.

[13] CRINITI S F. Navigating the Torrent: Documentary Fiction in the Age of Mass Media [D]. University of Cincinnati, 2007.

[14] DAHM S V. Nationalism and Narratives of Subjectivity in the Cold War Imaginary [D]. University of California, 2007.

[15] DOCTOROW E L. All the Time in the World [M]. New York: Random House Trade Paperbacks, 2012.

[16] DOCTOROW E L. Jack London, Hemingway, and the Constitution: Selected Essays, 1977 - 1992 [M]. New York: Random House, 1993.

[17] DOCTOROW E L. Living in the House of Fiction [J]. The Nation, 1978 (15):459 - 462.

[18] DOCTOROW E L. Reporting the Universe [M]. Massachusetts: Harvard University Press, 2003.

[19] DOCTOROW E L. The State of Mind of the Union [J]. The Nation, 1986 (11):327 - 332.

[20] DONAHUE J J. Rewriting the American Myth: Post-1960s American Historical Frontier Romances [D]. University of Connecticut, 2007.

[21] DYEN J. "I'll Never Be Hungry Again": Sectionalism, Economic Resistance, and the Trope of the Civil War in American Fiction, 1894 - 2010[D]. Boston University, 2011.

[22] EICHELBERGER J. Spiritual Regeneration in E. L. Doctorow's "Heist" and *City of God* [J]. Studies in American Jewish Literature, 2005(2):82 - 94.

[23] EVANS T G. Persistence of Vision: Reception and the Cinema Aesthetics of Novels by Dos Passos, Doctorow, and Mailer [D]. University of North Carolina at Chapel Hill, 1991.

[24] FOWLER D. Understanding E. L. Doctorow [M]. Columbia: University of South Carolina Press, 1992.

[25] GOLDMAN D. The Ultimate Collectors [J]. Biography Magazine, 2000 (9):32.

[26] GRIFFITH J R. Writing after the Wreck: Post-modern Ethics and Spirituality in Fictions by Walker Percy, Toni Morrison, E. L. Doctorow, and Leslie Marmon Silko [D]. University of Massachusetts Amherst, 2006.

[27] HAGEN W M. *All the Time in the World* by E. L. Doctorow [J]. World Literature Today, 2012(1):61 - 62.

[28] HARRIS S. The Fiction of Gore Vidal and E. L. Doctorow: Writing the

Historical Self [J]. International Fiction Review, 2005(1):105 - 106.

[29] HERRING S. Collyer Curiosa: A Brief History of Hoarding [J]. *Criticism*, 2011(2):159 - 188.

[30] HOENESS - KRUPSAW S M. The Role of the Family in the Novels of E. L. Doctorow [D]. Southern Illinois University at Carbondale, 2011.

[31] HOUSER G. The March [J]. Christian Century, 2006(7):46 - 48.

[32] IROM B. Between "Retreat" and "Engagement": Incomplete Revolts and the Operations of Irony in E. L. Doctorow's *The Book of Daniel* [J]. Studies in American Fiction, 2012(1):61 - 85.

[33] JEONG S. Representing the Rosenberg Case: Coover, Doctorow, and the Consequences of Postmodernism [D]. University of Hawaii, 1991.

[34] JOHNSON A. The Authentic and Artificial Histories of Mechanical Reproduction in E. L. Doctorow's Ragtime [J]. Orbis Litterarum, 2015 (2):89 - 107.

[35] JUAN - NAVARRO S. Re-contextualizing Historiographic Metafiction in the Americas: The Examples of Carlos Fuentes, Ishmael Reed, Julio Cortázar and E. L. Doctorow [D]. Columbia University, 1995.

[36] KENNEDY D R. White Ethnicity and Cultural Representation: the Complexity of Identity in the Work of E. L. Doctorow and Martin Scorsese [D]. University of Exeter, 2002.

[37] KWON J. Redeeming the National Ideal: Revisiting E. L. Doctorow's *The Book of Daniel* and Its Political Implications [J]. Studies in the Novel, 2014(1):83 - 99.

[38] LENNON J M. Conversations with Norman Mailer [M]. Jackson: University Press of Mississippi, 1988.

[39] LUDWIG K. Finding the Prophetic in Failure: A Postsecular Reading of E. L. Doctorow's *City of God* [J]. Religion and the Arts, 2015(3):230 - 258.

[40] LUDWIG K. Postsecularism and Literature: Prophetic and Apocalyptic Readings in Don Delillo, E. L. Doctorow and Toni Morrison [D]. Purdue University, 2010.

[41] MAILER N. Advertisements for Myself [M]. Cambridge: Harvard University Press, 1992.

[42] MAILER N. The Presidential Papers [M]. New York: G. P. Putnam's Sons, 1963.

[43] MALONE D H. Human Values in Twentieth Century Literature [J]. Neohelicon, 1983(2):63 – 79.

[44] MAZUREK R A. The Fiction of History: The Presentation of History in Recent American Literature [D]. Purdue University, 1980.

[45] MCCABE R A. Electroshock Therapy and Cold War Literature: Physiological and Narrative Therapies and Their Roles in Exploring Sanity [D]. State University of New York at Buffalo, 2014.

[46] MCCARTHY D F. Reconstructing the Family: Alternatives to the Nuclear Family in Contemporary American Fiction [D]. Brandeis University, 1992.

[47] MCGOWAN J. Ways of Worldmaking: Hannah Arendt and E. L. Doctorow Respond to Modernity [J]. College Literature, 2011(1):150 – 175.

[48] MORRIS C D. The Models of Misrepresentation in E. L. Doctorow's *World's Fair* [J]. Papers on Language & Literature, 1990(4):522 – 538.

[49] MORRS C D. Conversations with E. L. Doctorow [M]. Jackson: University Press of Mississippi, 1999.

[50] NAYDAN L M. E. L. Doctorow and 9/11: Negotiating Personal and National Narratives in "Child, Dead, in the Rose Garden" and *Andrew's Brain* [J]. Studies in American Fiction, 2017(2):281 – 297.

[51] OATES J C. Love and Squalor [J]. New Yorker, 2009(27):80 – 81.

[52] OBERMAN W S. Existentialism and Postmodernism: Toward a Postmodern Humanism [D]. University of Wisconsin, 2001.

[53] ORLANDO N. Diving into *Andrew's Brain*: Trauma and Existential Crisis [J]. The CEA Critic, 2019(3):259 – 264.

[54] PAK I. Historical Reconstruction and Self-search: A Study of Thomas Pynchon's "V", John Barth's "The Sot-Weed Factor", Norman Mailer's "The Armies of the Night", Robert Coover's "The Public Burning", and E. L. Doctorow's "The Book of Daniel" [D]. University of North Texas, 1995.

[55] PASSARO V. Another Country [J]. The Nation, 2005(14):32 – 36.

[56] PATEY H F. Freedom Fighters: The Violent Pursuit of Existential Freedom in Selected 20th Century American Narratives [D]. Memorial University of Newfoundland, 2008.

[57] PAYNE W D. Figures of Totalization: Paranoia, Metafiction and Cultural

Struggle in the United States, 1954 to 1974[D]. Northwestern University, 1991.

[58] RASMUSSEN E D. E. L. Doctorow's Vicious Eroticism: Dangerous Affect in *The Book of Daniel* [J]. Symploke, 2010(1):189 – 217.

[59] RASMUSSEN E D. Senseless Resistances: Affect and Materiality in Postmodern American Fiction [D]. University of Illinois at Chicago, 2008.

[60] ROBERTS B. Blackface Minstrelsy and Jewish Identity: Fleshing Out Ragtime as the Central Metaphor in E. L. Doctorow's *Ragtime* [J]. Critique, 2004(3):247 – 260.

[61] SALLAH A. Chasing the Trace of the Sacred: Postmodern Spiritualities in Contemporary American Fiction [D]. Texas A&M University, 2011.

[62] SCHILLINGER L. The Odd Couple [J]. The New York Times, 2009 (37):7.

[63] SCHNEIDER H. *Homer & Langley* [J]. Humanist, 2010(2):45 – 46.

[64] SMITH C B. The Development of the Reimaginative and Reconstructive in Historiographic Metafiction:1960 – 2007[D]. Ohio State University, 2010.

[65] TOKARCZYK M M. The Rosenberg Case and E. L. Doctorow's *The Book of Daniel*: A Study of the Use of History in Fiction [D]. State University of New York at Stony Brook, 1985.

[66] TOURINO C M. Sex and Reproduction in Contemporary Ethnic Literature [D]. Duke University, 2000.

[67] TURNER T P. Themes of Exodus and Revolution in Ellison's Invisible Man, Morrison's Beloved, and Doctorow's Ragtime [D]. University of North Texas, 2000.

[68] VELCIC V. Breaking the "Conspiracy of Silence": Novelistic Portrayals of the Sixties and the Left in Doctorow, Boyle, DeLillo, and Pynchon [D]. University of California, 1995.

[69] VOCTOR N. E. L. Doctorow, 1931 – 2015[J]. The Nation, 2015(7):4 – 6.

[70] WATTERSON C. The Politics of Pastiche in the Postmodern Novel [D]. Brown University, 2006.

[71] WEISER F. Con-scripting the Masses: False Documents and Historical Revisionism in the Americas [D]. University of Massachusetts Amherst, 2011.

[72] WIESE A. Narrative Understanding: The Staging of Form and Theory in

Contemporary Fiction [D]. The University of Colorado at Boulder, 2008.

[73] WILLIAMS J E. Images of Power and the Power of Images: Essays on the Fiction and Non-fiction of E. L. Doctorow [D]. Ohio University, 1990.

[74] 阿伦特. 极权主义的起源[M]. 林骧华, 译. 北京:生活・读书・新知三联书店,2014.

[75] 奥古斯丁. 忏悔录[M]. 周士良, 译. 北京:商务印书馆,1963.

[76] 奥古斯丁. 论原罪与恩典[M]. 周伟驰, 译. 北京:商务印书馆,2012.

[77] 奥黑根. 海明威,希特勒,上帝和我[J]. 译林,2008(2):186-188.

[78] 巴雷特. 非理性的人[M]. 杨照明,艾平,译. 北京:商务印书馆,2004.

[79] 巴塞尔姆. 白雪公主[M]. 周荣胜,王柏华,译. 哈尔滨:哈尔滨出版社,1994.

[80] 柏栎. E. L. 多克托罗访谈[J]. 书城,2012(12):99-103.

[81] 包亚明. 文化资本与社会炼金术:布尔迪厄访谈录[M]. 包亚明,译. 上海:上海人民出版社,1997.

[82] 伯科维奇. 剑桥美国文学史:第7卷[M]. 孙宏,主译. 北京:中央编译出版社,2008.

[83] 布洛克. 西方人文主义传统[M]. 董乐山,译. 北京:群言出版社,2012.

[84] 曹顺庆. 中西比较诗学[M]. 北京:北京出版社,1988.

[85] 陈海宏,杜晓德. "三光政策"的发明者:威廉・特库姆塞・谢尔曼[J]. 山东师范大学学报(人文社会科学版),2006(5):86-90.

[86] 陈慧. 论存在主义和人道主义[J]. 河北师范大学学报,1987(1):9-17.

[87] 陈慧. 西方现代派文学简论[M]. 石家庄:花山文艺出版社,1986.

[88] 陈静,殷明明. 多克特罗《上帝之城》中的宗教问题[J]. 广西社会科学,2005(11):102-105.

[89] 陈俊松. 栖居于历史的含混处:E. L. 多克特罗访谈录[J]. 外国文学,2009(4):86-91+128.

[90] 陈林,宋晓佳. 从"自在自由"到"自为自由":《魔鬼与上帝》中萨特的自由观[J]. 江苏大学学报,2008(2):8-12.

[91] 陈威. "我们的宗教就是美利坚":美国著名作家诺曼・梅勒访谈[J]. 国外社会科学文摘,2003(8):36-39.

[92] 陈晓飞,程莲. 多克特罗《拉格泰姆时代》中的新历史主义[J]. 郑州大学学报,2009(4):61-63.

[93] 迪克斯坦. 途中的镜子:文学与现实世界[M]. 刘玉宇,译. 上海:上海三联书店,2008.

[94] 董鼎山. 道克托罗的犹太激烈主义[J]. 读书,1986(11):125-129.

［95］董小玉.自由观·异化观·价值观:萨特存在主义哲学观中人道主义探索［J］.探索,2001(6):67-70.

［96］窦庆兰.诺曼·梅勒的写作技巧与艺术风格［J］.辽宁师范大学学报,2006(1):107-109.

［97］杜小真.萨特引论［M］.北京:商务印书馆,2009.

［98］多克特罗.创造灵魂的人:多克特罗随笔集［M］.郭英剑,译.南京:译林出版社,2010.

［99］多克特罗.拉格泰姆时代［M］.常涛,刘奚,译.南京:译林出版社,1996.

［100］多克特罗.上帝之城［M］.李战子,韩秉建,译.南京:译林出版社,2005.

［101］多克托罗.大进军［M］.邹海仑,译.北京:人民文学出版社,2007.

［102］多克托罗.纽约兄弟［M］.徐振锋,译.北京:人民文学出版社,2011.

［103］多克托罗.世界博览会［M］.陈安,译.济南:山东文艺出版社,2014.

［104］多克托罗.幸福国的故事［M］.朱世达,邹海仑,译.上海:上海文艺出版社,2013.

［105］樊颂洁.后人文主义视域下的《安德鲁的大脑》:主体性的结构与重构［J］.世界文学研究,2022(3):367-372.

［106］范岭梅.《砍掉的头》和萨特的存在主义哲学［J］.外国文学研究,2005(6):91-94.

［107］方笑君.存在主义:当代美国犹太文学的创作主题［J］.兰州商学院学报,2001(1):120-123.

［108］冯海青.诺曼·梅勒访谈录［J］.外国文学动态,2006(6):21-24.

［109］冯克红,许丽芹.荒诞的世界与反抗的精神:试析加缪的存在主义作品［J］.江西社会科学,2009(8):127-129.

［110］弗林.存在主义简论［M］.莫伟民,译.北京:外语教学与研究出版社,2008.

［111］福斯特.美国历史中的黑人［M］.余家煌,译.北京:生活·读书·新知三联书店,1960.

［112］福斯特.美洲政治史纲［M］.冯明方,译.北京:人民出版社,1956.

［113］富兰克林.美国黑人史［M］.张冰姿,何田,段志诚,等译.北京:商务印书馆,1988.

［114］高建为.偶然性、自由和责任:萨特文学创作中的存在主义思想［J］.北京师范大学学报,2000(3):69-76.

［115］高巍.人文主义、宗教信仰及其他:对话E.L.多克托罗［J］.外国文学动态,2012(2):4-6.

［116］龚翰熊.20世纪西方文学思潮［M］.石家庄:河北人民出版社,1999.

[117] 龚书林.试论萨特存在主义人道主义[J].学习与探索,1987(1):24-28.

[118] 谷红丽."鬼魅"的权力斗争:当代美国作家诺曼·梅勒作品主题思想再思考[J].华南师范大学学报,2013(3):85-90+163.

[119] 谷红丽.诺曼·梅勒与美国文学传统[J].外国语言文学,2005(3):198-202.

[120] 郭爱竹.诺曼·梅勒的生平与创作[J].外国文学,2002(2):23-28.

[121] 哈克姆.自由的历程:美利坚图史[M].焦晓菊,译.上海:复旦大学出版社,2006.

[122] 哈琴.后现代主义诗学:历史·理论·小说[M].李杨,李锋,译.南京:南京大学出版社,2009.

[123] 何焕枝.海德格尔死亡观述评[J].华南师范大学学报,1985(2):8-12.

[124] 何显明.存在主义哲学的死亡观[J].社会科学家,1989(4):13-17.

[125] 胡亚敏.现代战争里的"空间与地方":多克托罗内战小说《大进军》中的民族身份建构[J].广东外语外贸大学学报,2022(4):22-23+157.

[126] 胡哲.以史为鉴,关注"美国梦"带来的社会腐败:略评 E.L.多克托罗的《供水系统》[J].外国语言与文化,2019(1):48-56.

[127] 华尔.存在主义简史[M].马清槐,译.北京:商务印书馆,1962.

[128] 黄卫峰.美国历史上的黑白混血儿问题[J].世界民族,2006(5):46-52.

[129] 黄晞耘.加缪叙事的另一种阅读[J].外国文学评论,2002(2):112-121.

[130] 黄虚峰.美国南方转型时期社会生活研究[M].上海:上海人民出版社,2007.

[131] 黄忠晶.融合在人的单个普遍的存在之中:论萨特文学和哲学的关系[J].晋阳学刊,1994(6):57-64.

[132] 黄忠晶.萨特哲学的特点及其影响简析[J].理论学刊,1995(4):35-37.

[133] 吉尔伯特.五千年犹太文明史[M].蔡永良,袁冰洁,译.上海:上海三联书店,2010.

[134] 季水河,陈娜.《裸者与死者》中的犹太身份意识解析[J].外国文学研究,2012(1):54-61.

[135] 江龙.萨特戏剧的人道主义内蕴[J].东莞理工学院学报,2009(2):42-46.

[136] 焦垣生,胡友笋.文学与政治关系言说的反思与重述[J].人文杂志,2010(2):97-101.

[137] 坎伯.加缪[M].马振涛,杨淑学,译.北京:中华书局,2002.

[138] 考夫曼.存在主义[M].陈鼓应,孟祥森,刘崎,译.北京:商务印书馆,1987.

[139] 科莱特.存在主义[M].李焰明,译.北京:商务印书馆,2004.

[140] 科珀. 存在主义[M]. 孙小玲,郑剑文,译. 上海:复旦大学出版社,2012.

[141] 莱恩. 分裂的自我:对健全与疯狂的生存论研究[M]. 林和生,侯东民,译. 贵阳:贵州人民出版社,1994.

[142] 李公昭. 分裂的声音:美国内战小说与评论综述[J]. 外国文学研究,2009(5):128-136.

[143] 李军. 加缪在中国的译介与研究[J]. 山东社会科学,2008(2):110-115.

[144] 李钧. 存在主义文论[M]. 济南:山东教育出版社,2000.

[145] 李俊丽. 激进的犹太人文主义作家:E. L. 多克托罗[J]. 西安文理学院学报,2008(1):50-54.

[146] 李俊丽. 论 E. L. 多克托罗《但以里书》中的存在主义思想[J]. 长春师范学院学报,2007(7):112-114.

[147] 李克. 存在与自由:萨特文学研究[M]. 北京:光明日报出版社,2013.

[148] 李克. 论萨特哲学虚无与自由的关系[J]. 深圳大学学报,2008(2):44-48.

[149] 李克. 自欺与自由:萨特哲学对人的存在的揭示[J]. 深圳大学学报,2011(1):36-41.

[150] 李顺春. E. L. 多克托罗小说中的大屠杀后意识与犹太性[J]. 当代外语研究,2013(6):56-59+77.

[151] 李元. 论加缪的"荒谬"概念[J]. 北京大学学报,2005(1):22-28.

[152] 列侬,徐贞. 梅勒主义的兴起:诺曼梅勒访谈录[J]. 英语广场,2015(3):119-122.

[153] 林莉,杨仁敬. 美国历史的文学解读:评 E. L. 多克托罗的长篇小说《进军》[J]. 当代外国文学,2007(1):17-24.

[154] 林莉.《安德鲁的大脑》解读:E. L. 多克托罗访谈录[J]. 当代外国文学,2014(4):161-165.

[155] 刘建军. 20 世纪西方文学[M]. 北京:高等教育出版社,2000.

[156] 刘敏. 存在主义在当代美国犹太文学中的足迹[J]. 文学界,2012(11):81-83.

[157] 刘明厚. 论加缪及其戏剧[J]. 戏剧,1998(2):4-9.

[158] 刘澎. 当代美国宗教[M]. 北京:社会科学文献出版社,2012.

[159] 柳鸣九,钱林森. 萨特在中国的精神之旅:柳鸣九、钱林森教授对话[J]. 文艺研究,2005(11):69-80.

[160] 柳鸣九,沈志明. 加缪全集[M]. 石家庄:河北教育出版社,2002.

[161] 柳鸣九. 存在文学与二十世纪文学中的存在问题[J]. 外国文学评论,1994(3):53-55.

[162] 柳鸣九. 荒诞概说[J]. 外国文学评论,1993(1):52-53.

[163] 卢云昆. 自由与责任的深层悖论:浅析萨特"存在主义的人道主义"概念[J]. 复旦学报,2010(3):45-51.

[164] 鲁路. 自由与超越:雅斯培尔斯对生存的阐明[M]. 北京:中央编译出版社,1997.

[165] 鲁亚斯. 美国作家访谈录[M]. 粟旺,等译. 北京:中国对外翻译出版公司,1995.

[166] 罗国祥. 萨特存在主义"境遇剧"与自由[J]. 外国文学研究,2001(2):55-61.

[167] 罗克汀. 评萨特的存在主义的人道主义[J]. 学术研究,1984(1):21-28.

[168] 罗小云. 超越后现代:美国新现实主义小说研究[M]. 北京:北京大学出版社,2012.

[169] 马小朝. 论加缪文学中的反抗荒诞[J]. 烟台大学学报,2012(1):72-76.

[170] 毛信德. 诺贝尔文学奖颁奖词与获奖演说全集[M]. 杭州:浙江工商大学出版社,2013.

[171] 毛兴贵. 死亡、此在与存在:论死亡问题对海德格尔哲学的意义[J]. 湖北大学学报,2007(5):23-27.

[172] 梅勒. 刽子手之歌[M]. 邹惠玲,司辉,杨华,译. 南京:译林出版社,2008.

[173] 梅勒. 裸者与死者[M]. 蔡慧,译. 南京:江苏凤凰文艺出版社,2015.

[174] 梅勒. 一场美国梦[M]. 石雅芳,译. 南京:译林出版社,2001.

[175] 缪川. 海德格尔的死亡观[J]. 黑龙江史志,2009(8):102-103.

[176] 穆白. 一场被重塑的战争:多克特罗的《大进军》[J]. 书城,2008(2):74-78.

[177] 欧阳荣庆. 略论海德格尔的存在主义无神论[J]. 宗教学研究,1987(3):67-73.

[178] 潘道正,黄筱莉. 从异托邦到乌托邦:多克特罗《上帝之城》的犹太空间意识[J]. 理论月刊,2014(5):50-54.

[179] 潘道正,黄筱莉. 犹太现代启示录:E. L. 多克特罗《上帝之城》的"信仰问题"[J]. 当代文坛,2014(5):83-88.

[180] 潘恩. 理性时代[M]. 田飞龙,等译. 北京:中国法制出版社,2011.

[181] 钱桂生. 野战内科学[M]. 北京:军事医学科学出版社,2000.

[182] 钱满素. 从美梦到梦魇:诺曼·梅勒的《一场美国梦》[J]. 读书,1983(1):87-92.

[183] 乔国强. 美国犹太文学[M]. 北京:商务印书馆,2008.

[184] 萨特. 存在与虚无[M]. 陈宣良,等译. 北京:生活·读书·新知三联书

店,2007.

[185] 萨特.存在主义是一种人道主义[M].周煦良,汤永宽,译.上海:上海译文出版社,2008.

[186] 萨特.萨特自述[M].黄忠晶,黄巍,编译.天津:天津人民出版社,2008.

[187] 桑塔格.疾病的隐喻[M].程巍,译.上海:上海译文出版社,2014.

[188] 沈恒炎,燕宏远.国外学者论人和人道主义[M].北京:社会科学文献出版社,1991.

[189] 沈志明.萨特精选集[M].北京:北京燕山出版社,2005.

[190] 施康强.萨特的文学理论和文学批评[J].文艺理论与批评,1994(1):123-135.

[191] 史志康.美国文学背景概观[M].上海:上海外语教育出版社,1998.

[192] 孙帅.奥古斯丁论原罪的"继承"[J].现代哲学,2013(2):76-81.

[193] 覃志峰.萨特的《存在主义是一种人道主义》论析[J].长春师范学院学报,2012(10):10-13.

[194] 唐超杰.本真的向死而在:海德格尔《存在与时间》中的死亡概念[J].学理论,2014(3):44-45.

[195] 唐宏.《刽子手之歌》的"美国存在主义"主题剖析[J].学术交流,2003(12):168-170.

[196] 唐宏.解析诺曼·梅勒作品中的"美国存在主义"哲学思想[J].学习与探索,2003(6):103-105.

[197] 万俊人.萨特伦理思想研究[M].北京:北京大学出版社,1988.

[198] 汪小玲.二战后的美国文学:存在主义小说[J].英语自学,1998(12):71-74.

[199] 王恩铭.当代美国社会与文化[M].上海:上海外语教育出版社,2007.

[200] 王洪琛.反抗的诗学:以加缪为中心的考察[J].江西社会科学,2010(8):122-126.

[201] 王洪琛.荒诞的人:论加缪及其《西西弗神话》[J].国外文学,2009(3):70-75.

[202] 王军伟.论海德格尔和萨特的人道主义之争[J].广西大学学报,2006(6):56-59.

[203] 王立志.析"存在主义是一种人道主义"[J].河北大学学报,1986(1):133-138.

[204] 王丽艳.从对立疏离到融合超越:论族裔背景对E.L.多克托罗女性人物创作的影响[J].浙江外国语学院学报,2014(1):76-80.

[205] 王敏.诺曼·梅勒作品对极权主义的批判[J].安徽工业大学学报,2011(5)：50-51+57.

[206] 王守仁,童庆生.回忆　理解　想像　知识:论美国后现代现实主义小说[J].外国文学评论,2007(1):48-59.

[207] 王维倩,李顺春.新现实主义视域下的宗教情怀:评E. L. 多克托罗小说《上帝之城》[J].外语研究,2013(5):102-106.

[208] 王弋璇.创伤记忆与"伪文献":多克托罗《但以理书》中罗森堡间谍案的文学再现和历史反思[J].英美文学论丛,2023(1):55-69.

[209] 王予霞.疾病现象的文化阐释[J].文艺理论与批评,2003(6):108-115.

[210] 王玉括.小人物与大历史:评E. L. 多克托罗的新作《霍默与兰利》[J].外国文学动态,2010(1):27-29.

[211] 王岳川.萨特存在论三阶段与文学介入说[J].社会科学,2008(6):158-165+192.

[212] 王真峥,唐皞.论萨特哲学与戏剧的核心:"行动"[J].江苏社会科学,2012(5):193-196.

[213] 王钟陵.加缪的荒诞文学观及其创作[J].学术交流,2014(8):5-15.

[214] 威尔逊.当代美国的宗教[M].徐以骅,等译.上海:上海人民出版社,2013.

[215] 魏金声.人本主义与存在主义研究[M].北京:人民出版社,2014.

[216] 魏啸飞.当代美国犹太人的犹太性[J].思想战线,2009(4):48-51.

[217] 吴飞.心灵秩序与世界历史[M].北京:生活·读书·新知三联书店,2013.

[218] 吴晓东.一片被蚀而斑斓的病叶:疾病的文学意义[J].书城,2003(4):39-41.

[219] 吴岳添.萨特与加缪的恩怨[J].外国文学评论,2003(2):37-46.

[220] 西格里斯特.疾病的文化史[M].秦传安,译.北京:中央编译出版社,2009.

[221] 夏萌.评E. L. 多克特罗作品中的文化危机意识[J].安徽理工大学学报,2006(3):46-48.

[222] 肖举梅.萨特存在主义哲学观及其体现方法[J].西南民族大学学报,2005(7):293-295.

[223] 谢爽.十年来国内多克托罗研究综述[J].北方文学,2010(9):119-121.

[224] 徐贲.萨特与加缪的美国之旅[J].读书,2005(7):112-121.

[225] 徐崇温.存在主义哲学[M].北京:中国社会科学出版社,1986.

[226] 徐大同.西方政治思想史辞典[M].天津:天津人民出版社,1997.

[227] 徐弢.基督教文化概览[M].武汉:武汉大学出版社,2014.

[228] 徐新.犹太文化史[M].北京:北京大学出版社,2011.

[229] 徐在中.论E.L.多克托罗《自来水厂》和《大进军》中的美国科学伦理危机[J].国外文学,2015(2):135-142.

[230] 徐在中.种族、性别与阶级:《拉格泰姆时代》中多克托罗的调和政治观[J].国外文学,2019(3):125-135+160.

[231] 徐真华,张弛.20世纪法国小说的"存在"观照[M].广州:暨南大学出版社,2011.

[232] 许梅花.批评家笔下的诺曼·梅勒[J].当代外国文学,2014(1):75-79.

[233] 许梅花.新时期国内诺曼·梅勒研究现状及走势[J].鸡西大学学报,2011(8):101-103.

[234] 宣庆坤.论加缪的荒谬生存哲学[J].安徽大学学报,2005(5):28-31.

[235] 宣凤思.论E.L.多克托罗的《大进军》的文艺思想[J].兰州教育学院学报,2011(6):40-41.

[236] 雅斯贝斯.卡尔·雅斯贝斯文集[M].朱更生,译.西宁:青海人民出版社,2003.

[237] 杨昌龙.解读萨特[J].外国文学评论,1996(1):43-49.

[238] 杨昊成.论《白色的黑人》的精神品格与写作动机[J].当代外国文学,2011(1):135-142.

[239] 杨林雄.萨特存在主义的人道主义述评:读《存在主义是一种人道主义》[J].韩山师专学报,1991(2):7-15.

[240] 杨茜.逃离·空间·重写:论多克托罗的《韦克菲尔德》[J].文学理论前沿,2022(2):260-285.

[241] 杨仁敬.关注历史和政治的美国后现代派作家E.L.多克托罗[J].外国文学,2001(5):3-7.

[242] 杨仁敬.模糊的时空 无言的反讽:评多克托罗的《皮男人》和《追求者》[J].外国文学,2001(5):18-20.

[243] 杨深.论萨特的"介入文学"[J].江苏行政学院学报,2008(5):17-24.

[244] 杨深.萨特认识理论剖析[J].社会科学战线,1994(5):54-61.

[245] 杨深.时间性·介入·政治有效性:萨特与加缪的一场世纪争论的启示[J].哲学研究,2011(3):101-106+129.

[246] 于彬.从《正义者》看加缪的人道主义精神[J].鸡西大学学报,2012(5):115-116.

[247] 余虹.自由与介入:萨特文论一瞥[J].新疆大学学报,2002(3):91-98.

[248] 袁久宏.论萨特对海德格尔思想的改造及其意义:存在主义生存本体论的一段内在理论演进[J].南京大学学报,1995(3):95-106.

［249］袁先来.多克托罗《上帝之城》的反"神正论"叙事［J］.南开学报,2014(3)：
       19－27.

［250］曾艳兵.西方后现代主义文学研究［M］.北京：中国社会科学出版社,2006.

［251］张冲.暴力、金钱与情感钝化的文学话语：读多克特罗的《比利·巴思格特》
       ［J］.国外文学,2002(3)：113－116.

［252］张方.萨特的存在主义及文学观：重读萨特［J］.文艺争鸣,2007(7)：44－49.

［253］张静.《正义者》中的正义：评加缪的人道主义思想［J］.华南师范大学学报,
       2002(6)：53－57.

［254］张军,周幼华.美国犹太文学中的宗教母题及其社会功能［J］.江西社会科
       学,2010(3)：123－126.

［255］张青卫.浅谈存在主义文学中的死亡意识［J］.株洲教育学院学报,1997(2)：
       15－18.

［256］张琼.虚构比事实更真切：多克托罗《进军》中的文化记忆重组［J］.英美文学
       研究论丛,2008(2)：230－242.

［257］张容.论加缪的人道主义［J］.法国研究,2009(2)：49－57＋11.

［258］张容.形而上的反抗：加缪思想研究［M］.北京：社会科学文献出版社,1998.

［259］张涛.论诺曼·梅勒的"白色黑人"理论［J］.济南大学学报,2009(1)：
       45－49.

［260］张涛.诺曼·梅勒的存在主义宗教观［J］.安徽农业大学学报(社会科学版),
       2013(2)：99－102.

［261］赵敦华.奥古斯丁与"原罪"的观念［J］.社会科学战线,2011(4)：31－35.

［262］赵青.美国历史小说的诗意栖居者：埃德加·劳伦斯·多克罗［J］.成都师
       范学院学报,2013(2)：78－81.

［263］赵勇.文学介入与知识分子的角色扮演　萨特《什么是文学?》的一种解读
       ［J］.外国文学,2007(4)：48－57＋126－127.

［264］郑克鲁.萨特小说创作的特点［J］.华东师范大学学报,1998(2)：76－81.

［265］周小珊.走近加缪：读《第一个人》［J］.当代外国文学,1998(4)：73－79.

［266］周毅.美国历史与文化［M］.北京：首都经济贸易大学出版社,2010.

［267］朱大锋.自由、责任和人道主义：浅谈对萨特存在主义"介入"思想的理解
       ［J］.黑龙江教育学院学报,2008(10)：22－24.

［268］朱新民.西方后现代哲学［M］.上海：上海人民出版社,2007.

［269］朱云.《比利·巴思格特》中的自白叙事［J］.外国文学研究,2020(3)：
       110－120.

［270］朱云.多克托罗获2013年度美国文学杰出贡献奖［J］.外国文学动态,2014

(1):34-35.

[271] 祝平.索尔·贝娄的肯定伦理观[J].外国文学评论,2007(2):27-35.

[272] 邹海仑.多克托罗的新作《上帝的城市》[J].外国文学动态,2000(3):12.

[273] 邹惠玲.论诺曼·梅勒在创作中对嬉皮哲学的探索与追求[J].徐州师范大学学报,2003(2):41-44.

[274] 邹智勇.存在主义在当代美国犹太文学上的映射[J].中南民族学院学报,2000(3):95-98.

[275] 祖巴.纽约文学地图[M].薛玉凤,康天峰,译.上海:上海交通大学出版社,2011.

索 引